Jana Schäfer

Complete me

Das Buch

Was auch immer früher war: Jetzt zählt nur dieser eine Augenblick

Nichts wie weg hier – das ist Taras erster Gedanke, als sie nach Silvester nackt in Maxims Bett aufwacht. Sie hätten niemals miteinander schlafen dürfen, das weiß auch Maxim, denn Tara ist die beste Freundin seiner Schwester und er würde sich nie verzeihen, sie zu verletzen.

Doch später so zu tun, als ob nichts gewesen wäre, ist schwieriger als gedacht. Denn bei jedem Blick, jeder Berührung klopfen ihre Herzen wie verrückt und sie schaffen es nicht, die Anziehung zu ignorieren. Maxim ist der Überzeugung, nicht gut genug für Tara zu sein, denn er hat vor Jahren etwas verloren, dass sich nie mehr ersetzen lässt. Was er nicht weiß: Auch Tara versteckt sich nur hinter ihrem geregelten Leben, um die Dunkelheit in ihrem Inneren auszuhalten. Haben sie gemeinsam die Kraft, die Vergangenheit zu überwinden?

Die Autorin

Jana Schäfer ist 1995 nahe Freiburg im Breisgau geboren. Nachdem Sie nach der Schule ein Jahr in Schottland verbracht und die rauen Highlands lieben gelernt hat, zieht es sie jetzt wieder in den Süden Deutschlands. Seit 2016 studiert sie Heilpädagogik in Freiburg. Wenn sie nicht im Hörsaal sitzt, liest und schreibt sie für ihr Leben gerne. „Complete me" ist ihr erster Roman.

Jana Schäfer

Complete me

Tara & Maxim

Roman

FOREVER

Forever by Ullstein
forever.ullstein.de

MIX
Papier
FSC® C083411

Originalausgabe bei Forever
Forever ist ein Verlag
der Ullstein Buchverlage GmbH, Berlin
Februar 2019 (1)

Umschlaggestaltung:
zero-media.net, München
Titelabbildung: © FinePic®
Autorenfoto: © privat
Innengestaltung: deblik Berlin
Gesetzt aus der Quadraat Pro powered by pepyrus.com
Druck- und Bindearbeiten: CPI books GmbH, Leck

ISBN 978-3-95818-402-2

Für alle, die trotzdem an die Liebe glauben.

1. Kapitel

Tara

Nein, nein, nein. Das durfte nicht wahr sein. Mit ungläubigem Blick und wachsender Panik musterte ich den Mann, der neben mir im Bett lag. Nackt.

Ich kniff die Augen zusammen und unterdrückte den Fluch, der mir auf der Zunge lag. Vielleicht träumte ich ja noch oder der Alkohol hatte letzte Nacht so viele Gehirnzellen getötet, dass ich nun halluzinierte. Aber warum zur Hölle sollte mein Unterbewusstsein mir ausgerechnet das Bild von Maxim vorgaukeln?

Blinzelnd öffnete ich wieder die Augen. Als Maxim sich bewegte, hielt ich die Luft an. Nein, das hier war definitiv kein Traum und auch keine Halluzination. Verdammt! Wie viel hatte ich letzte Nacht denn bitte getrunken, dass ich mit Maxim im Bett gelandet war? Ausgerechnet ihm, dem einzigen Mann, der absolut tabu war?

Nicht nur, dass er jedes Wochenende eine andere Frau abschleppte und wir ihn deshalb schon gefühlte hundertmal mit dem Spitznamen *Campusschlampe* aufgezogen hatten. Er gehörte auch zu meinem Freundeskreis, was ihn automatisch auf die schwarze Liste setzte. Nicht, dass ich tatsächlich eine Liste über die Männer führte, mit denen ich niemals schlafen würde, doch wenn es eine gäbe, dann stünde Maxims Name an oberster Stelle. Da spielte es auch keine Rolle, dass er der attraktivste Mann war, den ich kannte. Er war tabu. Punkt.

Denn eines hatte ich meiner besten Freundin versprochen: Ich würde nie, nie, niemals mit ihrem großen Bruder schlafen.

Oh Gott, Hanna würde mich umbringen! Bei dem Gedanken an meine Mitbewohnerin begann mein Kopf unangenehm zu pochen.

Mein Blick wanderte zurück zu Maxims nacktem Rücken. Um seine Hüfte lag eine mintgrüne Bettdecke und als ich daran dachte, was sie vor mir verbarg, wurde mir heiß. Ich unterdrückte ein Stöhnen und hätte mir am liebsten an den Kopf geschlagen.

Ausgerechnet ich, die sich in der Regel von Männern so weit es ging fernhielt, hatte an Silvester nichts Besseres zu tun gehabt, als sich zu betrinken und dann die schlechteste Wahl für einen One-Night-Stand zu treffen, die es nur gab. Nicht, dass der Sex mit Maxim schlecht gewesen wäre.

Im Gegenteil, die Bruchstücke an Erinnerungen, die ich hatte, waren leider sehr lebhaft und Maxim log nicht, wenn er damit prahlte, dass er seinen zahlreichen Eroberungen die Nacht ihres Lebens bescherte.

Okay, stopp.

Ich musste aufhören darüber nachzudenken, wie gut er küsste und wie wundervoll sich seine Lippen auf meinen angefühlt hatten. Ganz zu schweigen von seinem Körper, der sich vor wenigen Stunden an mich gepresst hatte, als gäbe es kein Morgen. Zu meinem Pech gab es den allerdings und er war kein bisschen sexy oder aufregend. Er war einfach nur beschissen.

Plötzlich bewegte sich Maxim erneut und die Decke rutschte noch ein Stück tiefer. Himmel! Ich hielt unwillkürlich den Atem an. Mein Herz begann zu rasen und trotz der stechenden Kopfschmerzen gelang es mir einen klaren Gedanken zu fassen. Zwar nur einen, doch der war kraftvoll genug, um mich aus meinem benebelten Zustand zu holen.

Ich musste hier weg! Und zwar so schnell und leise wie möglich.

Vorsichtig krabbelte ich aus dem Bett, bemüht keine plötzliche Bewegung zu machen, und griff nach meinem schwarzen Slip, der neben dem Bett auf dem Fußboden lag. Bei dem Anblick der zerstreuten

Klamotten, die wir in unserem Rausch überall im Zimmer verteilt hatten, begann mein Kopf zu glühen.

Ich fand mein Kleid zwischen Luftschlangen und goldenem Glitzerkonfetti, auf das Hanna bestanden hatte. Sie hatte die Silvesterparty seit Wochen geplant und es mit der Deko wie üblich übertrieben. Es grenzte fast schon an ein Wunder, dass Maxim ihr seine Wohnung überhaupt zur Verfügung gestellt hatte, aber bei ihm war der meiste Platz und sein Mitbewohner war quasi nie da. Außerdem hatte Hanna ein Talent dafür, ihren großen Bruder um den Finger zu wickeln.

Mit einer fahrigen Bewegung schlüpfte ich in mein schwarzes Kleid, das mir auf einmal viel zu kurz vorkam. Irgendwo musste auch noch eine dünne Strickjacke liegen, aber die Angst, dass Maxim aufwachen könnte, war schlimmer als in der kalten Januarluft zu frieren. Leise verließ ich das Schlafzimmer. Als ich die Tür hinter mir schloss, atmete ich erleichtert auf.

Ich griff nach meinem Wintermantel, der über dem Sofa im Wohnzimmer lag, und ignorierte die Pappbecher und Flaschen, die überall standen und mich stumm dazu aufforderten, aufgeräumt zu werden.

Die Wohnung war ein einziges Chaos. Essensreste, benutzte Sektgläser und Luftschlangen bildeten ein buntes Durcheinander. Ich wandte mich von dem Chaos ab und schlüpfte in meine schwarzen Stiefel, deren laute Absätze ich im Stillen verfluchte.

Auf Zehenspitzen schlich ich aus der Wohnung.

Zu meinem Glück wohnte Maxim nur zwei Straßen weiter und ich brauchte keine fünf Minuten zu unserer WG. Doch auf diesem kurzen Weg gab es genügend Leute, die am ersten Januar um acht Uhr morgens unterwegs waren. Was sie wohl über das Mädchen dachten, das mit zerzausten Haaren, verschmiertem Make-up und einem schicken Kleid durch die Straßen schlich? Ach, wem wollte ich etwas vormachen? Es war ziemlich offensichtlich, wie meine letzte Nacht verlaufen war.

Ich ignorierte das freundliche Winken unserer Nachbarin von

gegenüber, die uns irgendwann im letzten Sommer zu ihrem achtzigsten Geburtstag eingeladen hatte.

Mit hochgezogenen Schultern beschleunigte ich meine Schritte und atmete erleichtert auf, als ich unsere Haustür erreichte. Ich zerrte den Schlüssel aus der Manteltasche, glücklich darüber, dass ich ihn nicht verloren hatte.

Leise betrat ich unsere Wohnung, wobei ich unwillkürlich den Atem anhielt, was lächerlich war, denn so wie ich Hanna kannte, befand sie sich gerade in einem komaähnlichen Zustand.

»Aha, da bist du ja.«

Verdammt, Hanna!

Meine Mitbewohnerin stand an unseren Küchentisch gelehnt und musterte mich mit hochgezogenen Augenbrauen.

Vor Schreck wäre mir fast der Schlüssel aus der Hand gefallen, doch in letzter Sekunde schloss ich meine Faust darum und hielt mich an dem kleinen Metallstück fest, als könnte es mich wie durch ein Wunder weg von hier bringen. Weit weg. Am besten irgendwohin, wo es warm war und es keinen Alkohol oder heiße Brüder gab, die alles durcheinanderbrachten.

»Wo warst du letzte Nacht?«

Eine einfache Frage, auf die ich aber keinesfalls antworten wollte. Mist! Das hatte mir gerade noch gefehlt.

»Ich war ... also ... mmh.«

»Oh mein Gott, du warst wirklich bei einem Kerl, oder? Und du hattest Sex.«

Wie machte sie das nur? Es war gruselig, wie oft sie mit ihren Vermutungen richtiglag. Noch bevor ich zu einer Antwort ansetzen konnte, stahl sich ein Grinsen auf ihr Gesicht.

»War es wenigstens gut?«

Ich zwang mich einmal tief einzuatmen, bevor ich meinen Mantel ablegte. »Kaffee. Ich brauche Kaffee. Und eine Dusche.«

»Na schön, spring du unter die Dusche, ich kümmere mich um den Kaffee und dann will ich alles über letzte Nacht wissen. Jedes Detail.«

Hanna blickte mich so erwartungsvoll an, dass ich nur ein schwaches Nicken zustande brachte. Dann flüchtete ich in das Badezimmer.

»Mist«, fluchte ich, als ich die Tür geschlossen hatte und hastig aus dem Kleid schlüpfte.

Normalerweise schlief Hanna nach einer Nacht wie der letzten bis mindestens zwölf Uhr. Warum musste sie ausgerechnet heute zu der Frühaufsteherin werden, die sie nie gewesen war?

Ich stellte das Wasser an und versuchte vergeblich nicht an die letzten Stunden zu denken. Der Abend hatte so harmlos begonnen. Wir hatten uns alle bei Maxim in der Wohnung getroffen. Hanna, Ella, Finn, Noah, Maxim und ich. Es war der übliche kleine Kreis gewesen und wir hatten wie bereits letztes Jahr an Silvester Pizza bestellt und alte Disney-Filme geschaut. Ich würde es Hanna durchaus zutrauen, daraus noch eine Tradition zu machen. Sie schaffte es jedes Mal, selbst die Jungs davon zu überzeugen, dass es eine tolle Idee war, mit ihr *Der König der Löwen* zu schauen. Und das, obwohl sie jedes Lied mitsang. Laut und schräg.

Nein, während *Hakuna Matata* war noch alles in Ordnung gewesen. Der Ärger fing an, als immer mehr Leute kamen und wir unseren gemütlichen Filmmarathon beenden mussten. Irgendwann hatte Ella mich zu einer Runde *Beer Pong* herausgefordert, was absolut untypisch für sie war, aber offenbar war Silvester genau dafür da. Dass man Dinge tat, die vollkommen gegen das übliche Verhalten sprachen.

Für gewöhnlich konnte ich nämlich sehr gut einschätzen, wie viel Alkohol ich vertrug, aber zwischen den zahlreichen Bechern Bier, dem Sekt zum Anstoßen um Mitternacht und den Tequila Shots, zu denen Hanna mich überredet hatte, musste ich die Kontrolle verloren haben.

Mein Verstand hatte sich verabschiedet und meinem Körper die Kontrolle überlassen, der leider ganz genau gewusst hatte, was er wollte. Nämlich ausgerechnet Maxim.

Wenn Hanna länger geblieben wäre und nicht Finn, sondern ich darauf bestanden hätte, sie nach Hause zu begleiten, wäre die Nacht völlig anders verlaufen. Aber das brachte mir jetzt auch nichts.

Verdammt. Ich hatte wirklich mit Maxim geschlafen. Während mein Verstand mir sagte, dass das eine absolut hirnrissige, schwachsinnige und alkoholverschuldete, dumme Idee war, flippte ein kleiner, schwacher Teil in mir gerade aus vor Freude. Denn wenn ich ehrlich zu mir war, so ehrlich wie ich es Hanna oder irgendjemand anderem gegenüber nie sein würde, dann hatte ich mich schon immer gefragt, wie es sich anfühlte, Maxim zu küssen, ihn zu berühren, ihn zu spüren ...

Eine plötzlich einsetzende, laute Melodie aus der Küche ließ mich aus meinen Gedanken schrecken. Hanna hatte die Musik laut aufgedreht und Taylor Swifts Stimme schallte durch die Wohnung. Ich verstand es einfach nicht. Wie konnte man nur auf so eine Musik stehen?

You belong with meee ... Hannas schräge Stimme gesellte sich zu Taylors Gesang und ich stellte seufzend das Wasser ab. Dann würde ich mich mal den Fragen meiner besten Freundin stellen. Auch wenn ich keine Ahnung hatte, was ich ihr über letzte Nacht erzählen sollte. Die Wahrheit kam jedenfalls nicht infrage.

»Also, wer war es?« Erwartungsvoll blickte mich Hanna an.

Wir hatten es uns auf der Couch in unserem winzigen Wohnzimmer gemütlich gemacht und hielten beide eine Tasse Kaffee in der Hand.

»Ähm ...« Verzweifelt suchte ich in meinem Kopf nach einer angemessenen Antwort. Dein Bruder? Wohl kaum!

»Du weißt ja wohl noch seinen Namen, oder?« Mit hochgezogenen Augenbrauen musterte mich Hanna voller Skepsis. Ich konnte ihre Reaktion verstehen, schließlich war es absolut untypisch für mich überhaupt einen One-Night-Stand zu haben. Wäre es sie gewesen, die erst morgens nach Hause kam, hätte mich das hingegen nicht überrascht.

Hannas Einstellung Männern gegenüber war zum Missfallen ihres Bruders relativ, ähm, offen. Maxim konnte es nicht ausstehen, wenn Hanna über ihre neusten Männergeschichten sprach oder er mitbekam, wie sie gerade flirtete. Dabei war er nicht besser.

Verflucht, jetzt waren meine Gedanken schon wieder zu ihm gewandert.

»Erde an Tara!« Hanna wedelte mit einer Hand vor meinem Gesicht herum.

»Es war keine große Sache, Hanna. Nichts worüber es lohnenswert wäre zu reden.«

»Also war es doch nicht so gut?« Sie sah mich zweifelnd an und ich musste mir auf die Zunge beißen, um nicht mit der Wahrheit herauszuplatzen. Doch ich wusste nur zu gut, dass Hanna außer sich wäre, wenn sie je erfahren würde, bei wem ich die Nacht tatsächlich verbracht hatte.

»Nein«, murmelte ich und vermied einen weiteren Blick in ihre Richtung. Stattdessen trank ich einen Schluck Kaffee und versuchte ihre gerunzelte Stirn zu ignorieren, die ich im Augenwinkel nur allzu deutlich wahrnahm.

»Ach, ich werde schon noch dahinterkommen, wer der geheimnisvolle Unbekannte ist.«

»Mmh«, murmelte ich in die Tasse und betete im Stillen darum, dass Hanna so gnädig war und das Thema fallen ließ.

Auf einmal ertönte ein dumpfes Geräusch aus Hannas Zimmer. Irritiert hob ich den Kopf.

»Hast du etwa jemanden bei dir?«, flüsterte ich fassungslos darüber, dass sie das nicht schon längst erwähnt hatte.

»Ähm, ja.« Hanna grinste und trank einen großen Schluck Kaffee, bevor sie sich vom Sofa erhob.

»Es ist aber nicht Finn, oder?«

Ich erinnerte mich daran, dass er Hanna nach Hause gebracht hatte, weil sie, ähnlich wie ich, ein paar Tequila Shots zu viel getrunken hatte.

»Was? Nein, natürlich nicht!« Empört schüttelte sie den Kopf, als wäre es das Absurdeste der Welt, dass sie Finn mit zu sich nehmen würde. So wie die beiden ständig umeinander schlichen, hätte es mich allerdings nicht gewundert.

»Und wer ist es dann?«

»So ein Typ, dessen Nummer ich von einer Party habe. Ich muss ihn betrunken angerufen haben, denn er stand letzte Nacht plötzlich vor unserem Haus.«

»Oh Mann.« Leicht vorwurfsvoll sah ich sie an, aber ich konnte nichts gegen das kleine Grinsen in meinem Gesicht tun. So etwas brachte auch nur sie fertig. Oder ihr Bruder. Bevor meine Gedanken in eine Richtung wanderten, in der sie nichts verloren hatten, stand ich auf.

»Na ja, ich schau mal lieber nach was er macht, das klang gerade nämlich als wäre er aus dem Bett gefallen und vom Fußboden ist es nicht mehr weit bis zur Wohnungstür. Du weißt ja, ich stehe nicht unbedingt auf Gesellschaft am Morgen.«

Zwinkernd drehte Hanna sich um. Mit der Kaffeetasse in der Hand beeilte ich mich, in meinem Zimmer zu verschwinden.

Kurz darauf hörte ich, wie jemand durch das Wohnzimmer ging und dann die Wohnungstür mit einem lauten Knall zuschlug.

Hanna war eine Meisterin darin, die Männer um ihren Finger zu wickeln, nur gelang es ihr nicht immer sie am nächsten Morgen auf eine charmante Art wieder loszuwerden. Genau genommen, schmiss sie ihre Besucher meistens ziemlich dreist aus ihrem Zimmer.

Ich stellte meine Kaffeetasse ab und kroch unter die Bettdecke, die wunderbar weich war. Völlig übermüdet kuschelte ich mich mit einem zufriedenen Seufzen in mein Kissen.

2. Kapitel

Tara

»Hanna! Mach die Musik leiser.« Ich vergrub meinen Kopf in den Händen, während ich vergeblich versuchte, Hannas Stimme zu ignorieren, die *Walking on sunshine* aus vollem Hals mitträllerte. »Hanna!«

Ich riss die Zimmertür auf und fand Hanna tanzend in unserer Küche. Als sie mich sah, streckte sie mir eine Tasse Kaffee entgegen und stellte die Musik ab.

»Sorry, Tara, ich bin gerade erst aufgestanden und habe ein bisschen gute Laune gebraucht. Du sagst doch immer, es ist wichtig, gut in den Tag zu starten.«

Mir gerunzelter Stirn schaute ich auf die große Uhr, die über unserem Herd hing. Es war viertel nach zwölf und ich saß seit acht Uhr an einem Artikel für die *Wochenklatsch*, den ich spätestens morgen abgeben musste. Die Zeitschrift erschien wöchentlich und dementsprechend hoch war der Zeitdruck.

Seufzend setzte ich mich an unseren kleinen Küchentisch, der eigentlich nur ein Klapptisch aus Holz war, an dem gerade so wir beide Platz hatten.

»Was ist denn los? Du wirkst seit Tagen gestresst.«

»Ich weiß.«

»Okay, da hilft wohl nur eins.« Hanna griff grinsend nach meiner Hand.

»Ich bin jetzt echt nicht in der Stimmung zu tanz...«

Mit einer schnellen Bewegung wirbelte Hanna mich herum und zog mich ins Wohnzimmer.« »Na los, beweg dich!« Sie begann auf und ab zu hüpfen, was ein bisschen irre und gleichzeitig ziemlich witzig aussah.

»Okay, schön.« Schulterzuckend schloss ich mich Hannas Zappelei an.

Die letzten Tage waren anstrengend gewesen. Ich hatte angefangen mir einen Lernplan zu erstellen, da die Prüfungen in fünf Wochen anstanden und ich bis dahin noch einige Vorlesungsfolien und Lektüren durcharbeiten musste.

Aber das war es nicht, was mich am meisten gestresst hatte. Natürlich nicht. Eine Woche war seit Silvester vergangen und Maxim hatte sich öfter in meine Gedanken geschlichen, als er sollte. Erst gestern hatte ich mich auf dem Weg zur Bibliothek dabei ertappt, dass ich mich ständig umschaute, aus Angst, Maxim könnte mir über den Weg laufen. Dabei würde ich ihn früher oder später sowieso sehen.

»Mach dir nicht immer so viele Gedanken, Tara!« Atemlos blieb Hanna stehen und hielt sich ihre Seite.

»Das sagst du so leicht, ich muss die nächsten Wochen viel lernen und nebenher noch Artikel schreiben, das ist verdammt stressig!«

»Ach, du wirst das schon packen. Tust du doch immer. Niemand fängt so früh mit lernen an wie du und es schreibt auch niemand so viele Einser, also hör auf Stress zu machen, wo keiner ist!«

Hanna warf mir ein aufmunterndes Lächeln zu und einmal mehr wünschte ich mir, ich könnte mir eine Scheibe von ihrer Unbekümmertheit abschneiden. Sie machte sich nie Stress wegen Prüfungen und es kümmerte sie auch nicht groß, wenn ihre Noten mal nicht die Besten waren.

»Du hast recht. Ich weiß auch nicht, weshalb ich mich so anstelle.«

»Oder hat es vielleicht gar nichts damit zu tun, dass du viel lernen musst, sondern es betrifft den Unbekannten von Silvester?«

»Gott, hör auf damit.«

»Womit denn?«

Mit einem unschuldigen Lächeln blickte mich Hanna aus ihren

blauen Augen an, wobei ich ihr die Unschuldsmiene keine Sekunde lang abkaufte.

»Damit in meinen Gedanken herumzustochern, das nimmt langsam unheimliche Ausmaße an.«

»Ha! Wusste ich doch, dass dich das noch beschäftigt.«

»Es hat nichts zu bedeuten, das habe ich dir doch gesagt.«

»Rede dir das ruhig ein, Süße. Ich kenne dich. Du hast viel zu viele Prinzipien, um einfach so bedeutungslosen Sex zu haben. Das passt nicht zu dir.«

»Jaja, ich würde wirklich gerne weiterreden, aber ich muss los in die *Plauderecke*. Vielleicht komm ich da mit meinem Artikel weiter.«

»Alles klar, wir setzen das Gespräch wann anders fort.«

Sie zwinkerte mir zu, als ich das Wohnzimmer verließ und in mein Zimmer ging, um meine Sachen zu holen.

»Ach, Tara, du bist heute Abend hier, oder? Es wollten noch paar Leute vorbeikommen. Es ist schließlich Freitag, da musst selbst du mal eine Pause machen.«

»Wer kommt denn alles?«

Ich versuchte die Frage beiläufig klingen zu lassen, aber natürlich interessierte mich nur eine Person.

»Die Üblichen, nehme ich an.«

»Okay, ja ich bin da.«

»Super.«

Ich nickte schwach und schnappte mir meinen Laptop. Schnell steckte ich ihn in den braunen Lederrucksack, den ich letztes Jahr von meiner Mutter geschenkt bekommen hatte.

Ein kurzer Stich durchzuckte mich, wie immer, wenn ich an sie dachte und natürlich meldete sich prompt auch das schlechte Gewissen, weil ich mich schon viel zu lange nicht bei ihr gemeldet hatte. Morgen, nahm ich mir vor und verschob damit das längst überfällige Alles-prima-mach-dir-keine-Sorgen Telefongespräch mit meiner Mutter zum gefühlt hundertsten Mal.

»Bis später, Hanna!«

Ich verließ die Wohnung und lief in Gedanken versunken durch die Straßen. Wie sehr ich tatsächlich wieder mal vor mich hin träumte, merkte ich erst, als ich plötzlich vor meinem Lieblingscafé stand und beinahe gegen die Glastür gelaufen wäre.

Ich schüttelte den Kopf über mich selbst und stieß schwungvoll die Tür auf. Ich brauchte dringend noch einen Kaffee, wenn ich in den nächsten Stunden etwas zu Papier bringen wollte.

»Oh hallo, dich haben wir schon eine Weile nicht mehr gesehen!« Neela, die ein Semester über mir studierte, winkte mir freundlich zu.

»Hey, ja wird mal wieder höchste Zeit.«

Lächelnd schaute ich mich in dem gut besuchten Café um. Die *Plauderecke* lag nicht weit vom Unigelände entfernt, weshalb hier überwiegend Studenten anzutreffen waren. Als ich das Café vor eineinhalb Jahren zum ersten Mal betreten hatte, war es Liebe auf den ersten Blick gewesen. Von allen Cafés hier in Lilberg war es mit Abstand mein liebstes. Das lag vor allem an den verglasten Scheiben, die den großen Innenraum in ein helles Licht tauchten, und der liebevollen Deko. An den Wänden hingen Uhren und Schilder im Retro Look mit lustigen Sprüchen und Lebensweisheiten. Die Möbel waren getreu dem Vintage-Motto eine bunte Mischung aus Holzstühlen, Sesseln und Sofas.

Ich steuerte einen kleinen Tisch in der Ecke am Fenster an. Wie so oft hatte ich Glück, dass hier noch niemand saß. Es war seltsam, aber mein Stammplatz war fast jedes Mal frei. Als stände ein unsichtbares Schild dort: *reserviert für Tara*. Vielleicht hatte ich bei dieser einen Sache auch einfach mal Glück oder es war Karma, wobei ich nicht wüsste, mit welchen Taten ich mir den perfekten Eckplatz zum Schreiben verdient hätte.

Ich stellte den Cappuccino ab, packte meinen Laptop und mein geliebtes Notizbuch aus, dessen buntgemusterter Einband bereits mit zahlreichen Kaffeeflecken bedeckt und somit eindeutig als meins gebrandmarkt war.

Es juckte mich in den Fingern, es aufzuklappen und an dem Poetry-Slam-Text weiterzuarbeiten, den ich vor wenigen Tagen angefangen hatte, aber Patrick, der Chefredakteur, würde mir wirklich den Kopf abreißen, wenn ich ihm den Artikel morgen nicht lieferte.

Was tun gegen den Winterblues? Wie Sie sich die kalte Jahreszeit versüßen!

Ich starrte auf den einfallslosen Titel. Was hatte Patrick sich dabei nur gedacht? Die *Wochenklatsch* richtete sich an Frauen über vierzig, die einen Alltag lebten, der mir nicht nur völlig fremd, sondern auch alles andere als erstrebenswert war. Aber ich konnte bei dem Magazin neue Erfahrungen sammeln und tun was ich liebte: schreiben. Für gewöhnlich gab Patrick mir auch interessante Themen, aber diesmal hatte er es wirklich nicht gut mit mir gemeint.

Seufzend griff ich nach dem Cappuccino und nahm einen großen Schluck.

Die nächsten zwei Stunden stellte ich eine Liste mit Tätigkeiten zusammen, die im Winter Spaß machten, oder auch nicht, aber das würde Patrick entscheiden müssen. Als ich den Rohentwurf für den Artikel abschickte, graute mir bereits vor seiner Rückmeldung, aber ich war einfach nur froh, die Sache zumindest vorerst hinter mich gebracht zu haben.

Ein Blick auf mein Smartphone verriet mir, dass es bereits später Nachmittag war. Ich überlegte, direkt nach Hause zu gehen, bevor die anderen eintrudelten, aber dann schlug ich doch den Weg zur Bibliothek ein, um mich zumindest einem der zahlreichen Bücher zu widmen, die unsere Dozenten empfohlen hatten.

Während ich durch die Straßen lief, versuchte ich krampfhaft nicht daran zu denken, dass Maxim höchstwahrscheinlich heute Abend auch kommen würde. Ich hatte keine Ahnung, wie ich mich ihm gegenüber verhalten sollte. In den letzten Tagen war ich mehrmals kurz davor gewesen, ihm zu schreiben, aber dann hatte ich es doch gelassen.

Ich war nicht naiv oder blöd, ich wusste, dass es für Maxim nicht ungewöhnlich war, eine Frau für eine Nacht bei sich zu haben und sich dann nie wieder zu melden. Nur gehörte bisher keine davon zu seinem Freundeskreis. Oder war die beste Freundin seiner Schwester.

Würde er einfach so tun, als wäre nichts passiert? Ich verdrehte die Augen über mich selbst und schüttelte den Kopf, um die Gedanken zu verdrängen.

Energisch zog ich die schwere Tür zur Bibliothek auf, bereit mich in meinem Lernstoff zu versenken, bis die Erinnerungen an die Silvesternacht endlich Ruhe gaben.

Mit schnellen Schritten sprang ich die Treppe runter ins Untergeschoss und knallte im nächsten Moment gegen jemand, der plötzlich um die Ecke kam. Fluchend griff ich nach meinem Rucksack, der mir bei dem Zusammenprall von der einen Schulter gerutscht war, und blickte auf, um dem Fremden meine Meinung zu sagen. Doch aus meinem offenen Mund drang kein Laut.

Ein blaues Augenpaar funkelte mich amüsiert an. Verzweifelt suchte ich in meinem Gehirn nach Worten, egal welchen, aber offenbar hatte es ausgerechnet jetzt beschlossen, auf Stand-by zu schalten.

Wie von selbst wanderte mein Blick über Maxims Gesicht, den Dreitagebart, der ihm viel zu gut stand, seine vollen Lippen, die vergessen geglaubte Erinnerungen weckten, und glitt über seinen dunkelblauen Pulli, unter dem sich, wie ich wusste, ein muskulöser Oberkörper verbarg.

»Hi, Tara.«

Maxim musterte mich mit schräg gelegtem Kopf. Seine Lippen hatte er zu einem Grinsen verzogen und ich hatte den starken Eindruck, dass er diese Situation absolut genoss.

»Hi«, brachte ich nach einer viel zu langen Pause hervor und wünschte mir im selben Moment, dass sich ein Loch unter mir auftun würde, in dem ich versinken konnte.

»Wenn du dich am Morgen nicht so vorsichtig hinausgeschlichen hättest, wäre das hier vielleicht nicht so peinlich.«

Fassungslos blickte ich ihn an. Hatte er das gerade wirklich gesagt?

»Echt jetzt, Maxim? Was hättest du getan, wenn ich geblieben wäre? Mir Frühstück ans Bett gebracht?« Ich lachte kurz auf, so absurd war die Vorstellung.

»Okay, nein, du hast recht. Das wäre seltsam gewesen.«

»Ach was.«

»Hast du, also, hast du es Hanna erzählt?« Auf einmal war die Überheblichkeit aus seinem Gesicht verschwunden. Für einen Moment sah er beinahe ängstlich aus, was ich ihm nicht verdenken konnte.

»Natürlich nicht! Sie darf das auf keinen Fall erfahren.«

»Gut.« Erleichtert atmete Maxim aus.

»Hör mal, ich weiß, dass das nicht hätte passieren sollen und es wäre mir wirklich recht, wenn wir so tun könnten, als na ja, wäre das nicht passiert«, schlug ich zögerlich vor.

Nachdenklich musterte mich Maxim. Sein Blick jagte mir einen Schauer über den Rücken und ich zwang mich, woanders hinzuschauen. Er brauchte ja nicht auch noch zu merken, dass sein Anblick mich nervös machte. Mieser, verräterischer, hormongesteuerter Körper.

»Ich werde es niemandem erzählen, Tara, aber ich kann dir nicht versprechen, dass ich diese Nacht einfach so vergesse. Und mal ehrlich, das kannst du doch auch nicht.«

Ich schnappte nach Luft, schon wieder sprachlos über seine direkten Worte.

»Wir sehen uns später.« Er zwinkerte mir zu und schob sich an mir vorbei. Ich schaute ihm nach wie er die Stufen hochsprang und aus meinem Sichtfeld verschwand.

Nach dieser Begegnung war an Lernen sowieso nicht mehr zu denken. Also holte ich nur ein paar Bücher ab und machte mich direkt auf den Heimweg. Dabei schimpfte ich die ganze Zeit leise vor mich hin. Dieser eingebildete, selbstverliebte Idiot! Ich kannte ihn seit einem Jahr und ja, wie vielen anderen Mädchen auch, war mir durchaus aufgefallen, dass er ein sehr attraktiver Mann war. Aber irgendwann hatte ich meine Schwärmerei abgelegt. Warum ließ er mich jetzt plötzlich nicht mehr kalt?

Ich war immer stolz darauf gewesen, nicht zu den Frauen zu gehören, die einem Typen wegen seines Aussehens völlig verfielen. Oder weil der Sex mit ihm so gut gewesen war. Argh! Ich würde noch durchdrehen.

Am liebsten wäre ich jetzt sofort eine Runde laufen gegangen, aber ich wusste, dass Hanna bereits auf mich wartete und unsere Freunde in wenigen Stunden vor der Tür stehen würden. Inklusive Maxim.

Kurz darauf war unsere Wohnung erschreckend voll und meine Gedanken kein bisschen leiser geworden.

»Tara! Alles klar?«

Ella musterte mich argwöhnisch, während ich vergeblich versuchte, mir ein überzeugendes Lächeln auf die Lippen zu zaubern.

Ella war ein Mensch, dem man unmöglich etwas vormachen konnte.

»Ja, alles gut, ich bin nur etwas müde.«

Ich vermied es, sie anzuschauen, denn dann würde sie sofort wissen, dass das nicht stimmte.

Wir standen in der Küche, wo Hanna neben uns gerade eine Schüssel mit Chips richtete. Die Jungs hatten es sich in unserem winzigen Wohnzimmer gemütlich gemacht und unterhielten sich über irgendwelche Sportergebnisse.

»Was haltet ihr von einer Runde Activity?«

Hanna verließ mit den Chips die Küche und ignorierte den schwachen Protest von Finn und Maxim.

»Wir schauen auf keinen Fall wieder irgendeine dämliche Zombie Serie«, schob Hanna warnend hinterher.

»Meinetwegen, aber dann will ich mit Ella in ein Team, die kann wenigstens gut Begriffe erklären im Gegensatz zu dir.«

Maxim sah seine Schwester herausfordernd an und Hannas schnippische Erwiderung ließ nicht lange auf sich warten.

»Mir ist jede Team-Einteilung recht, solange die zwei nicht in einem sind«, murmelte ich.

Ella nickte. »Ja, da bin ich ganz deiner Meinung.«

»Ella? Tara? Spielt ihr mit?«

»Geh nur, ich komm gleich.« Ich machte eine Kopfbewegung in Richtung Wohnzimmer und ignorierte Ellas skeptischen Blick.

Als sie zu den anderen ging, atmete ich tief durch und schloss für einen Moment die Augen.

Bisher lief der Abend ganz gut. Es war mir gelungen, um Maxim einen Bogen zu machen, aber irgendwann würde es jemandem auffallen, dass ich nur das Nötigste mit ihm sprach. Ich musste mich unbedingt in den Griff kriegen und aufhören, mich wie ein alberner Teenager zu benehmen.

»Es ist nur Maxim, kein Grund sich so anzustellen«, murmelte ich leise. »Er ist nur der große Bruder deiner besten Freundin. Niemand besonderes, du kriegst das hin, Tara.«

»Was genau tust du da?«

Erschrocken riss ich meine Augen auf und erstarrte. Maxim stand in der Tür und betrachtete mich mit einem amüsierten Blick.

»Ich ...« Verzweifelt suchte ich nach Worten, doch wieder einmal ließen sie mich im Stich. Ausgerechnet mich, der sie beim Schreiben so treu ergeben waren.

»Schon gut, ich führe auch manchmal Selbstgespräche. Allerdings vor dem Spiegel. Du weißt schon, um mir mehr Selbstbewusstsein und Mut zuzusprechen.«

»Haha. »Als ob du das nötig hättest. Dein Ego platzt doch fast schon, so viel wie du von dir hältst.«

»Autsch, das klang fast ein bisschen gemein. Aber wie du weißt, hat das große Ego durchaus seine Berechtigung, es ist schließlich nicht das einzig Große an mir.«

»Oh mein Gott.« Fassungslos schüttelte ich den Kopf. »Du bist echt unglaublich.«

»Ich weiß.« Er zwinkerte mir zu. Schon wieder.

»Du musst damit aufhören«, beschwor ich ihn und versuchte, mich an ihm vorbei durch die Tür zu drängen, doch er hielt mich am Arm fest.

Seine Hand brannte sich durch den dünnen Stoff der Bluse, die ich trug, und ich konnte meine Augen nicht länger abwenden.

Er war mir gefährlich nah und ohne es zu wollen, glitt mein Blick über sein Gesicht und blieb an seinen vollen Lippen hängen.

»Womit muss ich aufhören?«, fragte er leise und seine sanfte Stimme verursachte mir eine Gänsehaut.

»Damit.«

Ich riss mich von ihm los und trat hastig einen Schritt zurück.

»Womit genau?«

Er kam auf mich zu und ich wich zurück, bis ich mit dem Rücken an den Kühlschrank stieß.

»Mit dem Flirten«, flüsterte ich, während sein intensiver Blick mich in den Bann zog. Es war unmöglich, sich seinen blauen Augen zu entziehen.

Maxim streckte eine Hand aus und strich mir eine Strähne aus dem Gesicht. Ich hielt unwillkürlich den Atem an, als seine Finger über meine Haut glitten.

»Und damit, mich anzufassen.«

»Und wenn ich das nicht will?«

»Wir brauchen noch mehr Chips.«

Hannas laute Stimme ließ die Spannung, die in der Luft lag, so schnell und effektiv platzen wie es auch eine Nadel bei einem Luftballon gekonnt hätte. Sofort wich Maxim von mir zurück.

Mit einer beiläufigen Geste öffnete er unseren Geschirrschrank und griff nach einem Glas. Ohne mich noch mal anzuschauen, verließ er damit wortlos die Küche.

Mit weichen Knien und hundert Fragezeichen im Kopf starrte ich ihm nach.

»Tara?« Hanna baute sich mit einem besorgten Ausdruck im Gesicht vor mir auf.

»Ich glaube, ich werde krank«, murmelte ich. Tatsächlich fühlte sich mein Magen gerade etwas durcheinander an.

»Oh nein, brauchst du irgendwas?«

»Was? Nein, nein, es wird gleich wieder gehen.«

»Oookay.«

»Lass uns zu den anderen gehen«, schlug ich vor.

Ich verließ die Küche und setzte mich neben Ella, die zum Glück weit genug von Maxim entfernt saß.

»Spielen wir noch eine Runde?«

Hanna war mir gefolgt und schaute jetzt hoffnungsvoll in die Gruppe, erntete aber nur ein entschiedenes Kopfschütteln.

»Heb dir das lieber für deine zukünftigen Schüler auf.«

Finn warf ihr ein Lächeln zu, das sie vermutlich besänftigen sollte, sie aber nur dazu veranlasste, die Augen zu verdrehen.

»Ihr seid echt Spielverderber.«

»Du hast ja keine Ahnung, wie viele Stunden ich in den letzten Jahren mit meinen Schwestern spielen musste«, rechtfertigte sich Finn.

»Ich wünschte tatsächlich, meine Schwester würde mit mir noch spielen. Sie wird viel zu schnell erwachsen, letzte Woche hat sie mir erzählt, dass sie jetzt einen Freund hat.« Ella verzog das Gesicht, als wäre das ihr persönlicher Albtraum.

Nachdenklich lauschte ich den Erzählungen meiner Freunde. In jedem Wort, mit dem sie sich über ihre Geschwister aufregten, schwang unendlich viel Liebe mit. Als Kind hatte ich mir immer eine Schwester oder einen Bruder gewünscht. Jemand, der mir zur Seite stand und sich mit mir zusammentat, wenn meine Mutter mal wieder einen neuen Typen anschleppte. Bis auf meine Oma Claudi hatte es niemanden gegeben, von dem ich mich wirklich verstanden gefühlt hatte. Mit einem Geschwisterkind wäre meine Jugend möglicherweise völlig anders verlaufen. Vielleicht wäre dann alles anders gekommen und es hätte Jack nie gegeben.

3. Kapitel

Maxim

Ich war ein Idiot. Das war zwar nichts Neues, aber diesmal hatte ich mich wirklich selbst übertroffen. Tara. Von allen Frauen, die es in dieser verdammten Stadt gab, musste ich es ausgerechnet mit einer der wenigen treiben, die tabu waren. Dabei ging es nicht nur darum, dass ich Hanna versprochen hatte, die Finger von ihren Freundinnen zu lassen.

Ich wusste ja selbst, dass das eine absolut schlechte Idee war. In dem letzten Jahr war es mir gelungen, die Anziehung, die Tara auf mich ausübte, zu ignorieren, aber offensichtlich war diese Zeit endgültig vorbei und das war absolut beschissen.

Nach *ihr* hatte ich mich von Mädchen wie Tara ferngehalten. Sie war zu gut. Zu nett. Seit ich sie kannte, hatte ich nur ein einziges Mal mitbekommen, dass sie sich mit einem Kerl getroffen hatte. Sie brachte es als Einzige von uns fertig, sich schon Wochen vor den Prüfungen in die Bibliothek zu setzen und von Hanna wusste ich, dass sie einen Ordnungszwang hatte, weshalb sie manchmal stundenlang die WG putzte. Wer tat so etwas schon freiwillig? Wie sie es überhaupt mit meiner Schwester aushielt, war mir ein Rätsel.

»Mach schon, Alter. Ich will hier nicht ewig rumstehen.«

Ich griff nach den Hanteln, die Finn mir ungeduldig hinstreckte.

Meine Gedanken waren in den letzten Tagen bereits viel zu oft zu Tara gewandert. Oder besser gesagt zu ihren Beinen. Oder ihren ...

Okay, ich musste damit aufhören! Dass ich mich noch viel zu gut an Taras nackten Körper erinnerte, war keine Hilfe.

Sie hatte etwas an sich, das mich anzog, und die Tatsache, dass sie verbotenes Terrain war, machte mich nur noch mehr an. Es war so einfach sie in Verlegenheit zu bringen und die leichte Röte, die ihr ins Gesicht stieg, wenn ich ihr zu nahekam, war zu niedlich.

»Ey, ich glaube, es wird Zeit zu wechseln.« Finn schaute argwöhnisch auf mich herab. Schulterzuckend erhob ich mich von der Bank und machte ihm Platz.

Nach dem Training wartete ich vor dem Fitnessstudio auf Finn, der meinte, noch die Nummer einer der Frauen klarmachen zu müssen, die sich auffallend oft in unserer Nähe herumgedrückt hatten. Es war so lächerlich offensichtlich gewesen, dass wir uns nach wenigen Minuten wissend angegrinst hatten. Das passierte schließlich nicht zum ersten Mal. Im Gegenteil, ich wusste nicht, wie viele Frauen ich nach dem Training schon zu einer Party eingeladen hatte, die dann bei mir zu Hause im Bett geendet hatte.

»Da bist du ja endlich.«

Finn kam mit einem breiten Grinsen im Gesicht auf mich zu, was keinen Zweifel daran ließ, dass er sein Ziel erreicht hatte.

»Jaja, du kannst deine Sprüche für dich behalten. Du bist doch nur neidisch, weil sie nicht an dir interessiert war.«

»Neidisch? Ha, als ob ich das nötig hätte.«

»Ach ja? Wie lange ist das mit der einen aus deinem Kurs her? Du weißt schon, die große Schwarzhaarige mit den großen –«

»Ja, danke, du brauchst mich nicht daran zu erinnern. Die hat danach total den Terror geschoben.«

»Das war noch vor Weihnachten, oder? Also vor einem Monat? Mann, was ist los? Du lässt nach!«

Finn stieß mir grinsend gegen die Schulter, was ich mit einem gespielten Seufzer quittierte.

Tatsächlich hatte ich seither die Finger von Frauen gelassen. Bis auf Tara. Es war gerade mal zwei Wochen her, dass die Silvesternacht so eskaliert war und auf eine völlig unerwartete Weise geendet hatte. Trotzdem kam mir die Zeit wie eine verdammte Ewigkeit vor.

»Du brauchst etwas Ablenkung, so untervögelt wirst du irgendwann anstrengend. Heute Abend steigt bei Noah eine Party, bist du dabei?«

»Klar bin ich dabei. Ist wohl wirklich etwas lange her, dass ich es so richtig habe krachen lassen«, erwiderte ich betont locker.

Vielleicht hatte Finn recht und eine Party war genau das, was ich jetzt brauchte. Denn wenn ich mich mit etwas auskannte, dann darin, meine Gedanken mit Alkohol zu betäuben. Ich war ein Meister der Ablenkung und Tara würde ich heute Nacht aus meinem Kopf verdrängen.

Ein paar Stunden später stand ich mit einem Bier in der Hand in Noahs Wohnung, über deren Größe wir uns alle schon mehrfach gewundert hatten. Ich wusste, dass sein Vater als angesehener Rechtsanwalt ordentlich Kohle machte, aber dass er die so bereitwillig in die Bude seines Sohnes steckte, war mir doch ein Rätsel. Vermutlich hatte er nicht den blassen Schimmer, wie oft Noahs Wohnung von einer feierwütigen Menschenmasse belagert wurde. Denn obwohl das Jurastudium ihm viel abverlangte, kannte ich niemanden, der so oft Party machte wie Noah.

Ich bahnte mir einen Weg aus der überfüllten Küche ins Wohnzimmer, in dem Elektro Beats viel zu laut aus den verhältnismäßig schlechten Boxen schallten.

»Na, hast du Spaß?«

Ich drehte mich um und hob meine Augenbrauen. Die Stimme gehörte zu einer hochgewachsenen Blondine, die sich gerade an meinen Arm hängte und mich aus großen, blauen Augen schmachtend anschaute. Das Glitzern darin war verführerisch, ebenso wie ihre vollen Lippen, die sie zu einem aufreizenden Lächeln verzogen hatte.

Blitzschnell glitt mein Blick über ihr eng anliegendes schwarzes Kleid, das ihre Rundungen perfekt in Szene setzte. Und es waren Rundungen, die es wert waren, dass meine Augen länger auf ihnen verweilten.

»Bisher nicht so sehr, aber mein Gefühl sagt mir, dass der Spaß erst noch losgeht.«

Ich zwinkerte ihr zu und als eine sanfte Röte in ihre Wangen stieg, war es um mich geschehen. Sie war genau mein Typ. Auffallend hübsch, selbstbewusst, aber nicht zu forsch.

Ich legte einen Arm um ihre Schulter und bemerkte mit einem zufriedenen Grinsen ihr schüchternes Lächeln. Oh ja. Sie passte ganz genau in mein Beuteschema.

»Hier drinnen ist es so laut, etwas frische Luft auf dem Balkon tut bestimmt gut.«

Sie nickte nur und ließ sich bereitwillig von mir durch die Menschenmenge dirigieren.

Auf dem kleinen Balkon angekommen, schlug uns ein eisiger Wind entgegen. Das Mädchen drängte sich enger an mich und ich legte einen Arm um ihre Schulter.

Es waren außer uns noch ein paar andere Leute auf dem Balkon, aber ich beachtete sie nicht weiter. Mit dem Mädchen an meiner Seite steuerte ich auf die dunklere Ecke des Balkons zu, wobei ich ihr mit einer Hand sanft über den Arm strich. Ein Schauer durchfuhr ihren Körper, eine Reaktion, die auch an mir nicht spurenlos vorbeiging.

Ich positionierte sie so, dass sie mit dem Rücken zu dem Geländer stand und mich anschauen musste. Ihr Blick war neugierig und sehnsüchtig zugleich, eine Mischung, die ich gut kannte. Ich legte eine Hand an ihre Hüfte, woraufhin sie einen kleinen Schritt auf mich zukam. Die schüchterne Röte war von ihren Wangen verschwunden und als sie eine Hand in meinen Nacken schob, war klar, dass wir hier keine weiteren Worte brauchten.

Mit einem zufriedenen Seufzen lehnte ich mich nach vorne und legte meine Lippen auf ihre. Das Mädchen reagierte sofort. Sie fuhr mit ihrer Hand in meine Haare und zog mich noch enger an sich. Als sie ihre weichen Lippen öffnete und ihre Zungenspitze neckend über meine fuhr, verlor ich die Beherrschung.

Ich vergrub eine Hand in ihren Haaren, während ich mein Knie langsam zwischen ihre Beine schob. Sie stöhnte leise auf, ein Geräusch, das mir durch und durch ging. Verdammt, sie fühlte sich gut an.

Ein sanfter Vanilleduft stieg mir in die Nase und hüllte mich in eine warme Wolke des süßen Vergessens. Unsere Zungen umkreisten sich und als ich ihre Hände unter meinem Shirt spürte, presste ich mich enger an sie. Sie musste spüren, wie sehr ich sie wollte, so hart war ich inzwischen.

Oh ja, ich hatte wirklich etwas Ablenkung gebraucht. In meinem Kopf machte sich eine angenehme Leere breit und meine Gedanken verstummten.

Auf einmal löste sich das Mädchen von mir. Mit zurückgelegtem Kopf schaute sie mich nachdenklich an. Der Ausdruck in ihren Augen gefiel mir nicht. Da war zu viel Neugierde, zu viele Fragen.

»Bevor das hier weitergeht und ich mit zu dir komme, muss ich zumindest wissen, wie du heißt.«

Ich schaute sie an. »Ich bin Maxim. Und du?«

Ich hielt sie weiter eng umschlungen, während ich wartete, dass sie antwortete und wir endlich da weitermachen konnten, wo sie aufgehört hatte.

»Rate.« Sie grinste mich herausfordernd an und ich konnte mir nur mit Mühe ein Augenverdrehen verkneifen. Warum taten Frauen das nur? Die Stimmung war perfekt, ich wollte sie und sie mich. Das war mehr als offensichtlich. Warum um alles in der Welt musste sie denn jetzt anfangen zu *reden?*

»Keine Ahnung, Anna?« Ich nannte den nächstbesten Namen, der mir in den Sinn kam.

»Nein« Sie lachte auf, als hätte ich einen Witz gemacht. »Ich heiße Leah.«

Ich erstarrte. Es war, als hätte jemand einen Eimer mit eiskaltem

Wasser über mir ausgeleert. Mein Körper versteifte sich und ich taumelte zurück.

Fünf Jahre. Fünf Jahre und ihr Name reichte immer noch aus, um mich völlig aus der Fassung zu bringen.

»Maxim? Alles in Ordnung?«

Ich hörte ihre Stimme nur gedämpft und als eine Hand nach meinem Arm griff, schüttelte ich sie unsanft ab.

»Ich muss hier weg.«

Ohne mich noch einmal umzudrehen, flüchtete ich in das überfüllte Wohnzimmer.

Der Bass der viel zu lauten Musik dröhnte in meinen Ohren, während ich nach meiner Jacke suchte. Ich entdeckte sie auf einer Couch, auf die ich sie vorhin achtlos geworfen hatte.

Das Atmen fiel mir zunehmend schwerer, eine Reaktion, die ich von meinem Körper kannte und die mich trotzdem jedes Mal mit Panik erfüllte.

Ohne auf meine Mitmenschen zu achten, bahnte ich mir einen Weg zur Wohnungstür. Ich musste hier raus. So schnell wie möglich.

Mit flachem Atem hastete ich die Treppe hinunter. Draußen angekommen, sank ich auf die Knie.

Mein Herz raste und die Sicht vor meinen Augen verschwamm.

Das letzte Mal, dass ich eine Panikattacke hatte, war lange her. Ein Teil von mir wusste, dass meine Reaktion übertrieben und irrational war, doch mein Körper stand unter Schock. Ich konnte das Zittern nicht kontrollieren, das mich ergriff.

Fluchend riss ich mein Smartphone aus meiner Hosentasche. Es gab nur eine Person, die ich jetzt anrufen konnte. So sehr ich es auch hasste, mich schwach und hilflos zu fühlen, ich wusste inzwischen, dass ich es in diesem Zustand nicht alleine nach Hause schaffen würde.

Mit zitternden Fingern wählte ich die Nummer. Übelkeit stieg in mir auf. Nach dem dritten Klingeln ging sie dran.

»Hanna? Ich brauche dich!«

»Was? Maxim? Warte kurz, hier ist es zu laut.«

Ich hörte ein Rauschen und gedämpfte Musik, dann wieder Hannas Stimme.

»Was ist los?«

»Kannst du mich heimfahren?« Meine Stimme klang furchtbar. Ich räusperte mich, doch das Zittern blieb.

»Oh, Maxim. Wo bist du? Ich komme sofort.«

Ich beschrieb ihr den Weg, dann ließ ich meinen Kopf auf meine Knie sinken.

In mir tobte ein Sturm, eine Spirale aus Schmerzen, die ich viel zu lange verdrängt und nicht mehr zugelassen hatte. Warum heute? Warum musste mich die Vergangenheit ausgerechnet heute einholen?

Zusammengekauert auf dem Bordstein wartete ich, bis meine kleine Schwester mich holen kam. Ich wusste nicht, wann ich mich das letzte Mal so erbärmlich gefühlt hatte.

»Na komm.« Auf einmal war Hanna an meiner Seite. Sie schob einen Arm unter meinen und half mir aufzustehen. Wortlos führte sie mich zu ihrem Auto.

»Es tut mir leid«, murmelte ich leise.

»Das muss es nicht«, erwiderte Hanna ebenso leise.

»Ich bin ein Wrack, Hanna. Schau mich doch an. Nach all den Jahren ... Ich bin ein verdammtes Wrack.«

Die Worte schwebten zwischen uns. Hanna sagte nichts dazu. Sie kannte mich gut genug, um zu wissen, dass es keine Antwort gab, die mir helfen konnte.

Ich lehnte mich zurück und starrte aus dem Fenster in die Dunkelheit. Über uns waren vereinzelt ein paar Sterne zu sehen.

Erinnerungen wurden lebendig und zeigten mir Bilder aus einem anderen Leben.

Ein Campingausflug im Sommer. Hanna, Leah und ich. Wie wir stundenlang in den Nachthimmel schauten und nach Sternenbildern suchten.

Ich presste eine Hand auf meine Brust und atmete tief ein. Das musste aufhören. Ich durfte nicht immer wieder zu diesem Sommer zurückkehren. Ich konnte es nicht.

Langsam beruhigte sich mein Herzschlag und die Panik ebbte ab.

Zurück blieb eine dumpfe Leere. Doch damit konnte ich umgehen. Dieses Gefühl kannte ich. Viel zu lange schon.

4. Kapitel

Tara

»Ich will eine Pause!«

Es war das dritte Mal, dass Hanna diese Worte von sich gab und wie die beiden vorherigen Male warfen Ella und ich uns nur ein müdes Lächeln zu.

»Zwei Stunden, Hanna. Wir haben gesagt, wir lernen zwei Stunden am Stück und machen dann erst eine Kaffeepause.«

»Du hast das gesagt«, grummelte Hanna und beugte sich mit einem leidenden Gesichtsausdruck über ihre Notizen. Wir saßen zu dritt in Ellas Zimmer auf dem Boden. Um uns herum lagen Papiere und Ordner verteilt, die mit zahlreichen bunten Klebezetteln und Markierungen versehen waren.

Ella und mir war es überraschenderweise gelungen, Hanna zu einem gemeinsamen Lernnachmittag zu überreden. Da Ella und ich uns mit dem gleichen Lernstoff herumplagen mussten, lernten wir meistens gemeinsam. Ella war ähnlich ehrgeizig wie ich und machte sich im Gegensatz zu den anderen nicht über meine Lernpläne lustig.

Während das Germanistikstudium uns zwang, viel zu lesen und zu recherchieren, beschäftigte sich Hanna mit Unterrichtsmodellen und pädagogischen Inhalten.

Jedes Mal, wenn ich nach Hause kam und Hanna bastelnd auf der Couch vorfand, konnte ich mir bildhaft vorstellen, wie sie als Grundschullehrerin mit ihren Schülern kreative Projekte umsetzte und Ausflüge organisierte.

In Momenten wie diesen allerdings, kam es mir ironisch vor, dass auch Hanna eines Tages Hausaufgaben verteilen und ihre Schüler dazu zwingen würde, sich zu Hause an den Schreibtisch zu setzen. So wie wir sie jetzt.

»Das ist so langweilig«, jammerte Hanna leise.

Grinsend beobachtete ich, wie sie ihre Haare zu einem Knoten zusammenband und sich über ihre Unterlagen beugte. Selbst mit dieser Frisur und der einfachen, dunkelgrünen Bluse, die sie über ihrer blauen Jeans trug, sah sie noch aus wie ein Model. Mit ihrer kreisrunden Nerdbrille wirkte sie wie eine eifrige Studentin, auch wenn das definitiv nicht der Fall war.

Hanna hasste es zu lernen und obwohl sie sich gern beschwerte, war ich froh, dass sie sich uns angeschlossen hatte.

»So, die zwei Stunden sind rum.« Hanna schlug ihren Ordner zu und stand auf. »Ich mach uns Kaffee.«

Sie verschwand in der Küche, bevor Ella oder ich protestieren konnten. Ein Blick auf die Uhr verriet mir, dass wir gerade mal seit neunzig Minuten an unseren Unterlagen saßen, aber als ich Hanna fröhlich in der Küche summen hörte, legte ich meine Zettel ebenfalls beiseite.

»Sie ist unverbesserlich.« Lächelnd schüttelte Ella den Kopf.

»Ich kann euch hören«, rief Hanna aus der Küche. Wenig später kam sie mit einem Tablett in der Hand zurück, auf dem sie drei Tassen Kaffee und einen Teller mit Keksen balancierte.

»Wie willst du deinen Schülern eigentlich mal Disziplin beibringen, wenn du dich selbst keine zwei Minuten an die Hausaufgaben setzen würdest?«

Ich schnappte mir eine Tasse und nahm einen großen Schluck. Eins musste ich Hanna lassen, sie machte den besten Kaffee von uns allen.

»Pah, Disziplin wird völlig überschätzt. Meine Schüler lernen auch so schreiben, das habe ich schließlich auch ohne Hausaufgaben geschafft.«

»Manchmal bewundere ich dich für deine Haltung, ich war in der Schule eine richtige Streberin«, gab Ella zu und griff nach einem Keks.

Ihre langen, braunen Haare fielen ihr locker über die Schulter und in ihren dunklen Augen lag ein wachsamer Blick, dem selten etwas entging. In der Gruppe hielt sich Ella mit ihrer Meinung oft zurück, doch ich wusste, dass sie gerade deshalb mehr mitbekam als die meisten anderen Menschen.

»Ach, die braucht es auch, Ella. Wenn alle Schüler so wie ich wären, würde ich nicht Lehrerin werden wollen.«

»Das glaube ich dir sofort.«

»Okay, kleiner Themawechsel: Was machen wir am Wochenende?« Erwartungsvoll schaute Hanna uns an.

»Ich muss Freitag bis abends ins Studio. Meine Kollegin Caro hat gefragt, ob ich ihren Kurs übernehme, aber ansonsten habe ich frei.«

Ella arbeitete neben dem Studium in einem Tanzstudio, wo sie Ballett und Jazzdance unterrichtete. Sie war selbst eine begnadete Tänzerin, zumindest hatte sie mich die wenigen Male, die ich sie hatte tanzen sehen, ziemlich umgehauen.

»Und was ist mit dir, Tara?«

»Ähm, keine Ahnung, es ist erst Montag.«

Bei dem Gedanken an die vielen Vorlesungen und Termine, die in den nächsten Tagen anstanden, wurde mir leicht schwindelig. Die Wochen vor den Prüfungen waren ätzend und ich sehnte mich nach den Semesterferien.

»Du wirst auf jeden Fall nicht das ganze Wochenende lernen.«

Hanna warf mir einen strengen Blick zu.

»Hatte ich nicht vor«, murmelte ich.

»Und du wirst dich auch nicht in deinem Zimmer verkriechen und das ganze Wochenende schreiben.«

»Na schön.« Ich seufzte ergeben, denn genau das war mein Plan gewesen.

»Ich habe gehört Lukas veranstaltet am Wochenende eine WG-Party.«

Überrascht drehte ich mich zu Ella um. »Wer ist Lukas?«

»Er studiert mit uns. Groß, dunkle Haare, trägt meistens einen grauen Kapuzenpulli. Oh und er sitzt immer in der ersten Reihe.«

»Ah, Lukas, ja, jetzt weiß ich wer. Und da können wir einfach so hin?«

Ich hatte im letzten Semester ein Seminar zur Liebeslyrik belegt und meinte ihn dort gesehen zu haben, aber wir hatten nie miteinander geredet.

»Ja klar, warum nicht?«

Dass Ella eine Einladung hatte, wunderte mich nicht. Sie schaffte es, dass die Leute sie nach nur wenigen Minuten ins Herz schlossen und das, ohne sich dafür anzustrengen.

»Wir können da nicht hin.« Hanna blickte uns zerknirscht an.

»Was? Warum nicht? Oh Mann, Hanna!« Ich wusste nicht, ob ich lachen oder mit ihr schimpfen sollte, als mir der Grund dämmerte. »Du hattest was mit ihm, oder?«

Ella rümpfte missbilligend die Nase.

»Ich fürchte ja und er hat es mir ganz schön übel genommen, als ich ihm nicht zurückgeschrieben habe.«

»Du bist ja fast so schlimm wie dein Bruder.« Ellas Worte kamen aus dem Nichts und trafen mich völlig unerwartet. Hastig griff ich nach meinem Kaffee, um mein Gesicht dahinter zu verstecken.

In der letzten Woche war es mir erstaunlich leichtgefallen, nicht mehr so oft an Maxim zu denken. Na ja, zumindest nicht öfter als alle paar Stunden, aber das war immerhin ein Anfang. Ich hatte nicht vor, jetzt wieder rückfällig zu werden.

»Also keine WG-Party, dann vielleicht eine Bar in der Stadt? Wir könnten mal wieder einen Mädelsabend machen, was meint ihr?«, schlug ich betont unbekümmert vor.

Erstaunt hob Hanna eine Augenbraue. »Und dieser Vorschlag kommt ausgerechnet von dir? Klar, bin dabei.«

»Gut, dann können wir ja jetzt weitermachen.«

»Weitermachen? Nein, bitte nicht, Tara. Hab Erbarmen!« Flehend schaute Hanna mich an. Sie hatte es wirklich drauf, mit ihren Augen den Willen der Leute zu brechen, aber ich blieb standhaft.

»Ich werde mich jedenfalls jetzt ausführlich mit meinen Notizen aus dem Semantikkurs beschäftigen.« Lustlos griff ich nach meinem Ordner. Als ich Sprachwissenschaft als Schwerpunkt gewählt hatte, war mir nicht wirklich klar gewesen, wie viel Lernstoff das bedeutete. Aber die Inhalte hatten interessanter geklungen als die der alten deutschen Literatur. Außerdem hatte ich gehört, dass man dafür viel lesen musste und auch wenn mir das in meiner Freizeit nichts ausmachte, lernte ich lieber einmal intensiv, als ständig an einer Hausarbeit sitzen zu müssen.

»Wow, du klingst ja motiviert, sollen wir nicht lieber ...«

»Halt die Klappe Hanna und reich mal die Kekse rüber.« Sie streckte mir den Teller hin, bevor sie theatralisch seufzend nach ihren Mitschriften griff.

Mit einem Grinsen im Gesicht widmete ich mich wieder meinen Unterlagen. Die Lernphasen waren jedes Mal eine stressige und nervenaufreibende Zeit, aber mit Freundinnen wie Hanna und Ella waren sie zumindest halbwegs erträglich.

Drei Stunden später brummte mein Kopf und Begriffe wie *Intension* und *Extension* bildeten ein Knäuel aus halb verstandenem Wissen.

»Ich bin durch für heute.«

»Endlich.« Hanna blickte von dem Perlenarmband auf, mit dem sie vor einer Stunde begonnen hatte.

»Alles klar, ich mache auch Schluss für heute. Kommt gut heim.« Ella drückte uns kurz, nachdem sie ihre Notizen auf dem Schreibtisch abgelegt hatte.

Im Hinausgehen warf ich einen Blick auf mein Handy und hielt seufzend inne. Vier Anrufe in Abwesenheit. Ich konnte meine Mutter unmöglich länger ignorieren.

»Was ist los?« Hanna bemerkte, dass ich stehen geblieben war.

»Ach, nur meine Mutter. Ich muss sie später mal anrufen.«

»Okay.« Hanna schien neugierig zu sein, fragte aber nicht weiter nach.

Ich erzählte nur wenig von meiner Mutter oder meinem Leben zu Hause. So war es einfacher für mich. Ich hatte hier neu angefangen und die Rolle, die ich so viele Jahre eingenommen hatte, hinter mir gelassen.

»Na los, wer schneller da ist.« Grinsend stieg Hanna auf ihr Fahrrad.

»Nicht schon wieder.« Manchmal kam mir meine beste Freundin wie ein spielendes Kind vor, das etwas nachzuholen hatte.

»Ach komm, Finn habe ich letztens geschlagen, das schaffe ich bei dir auch noch.«

»Ich wette, er hat dich nur gewinnen lassen.«

Ich positionierte mein Fahrrad neben ihrem und wir traten gleichzeitig in die Pedale.

Lachend rasten wir durch die Straßen, wobei ich den vorbeigehenden Spaziergängern laut Entschuldigungen zurief.

»Erste!« Atemlos, aber mit einem zufriedenen Lächeln im Gesicht, stieg ich wenige Minuten später vor unserer WG ab.

»Das ist nicht fair«, presste Hanna zwischen zwei schnellen Atemzügen hervor.

»Dass ich eine bessere Kondition habe, weil ich viel Laufen gehe?«, zog ich sie auf.

»Genau.« Sie fächelte sich mit einer dramatischen Handbewegung Luft zu, als hätten wir einen Halbmarathon und nicht nur eine zehnminütige Fahrt hinter uns.

»Weißt du, du kannst dich mir gerne mal ...« Die einsetzende Melodie von meinem Smartphone unterbrach mich. Ein Blick auf das Display zeigte mir den Namen meiner Mutter an.

»Geh schon mal rein, ich komme gleich nach.«

Ich atmete tief durch und wappnete mich innerlich für die überdrehte Stimme meiner Mutter, dann nahm ich den Anruf an.

»Hi, Mum!«

»Tara Schatz, bist du es? Wie geht es dir? Ich habe so lange nichts mehr von dir gehört! Ich war schon kurz davor, meine Sachen zu packen und zu dir zu kommen, dann meinte Claudia, dass dich ein Überraschungsbesuch vielleicht gar nicht freuen würde. Du hast ja bestimmt auch viel zu tun. Tara Schatz? Du sagst ja gar nichts.«

Wow. Ich hatte keineswegs vergessen, dass meine Mutter wie ein Wasserfall reden konnte, aber nach einer längeren Pause brauchte selbst ich ein paar Sekunden, um mich auf ihr Tempo einzustellen.

»Ja, du hast mich ja auch nicht zu Wort kommen lassen.«

»Entschuldige, du weißt doch wie es ist, wenn ich aufgeregt bin. Dann kann ich nicht mehr aufhören zu reden und ...«

»Ja, das weiß ich. Mir geht es gut, Mama. Ich bin am Lernen und nebenher schreibe ich nach wie vor für die *Wochenklatsch*.«

»Stimmt, das weiß ich noch. Und sonst? Wie ist es mit deiner Mitbewohnerin? Hanna hieß sie, richtig?«

»Es ist alles gut.«

»Und sonst?«

Ich hielt nur mit Mühe einen Schreikrampf zurück und atmete stattdessen tief ein.

»Es gibt keine neuen Jungsgeschichten.«

»Ach, Tara Schätzchen, das macht doch nichts.«

»Das weiß ich, *Mutter*.«

Sie hasste es, wenn ich sie so nannte, weil sie sich dann so alt fühlte. Dabei war sie mit ihren sechsunddreißig Jahren im Vergleich zu den Müttern meiner Freunde extrem jung.

»Und bei dir alles gut?«, fragte ich nach einer kurzen Pause, als ihr beleidigtes Schweigen zu bedrückend wurde.

»Oh, lieb, dass du fragst. Ich habe jemanden kennengelernt. Er kommt seit Wochen jeden Mittwochmittag in unser Café und letzte Woche hat er mich nach einem Date gefragt.« Mit aufgeregter Stimme plauderte sie über den attraktiven, jungen Mann, der sie zum Dinner ausgeführt hatte. »Ich habe bei ihm ein gutes Gefühl, Tara. Er ist nicht wie die anderen.«

Ich wusste nicht, wie oft ich diesen Satz schon von meiner Mutter gehört hatte und wann ich aufgehört hatte, ihn zu glauben.

»Nach deinem Vater habe ich den Männern abgeschworen, aber wie du weißt, kam dann Jack und als er sich als das größte Arschloch von allen herausgestellt hat ...«

In meinen Ohren setzte ein sanftes Rauschen ein. Ja, Jack war ein Arsch gewesen. Wenn meine Mutter auch nur ansatzweise wüsste, was zwischen uns gelaufen war, würde sie jetzt nicht so munter mit mir über ihn plaudern.

Eine Welle von Angst und Schuld durchflutete mich, wie immer, wenn ich an ihn dachte. Ich hatte die Erinnerungen tief in mir vergraben und sie kamen nur noch selten an die Oberfläche. Doch wenn sie es taten, trafen sie mich mit einer Wucht, die mich jedes Mal erschütterte.

»Das klingt prima, Mama«, unterbrach ich ihre Schwärmerei für den neuen Kerl, dessen Namen ich verpasst hatte.» Es freut mich, dass es dir gut geht, ich muss jetzt leider auflegen, aber wir bleiben in Kontakt, ja?«

»Alles klar. Pass auf dich auf, Tara Schatz, aber ach, das machst du ja sowieso. Hab ein bisschen Spaß, ja? Und lerne nicht so viel. Du musst das Studentenleben voll ausleben, glaub mir, der Arbeitsalltag ist hart, ich hatte ja nie die Chance zu studieren, weil ich so früh Mutter geworden bin. Aber die Zwanziger sind Jahre zum Party machen und Ausprobieren!«

»Ja, Mama, werde ich. Ich muss wirklich los.«

»Ist gut. Ich hab dich lieb, mein Schatz.«

»Ich dich auch.«

Ich legte auf und stieß langsam die Luft aus, die ich unwillkürlich angehalten hatte.

Ein einziges Telefongespräch mit meiner Mutter reichte aus und ich war völlig fertig mit den Nerven.

Ich schloss unsere Wohnungstür auf und steuerte die Küche an.

Zielsicher griff ich nach einem Glas und schnappte mir die angebrochene Weinflasche aus dem Kühlschrank.

»Okay, jetzt mache ich mir Sorgen. Es ist Montagabend, wir haben noch nicht mal neunzehn Uhr und du fängst mit trinken an?«

Ich quittierte Hannas Frage mit einer hochgezogenen Augenbraue.

»Schon gut, ich nehme auch ein Glas.«

»Brav, so gehört es sich.« Zufrieden grinste ich sie an, während ich mich langsam von dem Überfall meiner Mutter erholte.

»Meine Mutter kann manchmal etwas ... viel sein. Ich habe dir bestimmt mal erzählt, dass sie erst sechszehn Jahre alt war als sie mich bekommen hat und tja, irgendwie ist sie in dieser Zeit stecken geblieben. Sie benimmt sich mehr wie eine zwanzigjährige Studentin als ich es tue.«

»Oh Mann.« Hanna stieß mit mir an und wir setzten uns an den Klapptisch.

Gedankenverloren starrte ich in mein Weinglas, während die Worte meiner Mutter immer noch durch meinen Kopf wirbelten. Die Erinnerungen an meine Kindheit und Jugend waren im letzten Jahr mehr und mehr verblasst. Doch in Momenten wie diesen, wenn ich ihre Stimme so vertraut aufgedreht in meinem Ohr hatte, wurden sie plötzlich wieder lebendig.

Auch wenn ich es nie vor ihr zugeben würde, vermisste ich sie manchmal.

Doch dann dachte ich an ihr ständiges Männerdrama und wie es gewesen war, ohne Vater und mit einer pubertierenden Mutter aufzuwachsen. Ein einziger Gedanke an Jack reichte aus und eine lähmende Angst ergriff mich. Nein, die Entscheidung vor zwei Jahren auszuziehen, war die beste gewesen, die ich hätte treffen können. Die Zeit, in der ich mich ständig fehl am Platz und anders als die anderen gefühlt hatte, war vorbei. Die Zeit, in der ich mich in meinem eigenen Haus fürchten musste, auch.

Ich war nicht mehr die Tara von damals. Das Mädchen, das seine eigene Mutter bekochte und den Haushalt schmiss, während diese sich mit Männern traf, gehörte der Vergangenheit an. Ebenso wie die wehrlose, naive Tara, deren Welt an ihrem sechzehnten Geburtstag sich für immer geändert hatte. Ich schloss die Augen, als mir Bilder von dem Abend vor vier Jahren durch den Kopf schossen. Es fiel mir erschreckend leicht, mich an Jack zu erinnern und daran, wie schnell mein

Herz geschlagen hatte, als er auf mich zugekommen war. Wie schnell die Panik sich in mir ausgebreitet hatte, als er seine Hand ausgestreckt hatte und …

»Tara?« Hannas Stimme riss mich aus meinen Gedanken.

»Ja?«

»Alles okay?«

Ich nahm einen großen Schluck Wein und nickte entschlossen.

»Alles bestens.«

5. Kapitel

Tara

Die nächsten Tage reihten sich ereignislos aneinander. Wie so oft vor den Prüfungen verging die Zeit zu langsam und gleichzeitig viel zu schnell.

Als ich am ersten Februar den Kalender aufschlug, stellte ich mit Schrecken fest, dass ich nur noch zwei Wochen bis zu den Prüfungen hatte.

»Oh, du hast gerade den Kalender da, gut. Ich hoffe du hast unser Wochenende fest eingeplant!« Hanna setzte sich gut gelaunt zu mir auf die Couch, auf der ich es mir für eine kurze Lernpause gemütlich gemacht hatte.

»Hä?«

»Unser Skiwochenende!«

»Oh shit.« Das hatte ich tatsächlich vergessen.

Wir hatten die Hütte in den Vogesen schon vor Wochen gebucht. Hanna, Ella, Maxim, Finn und ich. Noah hatte leider absagen müssen, er hatte irgendetwas von einer Geburtstagsfeier in der Familie erzählt, wir vermuteten allerdings, dass der eigentliche Grund seine Abneigung gegen Schnee war.

Wie ein Mensch eine weiße Winterlandschaft verabscheuen konnte, war mir ein Rätsel.

»Das war wann noch mal genau?«

»Mensch, Tara. Du trägst doch sonst alles so penibel ordentlich in deinen Kalender ein. Das Wochenende nach unseren Prüfungen. Donnerstag geht es los und Sonntag kommen wir zurück. Bitte sag mir, dass du da Zeit hast.«

Schnell blätterte ich den Kalender um.

»Habe ich, ich trage es sofort ein.«

»Das wird so cool. Gott, du glaubst gar nicht, wie sehr ich mich freue, wenn diese Prüfungen vorbei sind!«

»Doch, ich kann es mir vorstellen.«

Lächelnd schlug ich den Kalender zu, wobei ich nicht gegen das mulmige Gefühl ankam, das sich in meinem Magen ausbreitete.

Vier Tage mit meinen besten Freunden auf einer Skihütte in den Bergen klang traumhaft. Ich hatte allen Grund mich darauf zu freuen und nur einen, mich deswegen unbehaglich zu fühlen.

Ich verfluchte Maxim innerlich, auch wenn er nichts dafürkonnte, dass ich ihn ständig in meine Gedanken ließ.

Seit dem Spieleabend hatte ich ihn nicht mehr gesehen. Und auch nichts von ihm gehört. Keine Nachricht, kein Anruf, nichts. Ich wusste selbst, wie lächerlich es war, dass mir das etwas ausmachte, schließlich hatten wir uns vorher auch nicht viel geschrieben. Ich konnte nur hoffen, dass das Wochenende nicht seltsam werden würde.

»Warum sollte es denn seltsam werden?«

»Was?«

Hanna schaute mich verwirrt an und ich erwiderte ihren Blick ähnlich erstaunt.

»Du hast gesagt, du hoffst, dass das Wochenende nicht seltsam wird.«

Oh Mist. Ich hatte gar nicht gemerkt, dass ich den Gedanken laut ausgesprochen hatte.

»Ich habe nur laut gedacht«, murmelte ich.

»Aha?«

»Wir haben uns in letzter Zeit so wenig in der Gruppe getroffen und ich hoffe einfach, dass es trotzdem so vertraut und lustig wird wie sonst auch«, begann ich und merkte sofort, was für einen Unsinn ich da redete.

»Du lernst eindeutig zu viel. Dein Gehirn ist völlig überlastet von den ganzen Begriffen und Definitionen, mit denen du seit Tagen um dich wirfst.« Hanna schüttelte missbilligend den Kopf.

Ich dankte ihr im Stillen dafür, dass sie das Thema damit fallen ließ.

»Vielleicht solltest du dich mit deinem Unbekannten von Silvester treffen. Eine Nacht voll heißem Sex täte dir bestimmt gut.«

»Hanna!« Ich griff nach einem Kissen und warf es in ihre Richtung. Dann beeilte ich mich in Deckung zu gehen, bevor sie zum Gegenangriff ausholen konnte.

»Du würdest dich wirklich bestens mit meiner Mutter verstehen«, rief ich lachend, als das Kissen zurück in meine Richtung flog.

»Ach ja?«

»Ja, sie fragt mich jedes Mal nach meinem Liebesleben und ist völlig entsetzt über die Tatsache, dass ich am Wochenende tatsächlich lerne, anstatt drei Tage durchzufeiern.«

»Deine Mutter scheint eine sehr weise Frau zu sein.«

»Oh ja, so könnte man das auch nennen.«

»Apropos, am Freitagabend steigt eine Party bei Finn.«

»Schon wieder? Das ist doch nicht normal, dass jedes Wochenende einer unserer Freunde eine Party bei sich schmeißt.«

»Doch, liebe Tara. Genau das ist normal. Jeden Tag in die Bibliothek zu gehen und an einem Freitagabend zu lernen wiederum ist *nicht* normal.«

»Jaja, schon gut.«

»Also bist du dabei?« Hoffnungsvoll blickte mich Hanna an. Ihre Augen hatten diesen berüchtigten Blick angenommen, der jeden Kerl schwach werden ließ. Und mich offensichtlich auch.

»Na gut. Aber Samstag wird trotzdem gelernt.«

»Juhu!« Hanna klatschte in die Hände, wild entschlossen, den zweiten Teil meiner Antwort zu übergehen.

Kopfschüttelnd ging ich zurück in mein Zimmer. Als ich vor eineinhalb Jahren diese Wohnung für eine Besichtigung betreten hatte, war ich sofort beeindruckt von dem Mädchen gewesen, das eine dermaßen positive Energie versprüht hatte, dass ich automatisch gute Laune bekam.

Ich hatte Hanna innerhalb weniger Minuten ins Herz geschlossen und obwohl wir in einigen Dingen unterschiedlicher kaum sein konnten, war es bei uns Liebe auf den ersten Blick gewesen. Instinktiv hatten wir begriffen, dass mein Einzug den Beginn einer wunderbaren Freundschaft markierte. Sie brachte mehr Leichtigkeit in mein Leben, während ich sie hin und wieder daran erinnerte, dass das Studium nicht nur aus Party bestand.

Die nächsten zwei Tage vergingen wie im Flug. Ich stand auf, frühstückte, lernte, machte mir etwas zu essen und lernte weiter.

Am Freitag war ich tatsächlich erleichtert, Hanna für die Party zugesagt zu haben. Ich ertrug meine eigenen Lernzettel, die ich gefühlt schon dreimal komplett durchgearbeitet hatte, keine Sekunde länger.

»Tara! Wo bleibst du?«, rief Hanna aus der Küche.

Ich hörte Gläser klirren und beeilte mich, den Reisverschluss des kurzen, schwarzen Kleides zu schließen, das ich seit Silvester nicht mehr getragen hatte.

»Da bist du ja, wir wollten gerade anstoßen und oh wow!« Hanna ließ ihren Blick über mein eng anliegendes Kleid wandern.

»Du siehst heiß aus. Was hast du heute denn vor?«

Ohne zu antworten, griff ich nach dem Sektglas, das sie mir hinstreckte.

»Was genau feiern wir hier eigentlich?«, fragte ich.

»Brauchen wir einen Grund zu feiern?« Ella kicherte.

Mit hochgezogener Augenbraue schaute ich von ihr zu Hanna.

»Wie viel hast du ihr schon zu trinken gegeben?«

»Hey, du tust schon wieder so, als würde ich sie abfüllen wollen, dabei hat sie freiwillig mit mir schon mal angefangen.«

»Na dann.« Ich setzte das Glas an und trank es in wenigen Schlucken leer. Die verblüfften Gesichter von Hanna und Ella waren es wert, dass es in meinem Bauch seltsam gluckerte und der Sekt mir vermutlich schneller in den Kopf stieg als mir lieb war. »Was denn? Jetzt sind wir auf dem gleichen Level.«

»Diese Tara mag ich«, verkündete Hanna strahlend.

»Das war ja klar. Du hast einen schlechten Einfluss auf mich.«

»Ach Quatsch, das tut dir gut.« Hanna schenkte mir nach und drehte die Musik lauter.

»Ernsthaft? Johnny Cash?« Hannas Musikgeschmack war für mich eine absurde Mischung aus Pop, Country und Jazz, die ich nie nachvollziehen würde.

»Ich kann auch One Direction reinmachen.«

»Nee, da ist mir Country lieber.«

Eine Stunde und zwei leere Sektflaschen später tanzten Hanna, Ella und ich im Wohnzimmer zu Beyoncés *Single Ladies*.

»Das Leben ist schön«, meinte ich mit einem breiten Lächeln im Gesicht.

Ich fühlte mich so herrlich leicht und unbeschwert zwischen meinen besten Freundinnen, die mir plötzlich um den Hals fielen.

»Das ist es!« Hanna drückte mir einen Kuss auf die Wange und wirbelte mich lachend herum.

Ich schloss die Augen und genoss das warme Kribbeln, das meinen Körper durchfuhr, als ich mich mit Hanna im Kreis drehte. Bis das schrille Klingeln der Haustür mich schlagartig aus meinem tranceähnlichen Zustand holte.

Verwirrt öffnete ich die Augen und schaute mich um.

»Hat es geklingelt?«

»Ich hoffe doch, sonst habe ich mir das Geräusch nur eingebildet und das wäre gar nicht gut.« Kichernd nahm Ella mit geröteten Wangen auf der Couch Platz.

»Guten Abend, Mädels!«

Maxim und Noah marschierten kurz darauf in unser Wohnzimmer. Oh nein.

»Was macht ihr denn hier? Ich dachte wir treffen uns auf der Party!«

Ella stand schwankend auf und fiel dem verblüfften Maxim um den Hals, bevor sie Noah ebenso überschwänglich begrüßte. Ich griff kichernd nach meinem halb vollen Sektglas. Ich mochte die betrunkene Ella. Sie war lustig und na ja, sehr liebesbedürftig.

»Das dachte ich auch«, bemerkte ich, woraufhin Maxim sich zu mir umdrehte.

»Wir hatten mit Hanna ausgemacht, dass wir zuerst hierherkommen, um euch ... wow!« Maxim hielt abrupt inne. Sein Blick glitt über mein kurzes Kleid und blieb an meinen Beinen hängen, bevor er langsam wieder aufwärts wanderte, um an anderen Stellen länger zu verweilen.

»Bist du fertig mit starren?«

Provozierend trat ich einen Schritt nach vorne, um meinen Blick ebenso gemächlich über Maxim wandern zu lassen, wie er es eben bei mir getan hatte.

Er trug ein einfaches schwarzes T-Shirt, unter dem sich seine Muskeln abzeichneten und eine verschlissene blaue Jeans, die ihm locker und einen Tick zu tief auf den Hüften saß. Ich starrte auf den Streifen nackter Haut, der über dem Bund hervorblitzte, und schaute erst auf, als Maxim sich laut räusperte. Ich wurde rot und schluckte, während mir die Frage durch den Kopf geisterte, wie jemand in so einem einfachen Outfit nur so gut aussehen konnte.

»Ja, aber du scheinbar noch nicht.« Grinsend nahm er mir das Sektglas aus der Hand. »Ich glaube davon hattest du erst mal genug.«

»Hey«, protestierte ich und wollte mein Glas zurückholen, aber als ich mich bewegte, geriet ich aus dem Gleichgewicht. Maxim streckte sofort eine Hand nach mir aus, um mich abzustützen.

»Okay, vielleicht sollte ich wirklich eine Pause machen«, gab ich lachend zu.

»Lass uns losgehen«, rief Noah über die Musik hinweg.

»Gib mir fünf Minuten.«

Hanna rannte in ihr Zimmer und schaffte es tatsächlich, nur drei

Minuten später in einem engen, schwarzen Rock und einem bauchfreien, mit Perlen bestickten Top wieder rauszukommen.

»So willst du auf die Party? Zieh dir sofort etwas Vernünftiges an!«

Ich fand Maxims Maßregelung auf unerklärliche Weise urkomisch, weshalb ich laut zu lachen begann. Schon wieder. Erschrocken presste ich eine Hand auf meinen Mund.

Ich hätte nicht so viel trinken dürfen. Ein weiteres Kichern bahnte sich seinen Weg an die Oberfläche.

Ach, scheiß drauf. Die letzten Tage waren verdammt anstrengend gewesen. Wenn ich zumindest für ein paar Stunden dem Stress entkommen und alle Kontrolle abgeben konnte, war ich bereit das zu tun.

»Los geht's.«

Maxim scheuchte Ella und mich Richtung Haustür und versuchte ein letztes Mal Hanna zu überreden, sich etwas anderes anzuziehen.

»Vergiss es.«

»Na schön.« Er seufzte ergeben und ging an uns vorbei nach draußen. Ich musste gegen den Drang kämpfen, ihm hinterherzugehen und mich bei ihm einzuhaken, denn ich wusste genau, dass ich das bereuen würde. Der Mix aus zu viel Alkohol und Maxim war schon mal schlecht ausgegangen. Ich wollte das nicht wiederholen, auch wenn mein Körper das scheinbar nicht kapierte.

»Kommst du oder bleibst du da stehen und starrst mich weiterhin an? Die anderen sind längst losgegangen, das weißt du schon, oder?«

Maxim stand mit schräg gelegtem Kopf vor mir, seine Hände hatte er in seinen Jackentaschen vergraben. Ich versank in seinen blauen Augen, die mich viel zu eingehend betrachteten.

»Nein, nein, ich komme schon«, murmelte ich und riss mich von seinem Blick los, bevor sich das einsetzende Kribbeln in meiner Magengrube ausbreiten konnte.

Ich hasste das Verlangen, das mich in Maxims Nähe durchfuhr, es drängte mich dazu, meine Vorsätze über Bord zu werfen und da weiterzumachen, wo wir an Silvester aufgehört hatten.

Mein Körper protestierte, als ich Maxim überholte und zu Hanna lief, aber der Teil von meinem Gehirn, der noch nicht vom Alkohol vernebelt war, dankte es mir.

Eine geschätzte halbe Stunde später erreichten wir Finns Wohnung.

Schon von Weitem schallte uns aus dem ersten Stock Musik und das Rufen betrunkener Leute entgegen. Dass seine Nachbarn regelmäßig die Polizei deswegen riefen, hielt Finn nicht davon ab, die Musik jedes Mal aufs Neue laut aufzudrehen.

Wir klingelten und warteten eine gefühlte Ewigkeit, bis ein Summen ertönte und Maxim die Haustür aufdrückte.

Die kichernde Ella stützend, ging ich die Treppe hoch, wobei ich mich mehrmals am Geländer festhalten musste. Der Sekt zeigte seine Wirkung und ich genoss das warme, taube Gefühl, das sich über meine Eindrücke legte. Es war wie einer dieser Filter bei Instagram, der alle Fotos hübscher machte und in ein schöneres Licht tauchte.

»Willkommen, willkommen, Ladies! Tretet ein.« Finn begrüßte uns mit einer Flasche Bier in der Hand und einem breiten Grinsen im Gesicht.

»Schön, dich zu sehen«, säuselte Ella und fiel ihm, bevor er wusste wie ihm geschah, in die Arme.

Ich überließ Finn seinem Schicksal und drängte mich an den beiden vorbei.

Vermutlich war es nicht die beste Idee, jetzt weiterzutrinken, aber als ich in der Küche eine Flasche Gin entdeckte, konnte ich nicht widerstehen.

»Alles gut?« Hanna kam mit geröteten Wangen und glänzenden Augen zu mir.

»Und wie!«

Ich schwang einen Arm um sie und legte meinen Kopf auf ihrer Schulter ab. Für einen kurzen Augenblick schloss ich die Augen und atmete tief ein. Ich liebte Momente wie diese. Wenn die Zeit stehen blieb und alle Punkte von meiner To-do-Liste vergessen waren.

»Ist das hier eine Kuschelparty, der man sich anschließen darf?«

Ich öffnete die Augen und mein Blick fiel auf einen Kerl, den ich noch nie gesehen hatte. Er war groß, hatte dunkle, kurze Haare und ein schmieriges Grinsen im Gesicht.

»Ganz sicher nicht!« Hanna musterte ihn abschätzig und griff nach meiner Hand, um mich aus der Küche zu ziehen.

Wir mischten uns in die Menschenmenge und dank dem Alkohol machte es mir nicht einmal etwas aus, dass sich beängstigend viele Leute in das kleine Wohnzimmer gedrängt hatten.

Lachend bewegte ich mich zu der Musik.

»Du hattest recht, diese Party war eine verdammt gute Idee«, rief ich Hanna zu.

Dann entdeckte ich Maxim.

Er tanzte eng umschlungen mit einem dunkelhaarigen Mädchen.

Der Anblick war wie ein Schlag in den Magen.

Ich beobachtete, wie Maxim dem Mädchen etwas ins Ohr flüsterte, woraufhin sie nach seiner Hand griff und in Richtung Balkon steuerte.

Ich wusste genau, worauf das hinauslaufen würde und obwohl es keine Überraschung war, schockte mich der Anblick von Maxim mit einem anderen Mädchen. Ich hatte bestimmt schon hundertmal mitbekommen wie Maxim jemanden abschleppte. Aber das war vor der Silvesternacht gewesen.

Ich atmete tief durch und versuchte das alberne Gefühl der Eifersucht zu verdrängen.

Plötzlich drehte Maxim sich um. Sein Blick traf auf meinen. Ich schluckte und die Luft erschien mir mit einem Mal viel zu stickig. Ohne weiter darüber nachzudenken, drehte ich mich um.

Ich kämpfte mich durch die Menge und riss die Wohnungstür auf. So albern es auch war, ich wollte nur noch hier weg.

6. Kapitel

Maxim

Ich sah wie Tara sich wegdrehte und aus dem Wohnzimmer stürmte, als wäre sonst wer hinter ihr her. Oder als hätte sie gesehen, wie der Typ, der sich nach einer gemeinsamen Nacht nicht mehr bei ihr gemeldet hatte, kurz davor war, eine andere abzuschleppen.

Scheiße, ich hatte es echt versaut!

Tara und ich hatten nicht mehr über die Silvesternacht geredet und auch wenn sie mir gesagt hatte, dass es ein Fehler gewesen war, schien ihr mein Verhalten offensichtlich nicht egal zu sein. Natürlich nicht. Wir waren trotz allem Freunde und mein Verhalten war zum Kotzen.

»Sorry, aber ich muss weg«, erklärte ich dem Mädchen an meiner Seite, dessen Namen ich schon wieder vergessen hatte. Ohne ihre Erwiderung abzuwarten, bahnte ich mir einen Weg durch die tanzenden Leute und verließ die Wohnung.

Ich fand Tara auf einer Treppenstufe vor dem Haus sitzend.

»Das sieht aber nicht nach der wilden Party aus, von der Hanna die ganze Zeit gesprochen hat.«

Erschrocken drehte sie sich zu mir um.

»Maxim! Du hättest mir nicht hinterhergehen sollen. Ich bin betrunken und dann werde ich albern und oh Gott, bitte geh wieder rein.«

Ich wusste von Hanna, dass Tara wie ein Wasserfall reden konnte, aber in meiner Nähe hatte sie sich damit bisher meistens zurückgehalten. Wenn ich so darüber nachdachte, dann wusste ich eigentlich verdammt wenig über Tara, dafür dass wir seit einem Jahr befreundet waren.

Wortlos setzte ich mich neben sie.

»Ich gehe nicht ohne dich wieder rein.«

»Oh, okay.« Sie sah mich von der Seite an. In ihren dunklen Augen lag ein fragender Ausdruck.

»Tara«, setzte ich an, ohne zu wissen, wie ich den Satz beenden wollte.

Seit der Panikattacke auf Noahs Party hatte ich kaum Alkohol getrunken und auch keine Frau mehr abgeschleppt. Stattdessen war ich jeden Tag trainieren gegangen, um meine Gedanken zumindest so zum Schweigen zu bringen und nicht an *sie* denken zu müssen.

Ich wurde die Spielchen, die ich schon viel zu lange spielte, langsam müde. Ich rannte vor meiner Vergangenheit davon und kämpfte einen Kampf, den ich nicht gewinnen konnte. Denn egal was ich tat, egal wie viele Herzen ich brach und wie viele Nächte ich mein Bett mit anderen Frauen teilte, Leahs Nähe würde ich nie wieder spüren.

Ich schob den Gedanken beiseite und wandte mich Tara zu. Zwischen all den Dingen, die ich ständig verbockte, konnte ich es bei ihr richtigmachen. Und ich wollte es richtigmachen.

Sie verdiente es nicht, dass ich sie mit doppeldeutigen Sprüchen durcheinanderbrachte, auch wenn sie ziemlich süß aussah, wenn es ihr die Sprache verschlug.

»Es tut mir leid«, sagte ich schließlich.

»Und was genau?« Fast schon amüsiert reckte sie ihr Kinn und funkelte mich herausfordernd an.

Der Anblick der angetrunkenen, selbstbewussten Tara versetzte mich schlagartig in die Nacht vor vier Wochen zurück. Wenn sie so unbekümmert und mit einem frechen Blick in den Augen neben mir saß, war sie unwiderstehlich.

Ich atmete tief ein und brachte etwas Abstand zwischen uns. Nah neben ihr zu sitzen war zu verführerisch. Dann bemerkte ich lauter Dinge, die ich nicht bemerken wollte. Dass sie in dem kurzen Kleid fror und ich sie an mich ziehen könnte, zum Beispiel. Oder dass ihre Lippen so wunderbar weich aussahen.

Ich schluckte und brachte nach einem kurzen Zögern die Worte hervor, die ich längst schon hätte sagen sollen.

»Ich will dich nicht wie einen One-Night-Stand behandeln, Tara.«

»Das tust du doch gar nicht. Du redest noch mit mir.«

Autsch, das saß. Aber sie hatte recht, ich hatte mit keiner der Frauen Kontakt gehalten, nachdem ich bekommen hatte, was ich wollte.

»Ich will dich als Freundin nicht verlieren und es unnötig kompliziert machen.«

»Ich habe gleich gesagt, dass wir diese Nacht vergessen sollten.«

Ihr Blick glitt über mein Gesicht und blieb einen Moment lang an meinen Lippen hängen, bevor sie sich rasch abwandte. Am liebsten hätte ich meine Hand an ihr Kinn gelegt und ihren Kopf zu mir zurückgedreht, um sie zu küssen. Es nicht zu tun kostete mich mehr Überwindung als es sollte.

»Nicht vergessen, aber wir sollten es nicht wiederholen.« Ich brachte die Worte nur mühsam hervor, weil sie sich in diesem Moment so wahnsinnig verkehrt anfühlten. Das Richtige zu tun machte nicht halb so viel Spaß wie ich gedacht hatte.

»Nein, sollten wir nicht«, murmelte Tara leise, wobei es offensichtlich war, dass ihr die Worte ebenso widerstrebend über die Lippen kamen wie mir eben. »Also dann, lass uns wieder reingehen«, sagte sie plötzlich lauter und erhob sich.

»Und auf die Freundschaft anstoßen.« Sie zwinkerte mir zu.

Verblüfft über den abrupten Wechsel ihrer Laune stand ich auf. Mein Blick glitt noch einmal sehnsüchtig über ihr Kleid, das ihre langen Beine betonte und ein Verlangen in mir weckte, das jetzt wohl kaum angebracht war.

»Nach dir.« Ich musste mich räuspern, weil meine Stimme heiser klang.

Tara warf ihre Haare mit einer Geste zurück, die ich noch nie an ihr gesehen hatte, und drehte sich um. Ich mochte diese Seite an ihr. Der stolze, selbstbewusste Gang stand ihr und dass sie sich von mir nicht verunsichern ließ, war eine neue und zugleich aufregende Erfahrung.

Schmunzelnd schaute ich ihr nach, wie sie mit schnellen, wenn auch etwas wackligen Schritten, die Treppe hochstieg.

»Kommst du?«

Ungeduldig drehte sie sich zu mir um, was mir ein leises Lachen entlockte. Gleichzeitig stöhnte ich auf und hätte mir am liebsten an den Kopf geschlagen. Verdammt. Das mit der Freundschaft würde noch eine große Herausforderung werden.

7. Kapitel

Tara

Ich war ein hoffnungsloser Fall. Nicht nur, dass ich mit dem Bruder meiner besten Freundin geschlafen hatte, mit dem ich zufällig auch noch *befreundet* war. Das allein war schließlich schon dämlich genug. Nein, was mich zu einem hoffnungslosen Fall machte, war die Tatsache, dass ich nicht aufhören konnte, an Maxim zu denken.

Er schlich sich in den unpassendsten Momenten in meine Gedanken und nistete sich dort ein, als wäre mein Kopf eine bequeme Couch, auf der er es sich gemütlich machen konnte.

Seit unserem Gespräch auf Finns Party verfolgte mich sein Lächeln, das eine fiese Mischung aus sexy und selbstgefällig gewesen war. Die Sorte von Lächeln, der ich normalerweise sorgsam aus dem Weg ging, weil ich genau wusste, wie gefährlich und trügerisch es war.

Freunde. Wir waren Freunde!

Ich war kurz davor, meinen Kopf gegen die nächste Wand zu schlagen, weil meine Gedanken schon wieder um ihn kreisten.

Vielleicht sollte ich stattdessen eine Runde laufen gehen. Wenn der Asphalt unter meinen Füßen dahinflog und mein Herz fast schon schmerzhaft schnell gegen meine Brust schlug, wurde mein Kopf leer. Ich liebte das Gefühl, an meine Grenze zu gehen, indem ich auf den letzten Metern noch mal beschleunigte und meinen Körper dazu antrieb, alles zu geben. Nichts half mir besser, meine Gedanken zum

Schweigen zu bringen, als ein Sprint durch den Park. Und meine Gedanken an Maxim mussten dringend zum Schweigen gebracht werden!

Also schlüpfte ich schnell in meine Sportklamotten und schnappte mir die Laufschuhe, die wie immer hinter der Tür bereitstanden, und lief los.

Kalte Luft strömte in meine Lunge, die kurze Zeit später zu brennen begann, aber ich machte nicht langsamer. Es war befreiend zu laufen und für ein paar kostbare Minuten vergaß ich alles andere. Die Prüfungen, Maxim, meine Vergangenheit, Jack.
Ich lief aus unserer Straße hinaus in einen angrenzenden Park und für die nächste Stunde gab es nur noch mich und meinen Körper und die Landschaft, die schemenhaft an mir vorbeizog.

Später saß ich frisch geduscht und völlig erschöpft auf meinem Bett. Am liebsten hätte ich mich in meine Decke gekuschelt und es mir mit einer Serie gemütlich gemacht, aber fünf Tage vor den Prüfungen konnte ich mir das nicht leisten.

Als ich hörte, wie die Wohnungstür sich öffnete, raffte ich mich auf und ging mit schmerzenden Beinen langsam in die Küche.

»Hanna?« Es wunderte mich, dass sie mich nicht begrüßt hatte und ihr fröhliches Geplapper nicht schon längst die Wohnung erfüllte.

»Ich bin hier«, tönte es ungewohnt ernst aus ihrem Zimmer.

»Alles okay?«

Ich betrat Hannas Reich, das mich jedes Mal mit Ehrfurcht erfüllte. Es gab vermutlich kaum einen Menschen, der sechzehn Quadratmeter so stilvoll einrichten und dekorieren konnte wie Hanna.

»Ja.« Sie warf mir ein halbherziges Lächeln zu.

»Was ist los?« Ich setzte mich besorgt zu ihr aufs Bett.

»Nichts. Es ist nur ...« Unschlüssig kaute sie auf ihrer Lippe. Langsam bekam ich es wirklich mit der Angst zu tun. Hanna war nie um ein Wort verlegen und alles andere als zurückhaltend. Aber ich wollte sie nicht drängen. Diese ernste, nachdenkliche Seite an ihr hatte ich bisher nur selten erlebt und ich wusste immer noch nicht, wie ich damit umgehen sollte.

»Heute hat eine Freundin Geburtstag, die ich sehr vermisse«, sagte sie schließlich leise.

Ich wartete auf eine Erklärung, doch als diese ausblieb, nahm ich Hanna einem plötzlichen Impuls folgend fest in den Arm.

Wenn sie mir nicht genau erzählen wollte, was sie bedrückte, dann konnte ich das akzeptieren.

»Ich bin immer für dich da«, flüsterte ich. Hanna löste sich von mir und griff nach meiner Hand.

»Das weiß ich.« Mit einem Lächeln, das nicht ganz ihre Augen erreichte, erhob sie sich.

»Hast du später Lust auf einen Disney-Filmabend?«, schlug ich vor. Bevor ich bei Hanna eingezogen war, hatte ich den Hype um diese Filme nie ganz verstanden. Inzwischen war ich ein großer Fan, was allerdings vor allem daran lag, dass ich die Filme mit gemütlichen Abenden mit meinen Freunden verband.

»Nee, sorry, ich fahre später zu Maxim.«

»Okay.« Fragend schaute ich sie an, aber sie wich meinem Blick aus und trat unruhig von einem Bein aufs andere.

Es war Hanna anzusehen, dass sie nicht weiter darüber reden wollte, also fragte ich auch nicht weiter nach.

Stattdessen zog ich mich in mein Zimmer zurück, um mich meinen inzwischen mehr als verhassten Unterlagen zu widmen.

Etwas später hörte ich wie Hanna die Wohnung verließ. Ich hätte gerne den Grund für ihre ungewohnt ernste Stimmung gekannt und gewusst, was Maxim damit zu tun hatte.

Gegen Abend hielt ich die Stille in der Wohnung nicht mehr aus. Ich wusste nicht, wann und ob Hanna wiederkommen würde, also rief ich kurz entschlossen Ella an.

»Musst du auch gerade gegen den Drang ankämpfen, ein Feuer mit unseren Aufschrieben zu entfachen?«, begrüßte mich eine völlig genervte Ella am Telefon.

»Ganz so dramatisch ist es bei mir noch nicht«, sagte ich lachend.

»Aber wenn ich mir das Zeug hier weiter anschaue, dann bin ich bestimmt kurz davor. Hast du vielleicht Lust hier vorbeizukommen?«

»Gerne, ich bin in zwanzig Minuten da!«

Zufrieden legte ich auf und räumte die benutzten Kaffeetassen in die Küche, die sich auf meinem Schreibtisch stapelten.

»Ich habe uns Wein mitgebracht!« Ella stand kurze Zeit später atemlos vor meiner Wohnungstür.

»Gott sei Dank. Normalerweise würde ich so kurz vor den Prüfungen nie etwas trinken und stundenlang noch mal alles durchgehen, aber ich habe einfach keine Energie mehr.«

»Außerdem weißt du sowieso schon alles«, konterte Ella und marschierte an mir vorbei in die Küche. »Wo sind eure Weingläser?«

Ich folgte Ella und holte wortlos zwei Weingläser aus dem Schrank.

Kurz darauf machten wir es uns auf der Couch gemütlich.

»Hast du heute wieder unterrichtet?«, fragte ich, als ich Ellas bequeme Leggins bemerkte, die sie eigentlich nur beim Sport trug.

»Ja, die Kleinen haben mich heute ganz schön auf Trab gehalten und danach bin ich direkt in die Bibliothek gefahren. Ich bin so froh, wenn die Prüfungen vorbei sind und wir endlich unser Leben wiederhaben.«

»Für mich heißt das eigentlich nur, dass ich wieder mehr Artikel schreiben muss.«

»Quatsch, erst mal fahren wir in die Vogesen.«

»Stimmt, warum vergesse ich das dauernd?«

Weil du es versuchst zu verdrängen, beantwortete eine leise, fiese Stimme in meinem Kopf die Frage.

Der Gedanke, vier Tage mit Maxim in den Bergen zu verbringen, veranstaltete seltsame Dinge mit meinem Körper. Ich war machtlos gegen das aufgeregte Kribbeln, das sich in seiner Nähe einstellte. Aber ich war stark genug, um mich nicht von meinen Hormonen steuern zu lassen. Meistens jedenfalls.

»Tara, darf ich dich mal was fragen?«

»Klar!«

»Ich habe da so ein Gerücht über dich gehört. Hanna meinte du kamst in der Silvesternacht nicht mehr heim und ...«

»Ach verdammt! Das war ja klar, dass sie ihre Klappe nicht halten kann.« Ich vergrub mein Gesicht in meinen Händen, um die Röte zu verbergen, die mir prompt in die Wangen schoss.

»Also?« Neugierig musterte mich Ella, was ich ihr nicht übel nehmen konnte. Hätte ich so eine Geschichte über sie gehört, würde ich sie auch mit Fragen bombardieren.

»Hör zu, ich weiß ja nicht, was Hanna gesagt hat, aber es gibt wirklich nicht viel dazu zu sagen.«

»Du warst die ganze Nacht bei einem Kerl, was absolut untypisch für dich ist, und willst mir jetzt ernsthaft erzählen, dass es dazu nichts zu sagen gibt?« Ella klang mehr als skeptisch.

Ich rang mit mir selbst und versuchte abzuwägen, wie viel Schaden es anrichten würde, wenn Ella Bescheid wüsste. Bei ihr konnte ich mir sicher sein, dass sie es nicht weitererzählen würde, aber es hätte garantiert Einfluss auf ihr Verhalten in meiner und Maxims Nähe.

»Tara? Ich kann quasi hören, wie es in deinem Kopf gerade rattert. Spuck's schon aus, was ist los?«

»Na schön, aber du musst mir versprechen, dass du es für dich behältst.«

»Geht klar.«

»Vorweg will ich klarstellen, dass ich betrunken war und nicht nachgedacht habe. Es war eine einmalige Sache und es wird nie wieder passieren.«

»Okay, jetzt machst du mir langsam Angst.«

Ich schloss kurz die Augen und holte tief Luft. Dann purzelten die Worte so schnell aus meinem Mund, dass ich bezweifelte, dass Ella mich überhaupt verstand.

»IchhabmitMaximgeschlafen.«

»Du hast mit Maxim geschlafen?« Ihre Augenbrauen schossen nach oben und sie starrte mich fassungslos an. Ganz offensichtlich hatte sie mich doch verstanden.

»Ähm, ja.«

»Krass.«

»Ich weiß.«

»Hanna würde dich umbringen, wenn sie es wüsste.«

»Ich weiß.«

»Oh mein Gott, du hattest Sex mit Maxim!«

»Ich weiß!«

Sie starrte mich noch ein paar Sekunden an, dann brach sie plötzlich in schallendes Gelächter aus.

»Was gibt's denn da zu lachen? Das ist eine Katastrophe.«

Sie kriegte sich gar nicht mehr ein.

»Entschuldige, es ist nur ...« Sie schnappte nach Luft und hörte endlich auf zu lachen. »Irgendwie überrascht mich das gar nicht so sehr.«

»Wie bitte? Was soll das denn heißen?«

»Ach, zwischen euch war seit ich euch kenne so eine seltsame Spannung.«

»Ähm ...« Ich war mir sehr, sehr sicher gewesen, dass ich mir diese sogenannte Spannung nur einbildete. Klar, mir war nicht entgangen wie heiß Maxim aussah, aber ich hätte nie gedacht, dass diese Schwärmerei von irgendjemand bemerkt werden würde.

»Willst du mir ernsthaft sagen, dass du die verstohlenen Blicke, die er dir im letzten Jahr zugeworfen hat, nicht bemerkt hast?«

»Was für verstohlene Blicke denn? Ella, du halluzinierst.«

»Tue ich nicht und das weißt du auch. Meine Güte, Tara, du hast echt keine Ahnung, oder? Ob du es willst oder nicht, aber ich glaube nicht, dass das eine einmalige Sache ist. Ihr könnt das unmöglich ignorieren.«

Ich wollte Ella widersprechen, aber irgendetwas sagte mir, dass sie nicht ganz unrecht hatte. Es würde verdammt schwer werden, wieder normal mit Maxim umzugehen.

Als ich später ins Bett ging, kreiste noch immer das Gespräch mit Ella durch meinen Kopf.

Hanna war noch nicht zurück und ich hatte schon mehrmals mit dem Gedanken gespielt, ihr zu schreiben. Es kam nur selten vor, dass sie alleine zu Maxim fuhr und dann so viele Stunden bei ihm blieb, aber was auch immer die beiden gerade beschäftigte, es handelte sich dabei offensichtlich um eine Familienangelegenheit, in die Hanna mich nicht einweihen wollte.

Ich lag noch lange wach und wälzte mich unruhig hin und her. Als ich dann endlich einschlief, war es ein tiefer, wenn auch nicht traumloser Schlaf.

Denn als ich mitten in der Nacht aufschreckte, musste ich mir mit einem frustrierten Seufzen eingestehen, dass ich von Maxim geträumt hatte. Mal wieder.

Ich verfluchte gewisse Stellen meines Körpers dafür, dass sie verräterisch pochten. Sie waren eine unangenehme Erinnerung daran, dass diese Träume so gar nichts mit der freundschaftlichen Ebene zu tun hatten, auf der wir uns jetzt bewegen wollten.

Verdammt. Das Skiwochenende würde eine große Herausforderung werden.

8. Kapitel

Tara

»Aufstehen, du Schlafmütze!«

Ich riss die Augen auf und saß im nächsten Moment aufrecht in meinem Bett.

»Ist etwas passiert?« Mit großen Augen starrte ich Hanna an.

»Nee, aber wir fahren in einer Stunde los in die Berge.«

»Ach so.« Langsam ließ ich mich zurück in die Kissen sinken. Hanna gab ein glucksendes Geräusch von sich, das sie mit einem Husten tarnte, als ich sie böse anfunkelte.

»Du warst noch nie vor mir wach. Das ist gruselig, dich so früh am Morgen so fit zu sehen«, murmelte ich und zog mir die Decke bis unter mein Kinn.

Ich war schon vor zwei Tagen mit packen fertig gewesen und hatte mir den Wecker auf sieben Uhr gestellt, da selbst ich es übertrieben fand, um acht Uhr morgens loszufahren. Aber Maxim und Finn hatten darauf bestanden, damit wir den ersten Tag in den Bergen auch wirklich voll ausnutzen konnten.

Hoffentlich waren die Betten in der Hütte bequem, dann würde ich es mir, während die anderen die Piste herunterrasten, mit einem Buch und einer Tasse Tee gemütlich machen.

Wintersport war noch nie mein Ding gewesen, ich ging nur mit auf diese Hütte, weil ich Zeit mit meinen Freunden verbringen wollte. Und mit meinen Büchern.

Plötzlich schrillte unsere Klingel. Zum zweiten Mal an diesem Morgen saß ich aufrecht in meinem Bett.

»Wer klingelt um diese Zeit bitte bei uns?«

Mit wachsendem Entsetzen beobachtete ich wie Hanna die Tür öffnete.

»Guten Morgen«, tönte kurz darauf Maxims Stimme durch die Wohnung.

Oh nein. Bitte nicht. Ich zog mir die Decke über den Kopf, wohlwissend, dass ich mein Versteck früher oder später würde aufgeben müssen. Welche Mächte sich auch immer gegen mich verschworen hatten, ich hasste sie aus tiefstem Herzen.

»Wo ist denn Tara? Wir wollen in einer halben Stunde los, ich habe Finn und Ella versprochen, dass wir sie auf dem Weg einsammeln.«

Bitte halt jetzt einfach die Klappe, Hanna! Ich konnte nur hoffen, dass meine beste Freundin mein stummes Flehen erhörte.

»Sie liegt noch in ihrem Bett.«

Natürlich war ich nicht erhört worden. Vielen Dank dafür, Hanna!

»Ach wirklich? Vielleicht sollte ich mal nachschauen ...«

»Nicht nötig«, rief ich laut, bevor Maxim noch auf die Idee kam, in mein Zimmer zu stürmen.

Ich schlug die Decke zurück und sprang eilig aus meinem Bett, wobei ich fast über meine eigenen Füße gestolpert wäre.

Fluchend humpelte ich zu meinem Kleiderschrank, wobei ich Maxims Lachen ignorierte, das von der anderen Seite meiner Zimmertür nur allzu deutlich zu hören war.

»Elender Mistkerl«, sagte ich leise vor mich hin und schlüpfte in meine Lieblingsjeans. Ohne weiter darüber nachzudenken, streifte ich mir einen rosa Kapuzenpulli über und band meine Haare zu einem Dutt zusammen. Für Eitelkeit blieb mir anscheinend keine Zeit mehr.

Ich tuschte meine Wimpern und legte einen Lippenstift auf, in dessen dezente, rote Farbe ich mich im Laden sofort verliebt hatte.

Mehr oder weniger zufrieden mit meinem Aussehen stieß ich

schließlich die Zimmertür auf und schaute von Hanna zu Maxim, die mit ungeduldiger Miene in unserem Wohnzimmer standen.

»Ernsthaft jetzt? Ihr seid die chaotischsten, unpünktlichsten Menschen, die ich kenne! Hanna, du bist die größte Langschläferin überhaupt. Vor dem ersten Kaffee traue ich mich nicht mal dich anzusprechen und jetzt machst ausgerechnet du mir Stress? Es ist nur ein verdammtes Skiwochenende!« Mein Ausbruch überraschte mich vermutlich genauso sehr wie Maxim und Hanna.

»Ich glaube da braucht jemand ganz dringend Kaffee«, raunte Maxim und als ich ihm einen finsteren Blick zuwarf, sprintete er los in die Küche.

Ein kleines Grinsen schlich sich auf meine Lippen und die Anspannung fiel schlagartig von mir ab.

»Sorry, aber wenn ich nicht entspannt in den Tag starten kann, werde ich ungemütlich«, sagte ich und ging an der verblüfften Hanna vorbei in die Küche.

»*Das* war unheimlich«, bekannte sie und kam mir kopfschüttelnd hinterher.

»Hier.« Maxim streckte mir eine Tasse mit Kaffee entgegen, die ich dankbar annahm.

»Danke«, sagte ich leise, nachdem ich einen ersten Schluck getrunken hatte.

»Gerne doch«, er betrachtete mich mit einem belustigten Funkeln in den Augen.

»Ich brauche auch noch einen.« Ungeduldig wedelte Hanna mit ihrer benutzten Tasse vor Maxims Gesicht herum, bis er sie ihr genervt aus der Hand riss.

»Ihr zwei seid die schlimmsten Koffeinjunkies, die ich kenne. Wisst ihr eigentlich, was das Zeug mit eurem Körper anstellt? Auf die Dauer ist das wirklich ungesund für ... Was ist los?«

Hanna und ich hatten unsere Augen zusammengekniffen und machten gleichzeitig einen drohenden Schritt auf Maxim zu. Wenn es um Kaffee ging, war mit uns nicht zu spaßen.

»Ich sag ja nur.« Er hob abwehrend die Hände, als Hanna nach ihm schlug.

»Ich bin sowieso schon verloren, du brauchst dir keine Mühe zu geben«, sagte ich schulterzuckend und leerte die Tasse mit wenigen Schlucken.

»Verloren und verdorben, durch und durch.« Sein Tonfall war locker, aber in seinem Blick lag ein neckendes Funkeln.

Hör auf damit, formulierte ich tonlos mit meinen Lippen, als Hanna sich abwandte und ihre Tasse in unser Spülbecken stellte.

Maxim setzte sein schönstes Lächeln auf und wer ihn nicht besser kannte, würde ihm diese Unschuldsmiene vermutlich abkaufen.

»Wir können los«, sagte ich übertrieben laut, um die seltsame Stimmung zwischen uns zu durchbrechen.

Da Noah nicht mitkam, passten wir alle in ein Auto, was einerseits sehr praktisch war, andererseits dazu führte, dass es sehr kuschelig wurde.

Während Hanna und Maxim versuchten, ihren Willen beim anderen durchzusetzen, machte ich es mir auf der Rückbank bequem.

Wir würden mindestens vier, eher fünf Stunden unterwegs sein und ich hatte nicht vor, mich von den Geschwistern stressen zu lassen, deren Geplänkel mit der Zeit durchaus anstrengend werden konnte.

Kurz entschlossen setzte ich mir meine Kopfhörer auf und ließ meine Lieblingsplaylist ablaufen, ein Mix aus aktuellen Hits und alten Klassikern, die ich mit meiner Mutter früher immer gehört hatte. Heute machte es mir seltsamerweise nichts aus an sie zu denken. So zwischen meinen Freunden auf dem Weg in die Berge, konnte nicht mal meine Mutter mir die Laune verderben.

Ich hatte die Prüfungen hinter mich gebracht und auch wenn es noch eine Weile dauerte, bis wir die Ergebnisse kriegen würden, hatte ich ein gutes Gefühl. Die vielen Lernnachmittage mit Ella hatten sich ausgezahlt.

Mit einem scharfen Bremsen hielt Maxim vor Finns Haus. Ich stieß einen Fluch aus, als der Sicherheitsgurt scharf in meine Jacke schnitt.

»Ich habe ihm gesagt, dass ich fahren sollte«, bemerkte Hanna seufzend.

»Hey, Tara!« Ella zwängte sich bei unserem nächsten Stopp zwischen Finn und mich. Ich setzte meine Kopfhörer ab und packte sie resigniert in meine Tasche. Entspannt und ruhig in den Tag zu starten, konnte ich heute sowieso vergessen.

»Hey.« Ich warf Ella ein aufrichtiges Lächeln zu, das zwar nicht ganz an die heitere Stimmung der anderen herankam, aber als Ella mir ihren Thermobecher in die Hand drückte, wurde es etwas breiter.

»Ist da Kaffee drin?«

»Klaro.« Sie nickte lächelnd.

»Aber du trinkst selbst doch morgens gar keinen Kaffee«, bemerkte ich verwundert.

»Maxim hat geschrieben, ich solle dir welchen mitbringen.«

Darauf wusste ich nichts zu erwidern. Ein warmes Gefühl breitete sich in mir aus und als ich Maxims Blick im Rückspiegel begegnete, lächelte ich ihm dankbar zu.

»Manchmal ist er schon ein Schatz, oder?« Ella grinste mich wissend an, aber als ich ihr einen warnenden Blick zuwarf, zuckte sie nur mit den Schultern.

»Gut, los geht's! Bei Musikwünschen wendet ihr euch bitte an mich, ich bin nämlich der DJ für die Fahrt.«

Hanna ignorierte die protestierenden Ausrufe von, nun ja, jedem im Auto. Unbeirrt griff sie nach ihrem iPhone und kurz darauf schallte Taylor Swifts Stimme aus den Boxen. Bevor ich mich beschweren konnte, übersprang Maxim den Song und als stattdessen *Fall Out Boy* ertönte, atmeten wir alle auf.

Grinsend lehnte ich mich zurück und schaute aus dem Fenster. Über uns strahlte der Himmel in einem blassen Blau. Auf den geparkten Autos am Straßenrand lag weißer Frost und obwohl der Anblick etwas Trostloses hatte, erfüllte er mich heute mit Glück.

Nach all den Jahren, in denen ich mich anderen in meinem Alter nie zugehörig gefühlt hatte, war es ein wunderbares Gefühl, mit meinen Freunden durch die Winterlandschaft zu fahren.

»Wann machen wir eine Pause? Ich muss demnächst auf Toilette«, verkündigte Ella, nachdem wir etwa fünfzehn Minuten unterwegs waren.

Finn warf ihr einen ungläubigen und zugleich entsetzten Blick zu, als ihm dämmerte, dass das die ganze Fahrt über so gehen würde. Ich konnte mir ein Lachen nicht verkneifen, als Maxim fragte, ob Ella das ernst gemeint hatte.

Vielleicht konnten diese vier Tage wirklich noch zu einem Highlight werden. Ich lehnte mich zurück und schloss die Augen. Trotz dem vielen Koffein, das ich inzwischen intus hatte, war ich unglaublich müde.

»Hey, wir sind da. Wach auf.«

Ella rüttelte sanft an meiner Schulter. Ich schreckte auf und schaute mich verwirrt um. Das Auto stand vor einer kleinen Hütte, durch deren Fenster warmes Licht nach draußen strahlte. Seufzend stieg ich aus und versank bis zu den Knöcheln in Schnee.

»Wow«, hauchte ich und drehte mich langsam einmal um mich selbst.

Der Wald, in dem wir uns befanden, glich einer weißen Winterlandschaft wie aus einem kitschigen Weihnachtsfilm. Auf den Bäumen lag unberührter, frischer Schnee.

»Es ist wunderschön, nicht wahr?« Ella war neben mich getreten. Ihre Augen leuchteten und die Kälte zauberte eine Röte auf ihre Wangen, die zu niedlich aussah.

»Hey ihr zwei Romantikerinnen, könnt ihr hier mal helfen?«, rief Finn uns zu und griff nach einer Lebensmittelkiste.

»Jaja, wir kommen schon.« Ella zupfte auffordernd an meinem Ärmel und ich folgte ihr seufzend.

Ich würde später hoffentlich noch genug Zeit haben, die Landschaft zu bestaunen.

»Und ihr fahrt jedes Jahr hierher?«, fragte ich Hanna, als ich die Hütte etwas genauer in Augenschein nahm.

»Ja, Freunde von meinen Eltern sind die Eigentümer, darum haben wir sie so günstig bekommen.«

»Nicht schlecht.«

Ich schulterte meinen Rucksack und betrat unser Zuhause für die nächsten Tage. Im Eingangsbereich stellte ich meinen Rucksack ab und schlüpfte aus den nassen Winterstiefeln.

»Also, hier ist das Wohnzimmer.« Maxim kam mir entgegen und führte mich in das wohl gemütlichste Wohnzimmer aller Zeiten.

Eine riesige Couch und zwei Sessel standen vor einem alten Kamin. Ein großer Flachbildschirm stand daneben und auf einem der Sessel lagen mehrere Wolldecken.

Es war der perfekte Platz für einen gemütlichen Nachmittag mit einem guten Buch. Durch ein riesiges Fenster auf der rechten Seite fiel genügend Licht in den Raum und noch dazu hatte ich so einen Blick auf die schneebedeckten Bäume, die mir immer noch unwirklich vorkamen.

»Ich werde die nächsten Tage genau hier verbringen.«

Maxim lachte leise auf, ein Geräusch, das mir eine Gänsehaut verursachte. Ich hatte gar nicht bemerkt, dass er jetzt direkt neben mir stand.

»Bevor du dich hier mit deinen Büchern und Schreibsachen ausbreitest, zeige ich dir den Rest«, unterbrach Maxim nach wenigen Sekunden die Stille, die sich schon wieder viel zu spannungsgeladen anfühlte.

Direkt neben dem Wohnzimmer lag hinter einer Tür die Küche, die zwar relativ klein, aber dafür mit einem Backofen und zwei Herdplatten ausgestattet war. Für uns würde das allemal reichen.

»Und wo sind die Zimmer?«

»Oben«, rief Hanna, die mehrere Glühweinflaschen auf ihrem Arm balancierte und auf einem kleinen Tisch abstellte.

»Ich zeig dir unseres.« Sie griff nach meiner Hand und zog mich hinter sich her.

»Es sind alles Doppelzimmer, aber Ella und ich haben schon gesagt, dass wir einfach eine Matratze mehr in unser Zimmer legen, damit wir Mädels zusammen schlafen können.«

»Klingt perfekt.«

Ich holte meinen Rucksack und stellte ihn in das kleine Zimmer, das mit einem großen Doppelbett und einem Schrank ausgestattet war.

Dann machte ich mich mit meinem Notizbuch und einem Roman auf den Weg in das Wohnzimmer. Während die anderen ihre Skiausrüstung zusammensuchten, kuschelte ich mich in eine warme Decke ein.

»Kommst du nicht mit?«, fragte Hanna mit einem skeptischen Stirnrunzeln, als sie das Buch in meiner Hand entdeckte.

»Ich fahre erst morgen mit, heute mach ich es mir lieber hier gemütlich.«

»Alles klar, bis später und wag es ja nicht, den Wein ohne uns zu trinken.«

»Würde ich nie.« Ich zwinkerte ihr zu und widmete mich meinem Roman.

Nachdem alle die Hütte verlassen hatten, breitete sich eine angenehme Stille aus. Mit einem zufriedenen Lächeln auf den Lippen blickte ich in die knisternden Flammen im Kamin. Maxim hatte wortlos ein Feuer gemacht, bevor er gegangen war, eine Geste, die mich mehr berührte als sie sollte.

9. Kapitel

Maxim

Ich schloss die Augen und atmete die klare, frische Luft ein.

»Wer als Erster unten ist!«

Finns Stimme drang aus der Nähe zu mir, aber ich wusste, dass nicht ich gemeint war.

»Du hast sowieso keine Chance«, rief meine Schwester und ausnahmsweise musste ich ihr zustimmen. Sie schlug uns alle. Jedes verdammte Mal.

»Da hat sie recht«, mischte sich Ella ein und lachte hell auf, als Finn daraufhin eine Antwort knurrte, die wieder mal bewies, dass er alles andere als ein Gentleman war.

Blinzelnd öffnete ich meine Augen. Wir standen oben an der Piste. Vor mir lag die Abfahrt, ein steiler Berg, den die anderen Skifahrer in einer Geschwindigkeit runterrasten, die Tara vermutlich in Angst und Schrecken versetzen würde. Anders als Hanna und ich, war sie seit Jahren nicht mehr Ski gefahren. Morgen würden wir definitiv eine der leichteren Abfahrten nehmen müssen.

Wir kamen jedes Jahr hierher. Das erste Mal, als meine Eltern die Hütte gemietet hatten, war ich zehn Jahre alt gewesen. Ich hatte mir mit Hanna ein Doppelzimmer geteilt.

Mit ihr und mit Leah.

Sie war jedes Jahr dabei gewesen. Bis vor fünf Jahren, als ihr Leben ein so abruptes Ende genommen hatte und Hannas und meine Welt auf einen Schlag nicht mehr dieselbe gewesen war.

Ich schluckte und drängte mühsam die Erinnerungen zurück, die in mir aufstiegen.

Seit ihrem Geburtstag letzte Woche schlich sich Leah wieder öfter in meine Gedanken und die Schwere, die ich so lange versucht hatte zu verdrängen, kam zurück. Ich konnte nichts dagegen tun, genauso wenig wie ich gegen die Anziehung ankam, die Tara auf mich ausübte, wenn ich mich mit ihr unterhielt. Und ihre Nähe dabei viel zu sehr genoss.

Die Gründe, warum es falsch war, mehr von Tara zu wollen als Freundschaft, lagen auf der Hand. Wenn ich in ihrer Abwesenheit darüber nachdachte, erschien es mir völlig absurd, dass ich mich nicht einfach von ihr fernhalten konnte. In ihrer Nähe allerdings spielte mein Körper verrückt und wollte sie. Viel zu sehr.

Ich seufzte tief und warf einen Blick in den wolkenlosen Himmel.

Was zur Hölle mache ich hier nur, Leah?

Ich schüttelte den Kopf über mich selbst und setzte mich in Bewegung. Das musste aufhören.

Die Tage in den Bergen gehörten zu den besten des Jahres. Ich würde sie mir ganz sicher nicht verderben, indem ich mich von dem ganzen Gefühlsscheiß runterziehen ließ. Ich ging jedes Wochenende feiern und jeder an der Uni wusste, dass eine Party erst dann richtig gut war, wenn ich dort mit meinen Freunden auftauchte. Ich wusste, was es bedeutete, Spaß zu haben!

Entschlossen steigerte ich mein Tempo. Der steile Abhang vor mir ließ meine Gedanken endlich verstummen. Ich konnte spüren, wie das Adrenalin durch meine Adern pumpte und mein Herzschlag sich beschleunigte.

Ich flog über den weißen Abhang und musste mich zurückhalten, nicht laut zu schreien. Wie ich das liebte! Der Schnee war perfekt und meine Skier glitten so mühelos und schnell über den Boden, dass ich das Gefühl hatte, ihn kaum zu berühren.

Vier Stunden später stapften wir völlig erschöpft und mit knurrenden Mägen durch den Schnee zurück zur Hütte. Der Weg zu dem Ski Hang war ein zwanzigminütiger Marsch, eigentlich nicht viel, aber nach einem halben Tag auf den Brettern schmerzte jeder Schritt.

»Na endlich.« Ella seufzte, als die Hütte zwischen den Bäumen vor uns auftauchte.

Ich beschleunigte meine Schritte, wobei ich mir selbst sagte, dass meine plötzliche Eile absolut nichts mit dem Mädchen zu tun hatte, das vermutlich eingemummelt in Decken auf der Couch saß und in einem Buch las.

»Ich habe eben Hunger«, brummte ich.

An der Hütte angekommen, klopfte ich meine Schuhe ab, wobei ich sofort den Geruch wahrnahm, der aus dem Innern strömte.

»Hat Tara etwa gekocht?«, fragte Finn ungläubig und stürmte in die Hütte als wäre er kurz vorm Verhungern.

»Wie alt bist du eigentlich?« Hanna verdrehte demonstrativ die Augen, folgte Finn allerdings in einer Geschwindigkeit, die mich daran erinnerte, wie sie mich als sechsjährige in jedem Wettlaufen mühelos geschlagen hatte.

Ich ließ die anderen vorgehen, um mich kurz zu sammeln. Es war absolut lächerlich, dass sich in meinem Körper diese alberne Vorfreude ausbreitete, wenn ich daran dachte, Tara gleich wiederzusehen.

Reiß dich zusammen, sprach ich mir selbst zu.

Als ich Taras helles Lachen aus der Küche hörte, musste ich gegen den starken Drang ankämpfen, zu lächeln. Ich ballte meine Hand zu einer Faust und schüttelte den Kopf über mich selbst. Das war doch dämlich!

Ich schlenderte ins Wohnzimmer, wo Ella gerade Holz nachlegte.

»Sie hat wirklich gekocht.«

Finn strahlte über das ganze Gesicht. »Du bist der Hammer, Tara! Eine Frau zum Heiraten.«

Ich zuckte zusammen. Es hatte mir nie etwas ausgemacht, Finn mit

Tara scherzen zu sehen. Warum auch? Doch plötzlich erfüllte mich die Leichtigkeit, mit der die beiden miteinander umgingen, mit Neid.

Seufzend drehte ich den beiden den Rücken zu und ging in die Küche.

»Mhhm. Das riecht gut.« Ich trat zu Tara, die in einem riesigen Topf rührte.

»Ich habe mir schon gedacht, dass ihr völlig ausgehungert von der Piste zurückkommt und da ich weiß, wie ihr sein könnt, wenn ihr hungrig seid …«

Sie lachte und strich sich eine Strähne aus dem Gesicht, die aus ihrem Zopf gerutscht war. Ich verfolgte die Geste mit meinen Augen und wieder einmal fiel mir auf, wie hübsch Tara war.

Sie hatte sich umgezogen und der Pulli war einem schlichten, blauen Oberteil gewichen, das ihre Rundungen auf eine Art betonte, die ich unmöglich ignorieren konnte. Meine Augen verselbstständigten sich und wanderten über Taras Gesicht bis zu ihren Beinen, die in einer engen Jeans steckten.

Verdammt.

Ich verfluchte meinen Körper, der sich nach ihr verzehrte und trat einen Schritt zurück, um dem süßen Duft zu entkommen, der Tara wie eine Wolke umgab.

Sie folgte mir mit ihrem Blick und ich konnte darin dasselbe Verlangen lesen, das meine Sinne vernebelte. Am liebsten hätte ich den Abstand zwischen uns sofort überbrückt und ihren vollen Mund mit meinen Lippen verschlossen.

Erinnerungen schossen durch meinen Kopf und Bilder von einer Tara, die alle Kontrolle losließ und sich mir leidenschaftlich hingab, wirbelten durch meine Gedanken.

Ich stieß einen leisen Fluch aus und drehte mich um. Fluchtartig schnappte ich mir ein paar Teller und verließ ohne ein weiteres Wort die Küche, um dem Sog zu entkommen, den dieses Mädchen so mühelos auf mich ausübte.

»Alles klar?« Hanna wunderte sich über meinen überstürzten

Abgang aus der Küche. Sie stand neben Finn im Wohnzimmer, der mich mindestens genauso erstaunt ansah.

»Ja«, knurrte ich genervt.

»Wir können essen, das Chili ist fertig«, verkündigte Tara in diesem Moment.

»Gott sei Dank«, stieß Hanna aus und auch wenn sie nicht in meine Richtung schaute, wusste ich, dass die Worte mir galten.

Nach einem überwiegend entspannten und ruhigen Abendessen, machten wir es uns im Wohnzimmer gemütlich.

Als Hanna die erste Flasche Glühwein in einem Topf erwärmte und Tara sich neben mich auf die Couch setzte, zuckte ich kurz zusammen. Es fiel mir zunehmend schwerer, in ihrer Nähe zu entspannen. Mit jedem Atemzug musste ich den Drang unterdrücken, sie an mich zu ziehen.

»Wer hat Lust auf ein bisschen Musik?«, fragte Finn plötzlich und zog seine Gitarre aus einer Ecke hervor. Dankbar über die Ablenkung, rückte ich unauffällig ein Stück von Tara ab.

»Du spielst Gitarre? Wieso weiß ich nichts davon?« Tara starrte Finn an, als sähe sie ihn zum ersten Mal.

»Tja, ich bin eben voller Überraschungen.« Er zwinkerte Tara zu, eine Geste, die mir sofort einen Stich versetzte.

Kurze Zeit später begann Finn zu singen und selbst Hanna wurde plötzlich ernst. Eine Weile lauschten wir den Klängen der Gitarre, bis Finn schließlich bekannte Melodien anstimmte und die schräge Stimme meiner Schwester das Wohnzimmer erfüllte. Als Tara mir Glühwein reichte, nahm ich dankend an.

»Dieser Gesang ist wirklich eine Zumutung, wie hältst du das in der WG nur aus?«, rief ich über Hannas laute Stimme hinweg.

»Mit viel Kaffee und Wein«, erwiderte Tara grinsend.

»Oh Mann«

Ich stieß meinen Becher gegen ihren und wagte einen Blick in Taras dunkelbraune Rehaugen, die mich seit ich sie kannte faszinierten.

»Auf die Freundschaft«, ein gefährliches Funkeln trat in Taras Augen.

»Auf die Freundschaft.«

Wir schauten uns ein paar Sekunden zu lange an, bevor wir uns wieder Finn zuwandten, der mit Hanna und Ella lauthals das nächste Lied anstimmte.

Ich lehnte mich zurück und genoss die taube Wärme, die sich in meinem Körper ausbreitete, als der Wein langsam seine Wirkung zeigte. Doch heute brauchte ich den Alkohol nicht, um zu vergessen. Heute machten mir die Erinnerungen und die lauten Gedanken in meinem Kopf nichts aus.

Denn ich wusste, wie glücklich es Leah machen würde, uns so zu sehen. Hanna und mich inmitten unserer Freunde, die mit uns lachten und sangen, als gäbe es nur diese Nacht und hinter all dem Schnee keinen Alltag.

Das Loch in meinem Innern, das Leahs Tod hinterlassen hatte, schmerzte mal mehr, mal weniger. Doch in Momenten wie diesen wollte ich fest daran glauben, dass sie uns zuschaute. Von wo auch immer, aber auf jeden Fall mit einem Grinsen im Gesicht, das ihr Grübchen zauberte und ihre Augen aufleuchten ließ.

Vermutlich wäre sie sogar froh darüber, dass bei jedem Lachen, das Tara ausstieß, ein Lächeln auf meinem Gesicht erschien.

Mein Blick streifte Hannas und ich las in ihren Augen die gleiche Trauer, aber auch die gleiche Freude. Stumm hoben wir unsere Becher und stießen auf alles an was war und darauf, dass wir es geschafft hatten, heute trotzdem hier zu sitzen. Mit einem Lächeln auf den Lippen, das ausnahmsweise aufrichtig war und von Herzen kam.

10. Kapitel

Tara

Ich wachte vor Hanna und Ella auf. Nicht, dass es mich wunderte, dass meine Freundinnen noch schliefen, als ich um kurz nach acht Uhr leise aufstand und auf Zehenspitzen das Zimmer verließ. Es war letzte Nacht recht spät geworden und nach all dem Glühwein, den Hanna getrunken hatte, bezweifelte ich, dass sie vor zwölf in der Lage sein würde, sich auf Skier zu stellen.

Im Wohnzimmer angekommen, schaute ich mich unschlüssig um. Schwaches Licht sickerte durch das Fenster und ließ den Raum, in dem wir gestern gemütlich beisammengesessen hatten, seltsam farblos wirken.

Eigentlich hatte ich an meinem aktuellen Text weiterarbeiten oder zumindest den Roman weiterlesen wollen, aber die Couch, auf der leere Chipstüten und benutzte Becher lagen, war alles andere als einladend. Bevor mein Putzwahn einsetzen konnte und ich anfing, alles aufzuräumen, schlüpfte ich in meinen Wintermantel. Ich war gestern nicht mehr rausgekommen, nachdem ich es mir einmal bequem gemacht hatte. Höchste Zeit, das nachzuholen.

Bevor einer der anderen aufwachen und mich aufhalten konnte, zog ich meine Stiefel an und verließ die Hütte.

Frische Luft strömte mir entgegen und ich atmete tief ein.

Es musste über Nacht geschneit haben, denn die weiße Winterlandschaft lag völlig unberührt vor mir. Eine beinahe feierliche Stimmung machte sich in mir breit, als ich einen Fuß vor den anderen setzte und damit erste Spuren in dem frischen Schnee hinterließ.

Nach einigen Metern drehte ich mich um und betrachtete meine Fußabdrücke. Was ich wohl am Ende hinterlassen würde? Wenn mein Leben vorbei war und ich nur noch in den Erinnerungen der Menschen existierte, die ich zurückließ?

Die Gedanken waren aus dem Nichts gekommen und eine plötzliche Melancholie ergriff mich. Ich beschleunigte meine Schritte und schlug einen schmalen Pfad ein, der mich in den Wald führte.

Rechts und links neben mir erhoben sich Tannen, deren dünnen Zweige die Last des gefallenen Schnees unbeirrt und stark trugen. Sie bewegten sich keinen Zentimeter und ich musste über ihre majestätische Schönheit lächeln, die mich tief berührte.

Ich hatte mich im letzten Jahr viel zu selten in der Natur aufgehalten. Auch wenn ich mich in der Stadt wohlfühlte, vermisste ich manchmal diese ganz besondere Stille, die ich nur im Wald oder in einer flachen, weiten Wiesenlandschaft finden konnte. Es war eine Stille, die mich jedes Mal auch innerlich zur Ruhe kommen ließ.

Die Sonne hatte sich in den letzten Minuten durch die Wolken gekämpft und verwandelte die Schneelandschaft in ein Meer aus tausend kleinen, funkelnden Diamanten.

Auf einmal ertönte ein Knacken hinter mir. Ich fuhr herum, doch es war nichts zu sehen.

»Hallo?«, rief ich und ärgerte mich über das Zittern in meiner Stimme.

»Tara?«, antwortete mir eine Stimme, deren Klang ich sofort erkannte.

»Maxim?«

Ich atmete erleichtert auf, als er zwischen zwei Bäumen hervortrat.

»Was machst du hier?«, fragte er mit einem erstaunten Blick, den ich nur erwidern konnte.

»Ich gehe spazieren.« Oh man, klang das lahm! *Ich gehe spazieren.*

Ich rechnete mit einem spöttischen Kommentar oder einem Witz, aber Maxim machte nichts dergleichen. »Und was machst du hier?«

»Hast du was dagegen, wenn ich dich ein Stück begleite?«

»Nein.«

Wortlos setzten wir uns in Bewegung, wobei ich nicht anders konnte, als ihm immer wieder einen Seitenblick zuzuwerfen. Maxim hatte gestern nicht ganz so viel getrunken wie seine Schwester, aber er war gut dabei gewesen und ich hätte niemals damit gerechnet, ihn um diese Uhrzeit mitten im Wald anzutreffen.

Dieser ernste, nachdenkliche junge Mann war mir völlig fremd. So kannte ich ihn nicht und ich ertappte mich dabei, wie ich mir wünschte, diese ruhige Seite öfter an ihm zu erleben. Denn mein Gefühl sagte mir, dass sie echter war als der feiernde Maxim, der von einer Party zur nächsten zog und dabei nichts ausließ.

Nach einer Weile mündete der Pfad in einem breiten Weg, der eine Schlaufe machte und zurück zu der Hütte zu führen schien.

Maxim hatte immer noch nichts gesagt, doch die Stille zwischen uns fühlte sich nicht seltsam an. Im Gegenteil, es war ein gutes Gefühl, zusammen schweigen zu können, ohne dass es unangenehm wurde.

Dennoch brach ich das Schweigen, als ich eine Frage nicht mehr zurückhalten konnte. »Du und Hanna hattet eine wirklich tolle Kindheit, oder? Ich meine, diese Hütte liegt in einer traumhaft schönen Landschaft. Ich habe früher nie solche Urlaube gemacht.« Meine Mutter war so gut wie nie mit mir weggefahren.

»Ja, das hatten wir.« Kurz meinte ich einen Schatten über Maxims Gesicht huschen zu sehen, doch der Ausdruck verschwand so schnell wieder, dass ich mir nicht sicher war, ob ich ihn mir nicht nur eingebildet hatte.

»Meine Eltern haben uns jeden Winter mit hierhergenommen. Im Sommer sind wir dann oft ans Meer gefahren. Mein Vater liebt es, in der Natur zu sein, wir waren oft stundenlang zu zweit wandern.« Maxim lächelte. Ihm war anzusehen, dass er gedanklich weit weg war. Ein wehmütiges Lächeln schlich sich auf meine Lippen. Ich wünschte, ich könnte mit dem gleichen Strahlen von meiner Kindheit erzählen.

»Wie war das bei euch früher?«, fragte Maxim plötzlich und ich zuckte zusammen.

»Es war ... anders. Meine Mama ist sehr früh Mutter geworden und mein Vater ist nicht lange bei ihr geblieben. Es hat sie viel Kraft gekostet, überhaupt den Alltag zu bewältigen. Urlaube und Ausflüge gab es in meiner Kindheit kaum. Nur meine Oma ist ab und zu mit mir weggefahren, sodass ich zumindest zwischendurch aus unserem Kuhdorf wegkam.«

»Du hattest keine besonders schöne Kindheit, oder?«

Ich spürte Maxims aufmerksamen Blick auch ohne ihn anzusehen. Es war nicht schwer, seine Gedanken zu erraten. Im Vergleich zu seinen Erzählungen wirkte meine Jugend wie ein Albtraum. Ab einem gewissen Punkt war sie das auch gewesen.

»Es war nicht immer leicht, nein, aber es gab auch viele gute Momente.«

Als die Hütte zwischen den Bäumen auftauchte, war ich fast enttäuscht. Ich genoss es, mit Maxim alleine zu sein.

»Das war schön.«

Die Worte kamen so leise aus Maxims Mund, dass ich im ersten Moment nicht wusste, ob ich sie richtig verstanden hatte.

Er war wenige Meter vor der Hütte stehen geblieben und musterte mich mit einem Blick, bei dem mein Herz einen Schlag lang aussetze, nur um dann in doppelter Geschwindigkeit loszurasen.

In Maxims Gesicht standen die unterschiedlichsten Gefühle geschrieben. Das wilde Funkeln in seinen Augen ließ meine Knie schwach werden. Gleichzeitig meinte ich eine tiefe Sehnsucht darin zu erkennen.

Ich streckte eine Hand aus. Auf einmal hatte ich das unbändige Bedürfnis, ihn zu berühren. In diesem Augenblick erschien es mir das einzig Richtige zu sein.

Er zuckte leicht zusammen, als ich sanft mit den Fingern über seine Wange strich. Seine Augen wurden weich und er lächelte mich an.

Hatte ich gerade noch gedacht, dass ich es genoss, in seiner Nähe zu sein, ohne dass mein Körper verrücktspielte? Tja, da hatte ich mich wohl zu früh gefreut.

Ich spürte, wie sich ein erwartungsvolles Kribbeln in meinem Körper breitmachte und war machtlos gegen das Ziehen in meiner Magengegend, das mich dazu drängte, einen Schritt nach vorne zu gehen.

Unsere Gesichter waren nur noch wenige Zentimeter voneinander entfernt und ich versank in Maxims Augen, die mich beinahe erstaunt ansahen. Es war viel zu leicht, sich in seinem Blick zu verlieren und in die blaue, bodenlose Tiefe zu stürzen, die mich nicht mehr losließ.

Maxim hob eine Hand und strich mir mit einer Sanftheit, die mich rührte, meine Haare hinters Ohr. Seine Finger wanderten weiter, glitten unendlich langsam über meine Wange und landeten unter meinem Kinn, wo sie einen Moment lang verweilten, bevor er meinen Kopf sanft, aber bestimmt hob.

Dann, nach einer gefühlten Ewigkeit, die zu lange und nicht lange genug war, kam Maxim mir entgegen und küsste mich. Ich schloss die Augen und lehnte mich ihm entgegen.

Der Kuss war anders als unsere Küsse in der Silvesternacht. Maxims Lippen berührten meine sanft und vorsichtig. Da war kein überstürztes übereinander herfallen.

Jede Berührung von Maxim war langsam und bedacht.

Er wusste genau, was er tat, und entschied sich im selben Moment wie ich, nicht länger gegen die Anziehung zwischen uns anzukämpfen.

Ich legte eine Hand in seinen Nacken und zog ihn noch näher an mich. Ich wollte mehr.

Maxim verstand sofort. Er vergrub eine Hand in meinen Haaren und vertiefte den Kuss. Mit einem leisen Seufzen öffnete ich meine Lippen und als unsere Zungen aufeinandertrafen, stöhnte Maxim leise auf. Das Geräusch ging mir durch und durch.

Als er mir sanft in die Unterlippe biss, schoss ein Verlangen durch meinen Körper und meine Mitte begann zu pochen.

Ich wusste nicht, wann ich zuletzt einen Mann so begehrt hatte. Ob es sich überhaupt jemals *so* angefühlt hatte.

Als Maxim sich von mir löste und mich mit einem dunklen, wilden Blick ansah, musste ich mich an ihm festhalten, weil meine Beine so weich waren, dass ich fürchtete, in den Schnee zu sinken.

»Du ...«, setzte ich an, doch ich hatte keine Ahnung, wie ich den Satz beenden sollte.

So wie meine Hormone durch meinen Körper tanzten, bezweifelte ich, dass ich überhaupt in der Lage war, einen vernünftigen Satz herauszubringen.

Maxim lächelte zufrieden und gab mir einen kurzen, süßen Kuss, der viel zu wenig war. Ich wollte schon protestieren, da packte er mich mit einer Bestimmtheit, die mich bis in meine Zehenspitzen erschütterte. Er zog mich an sich und diesmal trafen seine Lippen nicht sanft auf meine. Diesmal begegneten wir uns mit einer Wildheit, die uns wohl beide überraschte.

All das aufgestaute Verlangen, die Träume, in denen ich mich nach ihm verzehrt hatte, trieben an die Oberfläche. Ich keuchte auf, als unsere Zungen sich erneut fanden und sich immer schneller umkreisten.

Maxims Hand wanderte zu meiner Hüfte und öffnete die Knöpfe meines Mantels. Seine Finger schoben meinen Pullover nach oben und als er meinte nackte Haut berührte, zog sich mein Innerstes erwartungsvoll zusammen. Ich wand mich unter seiner Berührung und drängte mich enger an ihn. Er hatte viel zu viel an und am liebsten hätte ich ihm hier und jetzt die Kleider vom Leib gerissen, doch ein noch nicht völlig hormonvernebelter Teil von mir war sich absolut bewusst, wo wir waren und dass unsere Freunde wenige Meter weiter in der Hütte schliefen. Mal ganz abgesehen davon, dass wir in der eisigen Kälte ohne unsere Kleidung vermutlich erfrieren würden.

Obwohl mein Körper sofort protestierte, löste ich mich von Maxim und zog mich langsam zurück. Seine Hand glitt von meiner Hüfte und ich vermisste den Druck seiner Berührung augenblicklich.

Abwartend schaute er mich an und während ich nach den richtigen Worten suchte, konnte ich sehen, wie sein Gesicht sich langsam verschloss. Die Sanftheit verschwand aus seinen Augen und wich einem flirtenden Funkeln, das ich schon oft darin gesehen hatte. Diesen Blick setzte Maxim auf, wenn er auf Partys loszog, um eine Frau rumzukriegen.

Ich stolperte zurück und die Kälte traf mich wie ein Schlag. Sie fuhr durch meine Kleider und ein plötzliches Zittern ergriff meinen Körper.

Was hatte ich mir nur gedacht? Das hier war immer noch Maxim. Ein Womanizer, der jede Frau haben konnte, die er wollte. Ich sollte es besser wissen. Nach allem, was ich erlebt hatte, wusste ich wie gefährlich es war, einen Mann nah an mich heranzulassen.

Verwirrt legte ich einen Finger an meine Lippen, auf denen ich immer noch den prickelnden Druck von Maxims Mund spürte.

»Hey, Tara, es ist alles okay.«

Er streckte eine Hand nach mir aus, doch ich traute seinen Worten nicht. Nicht, wenn er mich so anschaute. So reuevoll. Und schuldbewusst. Ein Bild schob sich vor meine Augen, von einem anderen Mann, einem anderen schuldbewussten Blick. Nur hatte Jack das nie daran gehindert, mich trotzdem zu berühren. Gegen meinen Willen. Ich wusste, dass diese Situation eine andere war und Maxim mir nie etwas antun würde. Doch mein Körper spannte sich trotzdem an.

»Wenn du das sagst.«

»Es tut mir leid, ich weiß, du hast gesagt, dass wir das mit der Freundschaft hinkriegen sollen und ...«

»Tu das nicht«, unterbrach ich ihn scharf. »Entschuldige dich nicht dafür mich geküsst zu haben.«

Ich wirbelte herum und stapfte zurück zur Hütte. Kurz bevor ich die Tür erreichte, holte Maxim mich ein und hielt mich am Arm zurück.

»Tut mir leid. Ich weiß nur einfach nicht, was ich denken soll. Aber ich bereue es nicht.« Er warf mir ein beinahe zaghaftes Lächeln zu und ich erwiderte es vorsichtig.

Wortlos betrat ich die Hütte. Maxim folgte mir und

ging direkt in die Küche, holte Teller und Tassen aus dem Schrank, während ich Kaffee kochte.

Irgendwann kamen Ella und Finn und sehr viel später auch Hanna.

Maxim und ich sprachen beim Frühstück kaum miteinander, doch jedes Mal, wenn unsere Blicke sich trafen, spürte ich ein Knistern zwischen uns. Die Spannung, die in der Luft lag, war beinahe greifbar und ich wusste nicht, ob mir das gefiel.

Ich hatte keine Ahnung, was das, was draußen im Schnee geschehen war, zu bedeuten hatte. Wie wir unsere Freundschaft aufrechterhalten wollten, wenn wir zurück waren. Denn ich bezweifelte, dass wir die Anziehung, die zwischen uns herrschte, weiterhin ignorieren konnten.

11. Kapitel

Tara

Die Stunden zogen an mir vorbei und ich hätte die Zeit am liebsten angehalten, um noch länger hierbleiben zu können. Es war eine eigene, kleine Welt, die wir hier im Schnee, mitten in den Bergen, gefunden hatten und die nur uns gehörte. Noch nie war es mir so leichtgefallen, nicht an zu Hause zu denken, nicht all die Pflichten und anstehenden Termine im Kopf durchzugehen, die in den nächsten Wochen anstanden.

Ich tat genau das, was ich an Hanna schon immer bewundert hatte: ich lebte den Moment.

Maxim und ich hielten uns für den Rest des Tages voneinander fern. Mein Blick wanderte zwar immer wieder in seine Richtung und ich ertappte ihn mehr als einmal dabei, wie er mich eingehend musterte, aber ansonsten hielten wir Abstand. Was mir recht war. Zumindest versuchte ich mir das einzureden, um nicht durchzudrehen. Denn das würde passieren, wenn ich anfing verstehen zu wollen, was da zwischen uns passierte.

In dem Moment, als Maxim mich geküsst und ich meine Abwehrhaltung und meine Kontrolle vollkommen aufgegeben hatte, war das ein wunderbares Gefühl gewesen.

Doch so sehr ich den Kuss auch genossen hatte, wenn ich jetzt darüber nachdachte, stieg Panik in mir auf. Es war absolut untypisch für mich, jemanden nah an mich heranzulassen. Maxim zu wollen bedeutete die Kontrolle zu verlieren und davor hatte ich Angst. Es war viel zu leicht, mich bei ihm fallen zu lassen und zu vergessen, dass ich mich dadurch verletzlich machte. Eine Nacht, die nicht hätte passieren sollen, war eine Sache. Aber Küsse im Schnee, die in mir den Wunsch auslösten, sie zu wiederholen? Das war gefährlich!

»Alles klar?« Hannas Blick war besorgt. Vor einer Stunde waren wir zu einer Piste aufgebrochen, die laut Maxim für Anfänger geeigneter war als die steilen Abhänge, die sie sonst runterrasten.

»Alles gut.«

»Du bist heute so still.«

»Mach dir keine Gedanken. Ich bin total froh, dass ihr mich mitgenommen habt. Es tut gut, mal aus Lilberg rauszukommen.«

»Dann ist ja gut.«

Ich griff nach Hannas Hand und drückte sie kurz, in dem Versuch, meine Dankbarkeit in diese Geste zu legen. Dabei würde ein Händedruck niemals ausreichen, um Hanna zu zeigen, wie froh ich war, sie in meinem Leben zu haben.

»Wird das bei euch heute noch was oder braucht ihr noch etwas Zeit zu zweit?«

Finn gesellte sich mit einem fröhlichen Grinsen im Gesicht zu uns. Seid wir hier waren, hatte er von seiner guten Laune nichts verloren. Allmählich bekam ich ein Gefühl dafür, wie er als Kind gewesen sein musste. Ich konnte mir bildhaft vorstellen, wie er sehnsüchtig am Fenster stand und auf den ersten Schnee wartete.

»Tara, bist du dabei? Wer als Erster unten ist?«

»Haha, vergiss es!«

Ich starrte immer noch skeptisch auf die Piste, die ich bisher nur einmal runtergefahren war. Mit vielen Kurven und im Schneepflug. Ja, ich war ein Angsthase, wenn es um Geschwindigkeit und Höhe ging. Aber es konnte ja nicht jeder so lebensmüde wie Hanna sein.

»Du gewinnst doch sowieso nicht«, rief Hanna und stieß sich mit einem kräftigen Schwung ab. Sie bewegte sich mit einer eleganten

Selbstverständlichkeit über den Schnee, die ich wohl nie erreichen würde.

»Die zwei!« Ella stellte sich kopfschüttelnd zu mir.

Wir schauten Finn und Hanna nach, die sich gegenseitig über den Abhang jagten und mich dabei an tobende Kinder erinnerten.

»Na, bereit für eine zweite Runde?«

Maxim tauchte wie aus dem Nichts auf. Ich antwortete nicht sofort und versuchte die Aufregung zu verdrängen, die mich ergriff, als er viel zu nah neben mir zum Stehen kam.

»Also ich fahr noch mal«, verkündigte Ella und setzte sich in Bewegung, ehe ich sie davon abhalten konnte.

»Tara?« Ein nachdenklicher Ausdruck trat auf Maxims Gesicht, der ihn noch unwiderstehlicher machte.

Bevor ich noch eine Dummheit beging, kniff ich die Augen zusammen und wandte mich von ihm ab.

»Ich brauche noch einen Moment«, murmelte ich so leise, dass ich mir nicht sicher war, ob Maxim mich überhaupt verstanden hatte.

»Alles klar, dann warten wir eben noch kurz«, kam es wie aus der Pistole geschossen zurück.

»Danke.« Ich atmete tief durch, genoss den Blick über die Landschaft und stieß mich dann mit meinen Stöckern ab.

Kurz darauf fuhr ich schon eine Spur mutiger die Piste hinunter, wobei Maxims Gegenwart dazu beitrug, dass ich mich zunehmend entspannte und sicher fühlte. Ich vertraute darauf, dass er mich auffangen würde, falls ich stürzte.

Nach zwei weiteren Abfahrten spürte ich meine Zehen nicht mehr und zitterte am ganzen Körper. Wintersport würde wohl nie mein Ding werden. Da gab ich einem gemütlichen Nachmittag mit einem Buch auf dem Sofa jederzeit den Vorzug.

»Willst du zurück?« Maxim deutete auf meine Hände, die ich seit einigen Minuten energisch aneinander rieb. Nicht, dass mir dadurch wärmer wurde, dafür waren sie bereits viel zu taub.

»Gerne!«

Nachdem auch Hanna, Finn und Ella zu uns gestoßen waren, begaben wir uns langsam auf den Rückweg.

Zurück in der Hütte, machte ich es mir mit meinem Buch auf der Couch gemütlich, während Hanna und Maxim für uns kochten. Eingekuschelt in eine warme Decke, taute mein Körper langsam wieder auf.

»Ob wir heute noch was zu essen bekommen?« Ella hatte sich zu mir gesetzt und lauschte mit gerunzelter Stirn den lauter werdenden Stimmen aus der Küche.

»Ach, ich denke schon. Meistens beruhigen die sich schnell wieder.«

Aus dem Nebenraum hörte man Hanna und Maxim darüber diskutieren, welche Pfanne sich am besten eignete, um die Kartoffeln anzubraten.

»Es schafft zumindest eine familiäre Atmosphäre. Irgendwie schön.« Ella klang auf einmal seltsam gerührt. Lächelnd wandte ich mich ihr zu, wobei mir der wehmütige Ausdruck in ihren Augen nicht entging. Ich wusste nur wenig über ihre Vergangenheit, aber sie sprach oft von ihrem Vater und ihrer kleinen Schwester Louisa. Im Gegensatz zu mir fuhr sie gerne nach Hause, wofür ich sie ein kleines bisschen beneidete.

»Wir sind doch auch irgendwie eine Familie.«

»Stimmt.« Lächelnd widmete sie sich ihrem Buch, einem Krimi, den ich ihr empfohlen hatte.

Nach dem Abendessen machten wir es uns alle im Wohnzimmer gemütlich. Finn packte wieder seine Gitarre aus und diesmal stimmten alle in die Lieder mit ein. Ich lehnte mich zurück und schaute in die Flammen, die hell im Kamin aufloderten. Hätte mir jemand vor fünf Jahren gesagt, dass ich im Studium mit meinen Freunden auf einer Hütte in den Bergen sitzen und Lieder singen würde, hätte ich gelacht.

Damals war ich eine Außenseiterin gewesen, die nirgendwo dazuzupassen schien. Ich hatte nie eine Freundin mit nach Hause genommen, aus Angst, dass meine chaotische Mutter sie überforderte oder abschreckte und mich viel zu oft fehl am Platz gefühlt. Es waren einsame Jahre gewesen, in denen ich mich viel zurückgezogen hatte.

Das Mädchen, das ich damals gewesen war, kam mir jetzt fremd vor. Trotzdem wusste ich, dass von der Tara von damals immer noch etwas in mir schlummerte.

Im Augenwinkel bemerkte ich, wie Maxim aufstand und in die Küche ging. Es ärgerte mich, dass ich seine Schritte so genau beobachtete, doch ich konnte nichts dagegen tun. Als er kurz darauf mit zwei Bechern Glühwein zurückkam und sich neben mich setzte, stieg ein warmes Gefühl in mir auf.

»Danke.«

Unsere Hände berührten sich, als er mir den Becher reichte und sofort schoss ein Kribbeln durch meinen Körper. Ich riss mich von seinen Augen los. Der Kuss hatte alles nur noch komplizierter gemacht. Wie sollte ich jetzt noch die Anziehung leugnen, die Maxim auf mich ausübte?

Mit angespannten Muskeln konzentrierte ich mich auf die Gitarrenklänge von Finn und den Gesang von Hanna und Ella, die von der Spannung nichts zu merken schienen, die zwischen Maxim und mir herrschte.

In diesem Moment rückte Maxim ein Stück näher. Ich spürte sein Bein an meinem und mein Magen zog sich erwartungsvoll zusammen. Seine Nähe war zu viel. Und zu wenig. Ich schloss die Augen und die Erinnerung an das Gefühl seiner Lippen auf meinen stieg in mir auf. Eine Gänsehaut breitete sich auf meiner Haut aus, als ich daran dachte, wie sich seine Hand unter meinem Pulli angefühlt hatte.

Oh Himmel!

Ich nahm einen großen Schluck von dem Wein und genoss die Wärme, die sich in mir ausbreitete.

Auf einmal legte Maxim seinen Arm auf die Lehne hinter mir. Ich biss die Zähne zusammen, als ich eine Hand in meinem Nacken spürte, die mich sanft zu massieren begann. Das war nicht fair.

Ich verfluchte meinen Körper dafür, dass er sich nach mehr sehnte und am liebsten noch näher zu Maxim gerückt wäre, gleichzeitig genoss ich das Gefühl. Es war lange her, dass mich jemand begehrt hatte und zu spüren, dass Maxim die Finger nicht von mir lassen konnte, obwohl er es eigentlich besser wissen müsste, war berauschend und beängstigend zugleich.

Ich leerte den Becher Glühwein in wenigen Schlucken und begann mich mehr und mehr zu entspannen. Ein wohliges Gefühl machte sich in mir breit und ich lehnte mich gegen Maxims Oberkörper, der mir verlockend nah war.

»Tara«, wisperte er warnend.

Seine leise Stimme war nah an meinem Ohr und jagte mir einen Schauer über den Rücken.

Der Wein zeigte langsam seine Wirkung, anders konnte ich es mir nicht erklären, dass ich trotz seiner Warnung nicht von ihm abrückte. Ich spürte Ellas Blick, aber ich ignorierte sie.

Immerhin schien Hanna nichts davon mitzubekommen, dass ich kurz davor war, auf Maxims Schoß zu klettern. Sie lauschte völlig verzückt Finns Gitarrenklängen und nicht zum ersten Mal drängte sich mir die Frage auf, was zwischen den beiden eigentlich lief.

Die Zeit verging. Draußen war es längst dunkel und Finn hatte schon zweimal Holz nachgelegt. Ich hatte keine Ahnung, wie spät es war, aber den müden Gesichtern meiner Freunde nach zu urteilen, musste es bereits nach Mitternacht sein.

Warum ich noch so fit war, wusste ich auch nicht. Normalerweise zeigte Glühwein bei mir eine einschläfernde Wirkung, aber heute versetzte er mich in eine seltsam aufgedrehte Stimmung. Vielleicht, ganz vielleicht, hatte aber auch Maxims Nähe und seine Hand etwas damit zu tun, die inzwischen sanft durch meine Haare fuhr.

»Ich gehe ins Bett«, verkündigte Hanna plötzlich. Erstaunt sah ich meiner besten Freundin nach, die sonst immer am längsten durchhielt.

»Ich komme mit.« Ella versuchte schon seit einer Weile ihr Gähnen hinter vorgehaltener Hand zu verstecken, aber ihre müden Augen verrieten sie.

Auch Finn packte kurz darauf seine Gitarre ein und dem Blick, den er Maxim zuwarf, konnte ich entnehmen, dass er ihn später noch darauf ansprechen würde, was genau er da eigentlich neben mir tat.

Als er weg war, trat im Wohnzimmer eine schlagartige Stille ein. Nur das Knistern des Feuers war zu hören.

Mein Atem kam mir plötzlich unnatürlich laut vor und ich wollte schon von Maxim abrücken, um mich den anderen anzuschließen, aber sein Arm hielt mich zurück.

Trotz dem aufgeregten Kribbeln, das meinen Magen in hellste Aufregung versetzte, spürte ich, wie auch mich die Müdigkeit langsam überkam.

Maxim angelte mit seiner freien Hand nach einer Decke, während die andere kleine Kreise auf meinen Arm malte.

Ich schloss die Augen. Wärme und der mir inzwischen vertraute Geruch von Maxim hüllten mich ein. Ich hatte mich lange nicht mehr so geborgen und aufgehoben gefühlt wie in diesem Moment.

Kurz stieg in mir die Frage auf, was Maxim wohl gerade denken musste, doch dann ließ ich den Gedanken wieder los. Ich wollte jetzt nichts fragen. Ich wollte nicht denken. Ich wollte einfach nur in diesem Moment verweilen. An Maxim gelehnt, mit einer warmen Decke über mir und seiner Hand auf meinem Arm, die mich sanft berührte.

»Schläfst du?«, fragte Maxim irgendwann leise in die Stille hinein.

»Nein«, flüsterte ich und richtete mich etwas auf.

Ein fataler Fehler. Maxims blaue Augen trafen mich wie ein Blitzschlag, der mich bis in meine Zehenspitzen erschütterte.

Die Müdigkeit war wie weggewischt. Ich blinzelte, um nicht völlig in Maxims Augen zu versinken.

»Und, verstehst du jetzt, warum mir das Wochenende auf der Hütte so wichtig war?«

»Ja, schon. Es ist toll. So etwas kenne ich nicht.«

»Was meinst du?«

»Na ja, mit Freunden wegzufahren.«

Er runzelte die Stirn, als würden ihm meine Worte missfallen.

»Deine Mitschüler waren nicht gerade die nettesten Menschen, oder?«

Ich lachte auf und schüttelte den Kopf. Nein, das waren sie nicht gewesen.

»Gibt es bei euch so etwas wie Klassentreffen? Ich hätte große Lust, dich zu begleiten und den Idioten zu sagen, dass sie ganz schön dämlich waren.«

Maxims Worte entlockten mir ein Lachen, doch tief in mir rührten sie mich. Ich wusste nicht, wann sich das letzte Mal jemand für mich eingesetzt hatte. Im Laufe der Jahre hatte ich gelernt, das selbst zu tun. Ich brauchte niemand, der mich verteidigte oder mich rettete. Trotzdem – das war wahnsinnig süß von ihm. Und aufmerksam und ...

Maxim schlang seinen Arm enger um mich und unsere Münder waren nur noch wenige Zentimeter voneinander entfernt. Ich schluckte. Mein Blick fiel auf seine Lippen und auf einmal wollte ich nichts mehr, als sie auf meinen zu spüren.

»Wenn ich dich jetzt küsse, werde ich nicht damit aufhören können. So viel Selbstbeherrschung habe ich nicht.«

»Dann hör nicht auf.« Die Worte verließen meinen Mund, ehe ich darüber nachdenken konnte.

Er kam mir entgegen und als seine Lippen auf meine trafen, seufzte ich auf.

»Du fühlst dich so verdammt gut an«, flüsterte Maxim und zog mich auf seinen Schoß. Ich klammerte mich an seinen Schultern fest, als er seine Hände unter meinen Pulli gleiten ließ. Seine Lippen wanderten an meinem Hals entlang und ich erschauderte unter seinem heißen Atem auf meiner Haut.

Im nächsten Moment zog ich sein Gesicht sanft, aber bestimmt nach oben und presste meinen Mund auf seinen. Ich vertiefte den Kuss und strich mit meiner Zunge über seine. Stöhnend richtete sich Maxim unter mir etwas auf und ich konnte spüren, wie sehr er mich wollte. Ich bewegte meine Hüfte ein kleines bisschen, doch das reichte aus, um ihm ein weiteres, tiefes Stöhnen zu entlocken. Seine Härte presste sich unter dem rauen Jeansstoff gegen mich.

Mein Gott, ich wollte ihn so sehr. Atemlos löste ich mich von ihm. In seinen dunklen Augen las ich nichts als Leidenschaft und pures Verlangen. Mein Herz setzte einen Schlag aus und klopfte dann so heftig, dass ich befürchtete, er könnte es hören.

In der nächsten Sekunde waren Maxims Hände unter meinem Shirt und sein Mund auf meinem. Er küsste mich mit einer Wildheit, von der mir schwindelig wurde.

In mir kribbelte es vorfreudig, als er mir mit einer schnellen Bewegung den Pulli über den Kopf zog, unter dem ich nur ein Top trug.

»Oh Gott, Tara« Maxim betrachtete meinen fast nackten Körper mit einem glühenden Blick. Seine Hände strichen an meiner Seite entlang nach unten und packten meine Hüften. Ich wand mich unter seinen Berührungen, die sich so viel intensiver anfühlten als alles, was ich je erlebt hatte.

Dann beugte sich Maxim nach vorne und begann eine brennende Spur aus Küssen auf meinem Hals zu verteilen. Mein Kopf sank nach hinten und ich krallte mich an seinen Schultern fest.

Es war zu viel und nicht genug. Als er an der empfindsamen Stelle unter meinem Ohrläppchen länger verweilte und sanft in meine Haut biss, war es um mich geschehen.

Ich bewegte meine Hüfte und konnte erneut seine Erregung durch den rauen Stoff seiner Jeans spüren.

Ich biss mir auf die Lippe, um ein Stöhnen zu unterdrücken, als plötzlich eine Tür im ersten Stock aufging.

Maxim und ich erstarrten gleichzeitig. Atemlos schauten wir uns an und warteten, bis die Schritte im Flur verklangen und die Badezimmertür zugeschlagen wurde.

Mit weichen Knien löste ich mich von Maxim und kletterte von seinem Schoß.

Mein Gesicht brannte und ich hielt meinen Blick auf meine Knie geheftet, während ich darauf wartete, dass, wen auch immer wir gehört hatten, wieder zurück in sein Zimmer ging.

»Hey, sieh mich an.«

Maxims sanfte Stimme klang viel zu nah an meinem Ohr, trotzdem hob ich den Blick. In seinen Augen lag ein dunkles Funkeln, doch ich konnte sehen, wie sich der verschleierte Ausdruck darin langsam aufklärte.

»Wir sollten ins Bett gehen«, beschloss ich.

Maxims Augenbrauen schossen nach oben.

»Jeder in sein eigenes«, schob ich schnell hinterher.

»Sollten wir wohl.« Er seufzte bedauernd und strich mir scheinbar gedankenverloren eine Haarsträhne hinters Ohr.

Ich war völlig machtlos gegen das alberne Lächeln, das sich daraufhin auf meinen Lippen ausbreitete.

Als erneut Schritte über uns erklangen, erhob ich mich und ging mit wackligen Schritten und einem wild klopfenden Herzen die Treppe hoch und in mein Zimmer, in dem Ella und Hanna tief und fest in ihren Betten schliefen.

12. Kapitel

Maxim

Ich hatte nie so genau gewusst, was ich von Freundschaften mit Frauen halten sollte.

Meiner Erfahrung nach war das eine knifflige Angelegenheit, die in den meisten Fällen schiefging. Zumindest wenn es eine enge Freundschaft war, in der die Beteiligten viel Zeit zu zweit verbrachten.

Früher oder später verliebte sich einer von beiden. Oder sie landeten irgendwann im Bett und dann gingen die Komplikationen erst richtig los. Jedenfalls meiner Erfahrung nach und wenn ich an Finns Erzählungen dachte, dann ging es ihm scheinbar genauso.

Ella und Tara waren bisher die einzigen Frauen gewesen, die ich als Freundinnen bezeichnen würde. Und zumindest bei Letzterer hatte ich auf ganzer Linie versagt.

Nachdem sie mich auf der Couch sitzen gelassen hatte, mit Fragezeichen im Kopf und einem gewaltigen Ständer in der Hose, konnte selbst ich mir nicht mehr vormachen, dass wir das mit der Freundschaft noch hinkriegen würden.

»Maxim, hilfst du mir mal?« Hanna stemmte gerade eine Kiste mit leeren Flaschen und Lebensmitteln hoch, die übrig geblieben waren.

»Komme sofort.« Ich eilte zu meiner Schwester, die sich mal wieder die schwerste Kiste ausgesucht hatte. Typisch!

Aus dem Augenwinkel bemerkte ich, wie Tara an uns vorbeiging. Ich gab mir größte Mühe, ihr nicht hinterherzuschauen und scheiterte. Es war eine Sache der Unmöglichkeit, nicht auf ihre Beine zu starren, die in einer verflucht engen Jeans steckten.

Dabei gab es genügend Gründe, warum ich die Finger von ihr lassen sollte. Einer davon half mir gerade, die Kiste ins Auto zu tragen.

Hanna würde es mir nie verzeihen, dass ich mit Tara geschlafen hatte. Sie wusste besser als jeder andere, wie düster es in mir aussah und zweifelte wie ich daran, dass ich bereit war, mich wieder auf jemanden einzulassen. Nicht so, wie ich es bei Leah getan hatte. Deswegen habe ich ihr versprochen, ihre Freundinnen in Ruhe zu lassen und niemanden zu verletzen. Ich hätte mich von Tara fernhalten müssen. Sie verdiente jemanden, der nicht so verdreht und kaputt war wie ich.

Die Tage in den Bergen hatten mich für eine kurze Zeit lang vergessen lassen, wer ich war. Ein trinkender, feiernder Student, der keine Party ausließ und jedes Wochenende eine andere Frau mit nach Hause nahm. Das konnte die Lücke, die ich seit Leahs Tod mit mir herumschleppte, zwar nicht füllen, aber es machte sie erträglicher.

Dass ich den Alkohol hier nicht gebraucht hatte, weil die Anwesenheit meiner Freunde mich vor Panikattacken und Gefühlsausbrüchen bewahrten, hieß nicht, dass ich zu Hause nicht wieder in mein altes Muster fallen würde.

Meine Psychologin versuchte schließlich nicht grundlos mir seit drei Jahren Bewältigungsstrategien beizubringen, die bis jetzt alle fehlschlugen.

Ich war immer noch ein emotionales Wrack.

Inzwischen hatte ich mich damit abgefunden und konnte so leben. An manchen Tagen besser, an anderen weniger gut.

Hanna wusste von diesen Abgründen und Finn ahnte sie zumindest. Ich war bei ihnen gut aufgehoben und musste nicht fürchten, alleine in einer Bar zu enden, von jedem Lebenswillen verlassen und mit einer tiefen Verzweiflung in mir, die keine Droge der Welt stillen konnte. Nein, die Zeiten waren vorbei. Das Schlimmste war überstanden.

Aber ich wusste auch, dass ich noch lange nicht am Ziel war. Ich hatte noch einige Schritte zu gehen, um der Mensch zu werden, der ich werden wollte. Für Leah. Für Hanna und auch für mich selbst.

Bis dahin sollte ich mich von Komplikationen, die mir den Weg nur erschweren würden, fernhalten.

»Wieso wirkt der Kofferraum auf einmal viel kleiner?« Tara versuchte ihren Rucksack zwischen zwei Kisten und einer Tasche von Hanna zu verstauen. Sie gab ein frustriertes Seufzen von sich, als sich die Kisten trotz ihrer Bemühungen keinen Zentimeter rührten.

Ich unterdrückte ein Grinsen und trat zu ihr. »Brauchst du vielleicht Hilfe?«

Sie zuckte zusammen, als sie meine Stimme hörte. »Ja bitte!«

Sie trat einen Schritt zurück, wobei sie mich aufmerksam beobachtete. Der Blick aus ihren dunklen Augen war wie ein Schlag in den Magen. Ein schwerer Druck legte sich auf meine Brust.

Ich hatte mir nie groß darüber Gedanken gemacht, was ich mit meinen Taten bei anderen anrichtete. Die Frauen, die sich auf mich einließen, wussten genau, dass ich sie nur für eine Nacht wollte. Wenn sie sich mehr erhofften, obwohl ich ihnen meine Absichten von vorneherein klargemacht hatte, waren sie selbst schuld. Dann konnten sie mich auch gerne als Arsch beschimpfen. Es war schließlich nicht mein Problem, wenn sie irgendwelche Komplexe auf mich projizierten und dann mit den Konsequenzen nicht klarkamen.

Aber bei Tara hatte ich echt Mist gebaut. Wiederholt. Ich wollte sie nicht verletzen, sie hatte so viel Besseres verdient.

Ich hob eine der Kisten hoch, sodass sie ihren Rucksack dazwischenschieben konnte.

»Danke«, murmelte sie und drehte sich wieder um.

Ich sah ihr nach, wie sie mit schnellen Schritten in der Hütte verschwand und seufzte auf.

Von allen Komplikationen, mit denen ich bisher zu kämpfen gehabt hatte, war sie mit Abstand die attraktivste.

Die Rückfahrt ging schnell vorbei. Hanna stellte mal wieder ihren unterirdisch schlechten Musikgeschmack unter Beweis, Ella verlangte alle zwanzig Minuten einen Toilettenstopp und Tara schlief nach einer halben Stunde an Finn gelehnt ein, was mir gewaltig gegen den Strich ging. Aber ich konnte schlecht etwas sagen, schließlich war ich der Fahrer. Also durchbohrte ich Finn mit finsteren Blicken, die er komplett ignorierte.

Nachdem ich alle zu Hause abgeliefert hatte, parkte ich das Auto und betrat meine Wohnung. Mein Mitbewohner war wieder einmal nicht da, aber wo er sich rumtrieb, interessierte mich gerade herzlich wenig.

Tatsächlich war ich relativ froh über die Stille, die mich in meinem Zimmer empfing.

Ich stellte meinen Rucksack ab und warf mich auf mein Bett. Die Fahrt hatte mich müde gemacht. Es war zwar erst später Nachmittag, aber ich wusste, ich würde sofort einpennen, wenn ich so liegen blieb.

Als mein Handy vibrierte, setzte ich mich seufzend auf. Es war eine Nachricht von Noah. Er fragte, ob ich Bock auf Party hätte. Zögernd starrte ich das Fragezeichen meines Kumpels an, auf das ich normalerweise reflexartig mit einer Zusage antwortete. Aber ich wollte die Entspannung der letzten Tage nicht gleich wieder verlieren und Alkohol und Frauen würden mich schneller wieder in mein Muster werfen, als es möglich sein sollte.

Ich kannte mich gut genug, um zu wissen, dass ich nicht widerstehen können würde, wenn ich erst mal mit meinen Kumpels beim Trinken war.

Kurz wanderten meine Gedanken zu Tara. Ihr hübsches Gesicht wollte einfach nicht aus meinem Kopf verschwinden. Es wäre leichter, sie zu vergessen, wenn es nur ihr Äußeres wäre, das mich anzog. Aber ich dachte nicht nur ständig an sie, weil sie verdammt sexy sein konnte, sondern weil sie mich faszinierte. Ihr Lachen, ihre Worte. Es interessierte mich, was sie dachte und zum ersten Mal seit Ewigkeiten war ich froh darüber, mit einer Frau einfach nur reden zu können. Fluchend stand ich auf und machte mich auf den Weg ins Badezimmer. Vielleicht würde mir ja eine kalte Dusche helfen, wieder klare Gedanken zu fassen.

Wenige Minuten später stand ich frisch geduscht und kein bisschen schlauer in meinem Zimmer. Natürlich hatte mich die Erinnerung an Tara auf meinem Schoß auch unter die Dusche verfolgt. Großartig. Das nahm langsam Ausmaße an, die mir überhaupt nicht gefielen. Ich brauchte Ablenkung!

Kurz entschlossen griff ich nach meinem Handy. *Klar, bin dabei!* Die Worte waren abgeschickt, bevor ich es mir noch mal anders überlegen konnte.

Wem wollte ich etwas vormachen? Ich brauchte nun mal Action und Partys, um mit meinen Dämonen fertigzuwerden. Für mich funktionierte das bisher ganz gut so. Abgesehen davon, würde ich sowieso nicht von heute auf morgen der perfekte Freund oder Schwiegersohn werden. Kurz musste ich auflachen, so absurd war der Gedanke, dass ich für irgendein Mädchen wieder eine »gute Partie« werden könnte.

Der plötzlich einsetzende Klingelton meines Handys riss mich aus meinen Gedanken. Ich warf einen Blick auf das Display und stöhnte auf. Warum rief meine Schwester eine Stunde, nachdem ich sie nach Hause gefahren hatte, schon wieder bei mir an?

»Wow, du hältst es ja wirklich nicht lange ohne mich aus«, begrüßte ich Hanna.

»Haha, ich wollte nur fragen, ob du auch zu Pauls Party kommst?«

»Wer hat dich denn schon wieder eingeladen?« Ich merkte selbst, dass ich etwas zu genervt klang, aber Hanna war eine Meisterin darin, meine Launen zu ignorieren.

»Finn.«

»Echt?« Ich runzelte die Stirn. Mir war nicht entgangen, dass Hanna und Finn die letzten Tage ständig umeinander geschlichen waren. Bisher hatte ich das nur als harmloses Geplänkel abgetan, aber vielleicht wurde es Zeit, dass ich mal ein ernstes Wort mit meinem besten Kumpel redete. Ich würde ihm schon deutlich machen können, dass er die Finger von meiner Schwester zu lassen hatte.

»Ja, echt. Du hast es ja nicht für nötig gehalten, mich zu fragen, ob ich mitkommen will.«

»Ich habe gerade erst von Noah gehört, dass die Jungs da heute hinwollen.«

»Ist ja auch egal. Also gehst du hin? Ella und ich wären auf jeden Fall am Start.«

»Was ist mit Tara?«

Die Frage rutschte mir einfach so heraus. Ich schlug mir selbst gegen den Kopf, aber es war zu spät. Die Worte waren gesagt und auf der anderen Seite der Leitung herrschte für einige Sekunden lang eine unheilverheißende Stille.

»Sie muss noch an einem Artikel arbeiten und meinte, sie macht lieber einen ruhigen Abend.«

Ich konnte das Stirnrunzeln in ihrer Stimme quasi hören, aber offenbar verschonte sie mich für heute mit weiteren Fragen.

»Ach so«, sagte ich betont gleichgültig, um Hanna nicht noch misstrauischer zu machen.

»Dann also bis später.«

Sie legte auf, bevor ich mich verabschieden konnte. Ich warf das Handy aufs Bett und schlenderte in die Küche, um ein Bier aus dem Kühlschrank zu holen.

Vielleicht würde ich mir mit ein bisschen Ablenkung Tara wieder aus dem Kopf schlagen können. Das wäre das Beste für sie. Sie hatte es nicht verdient, sich mit einem verkorksten Typen wie mich herumschlagen zu müssen.

Ich durfte mich nur nicht mehr alleine in einem Raum mit ihr aufhalten. Und musste auf Abstand gehen, wenn ich betrunken war. Oder wenn sie betrunken war. Oder wenn sie ihr enges, schwarzes Kleid trug, das so verflucht kurz war.

Verdammt. Ich war ja so was von geliefert.

13. Kapitel

Tara

»Du willst wirklich nicht mit?«

Hanna zwängte sich gerade in ein kurzes, dunkelblaues Kleid, das einen Ausschnitt hatte, mit dem ich mich niemals raustrauen würde.

»Nee, ich bewege mich heute nicht mehr von meinem Bett weg.« Demonstrativ kuschelte ich mich enger in meine Decke.

Den wahren Grund, warum ich unter keinen Umständen zu dieser Party gehen würde, konnte ich Hanna schlecht verraten.

Zwischen Maxim und mir herrschte eine seltsam distanzierte Spannung, die mich nervös machte. Ich wusste nicht, was er dachte und konnte nicht aufhören, darüber zu rätseln.

Es war erbärmlich. Ich war eine selbstständige Frau und in den letzten Jahren problemlos auch ohne Männer ausgekommen. Warum musste ich ausgerechnet jetzt damit anfangen, wie ein Teenager alle paar Minuten auf mein Handy zu starren, in der irren Hoffnung, er würde sich melden?

Zwischen Maxim und mir durfte nie wieder was laufen. Es machte die Dinge nur kompliziert und auf Komplikationen dieser Art hatte ich so überhaupt keine Lust.

Ich richtete mich etwas auf und versuchte in die Handlung der Folge *Gilmore Girls* wieder einzusteigen, die ich gerade begonnen hatte.

Nachdem Hanna die Wohnung verlassen hatte, klappte ich den Laptop seufzend zu.

Vielleicht konnte ich an meinem neuesten Text weiterarbeiten. Zu schreiben war immer noch die beste Ablenkung. Oder Therapie. Je nachdem, als was ich es gerade brauchte. Doch heute ließen mich selbst die Worte im Stich. Ich brachte keinen vernünftigen Satz zu Papier und gab schließlich resigniert auf.

Zwei Stunden später tanzte ich mit einem Weinglas in der Hand zu einem Disney-Medley durch die Wohnung. Keine Ahnung, wie es so weit hatte kommen können. Doch nachdem ich die Wohnung geputzt und fünfzigmal auf mein Handy geschaut hatte, war mir die Flasche Wein im Kühlschrank wieder eingefallen.

Normalerweise trank ich nie alleine und es würde auch diesmal bei dem einen Glas bleiben, aber die Vorstellung, dass meine Freunde gerade alle feierten, während ich mit einem Staubwedel durch die Wohnung tigerte, war zu traurig gewesen.

Ich konnte schließlich auch ohne sie Spaß haben! Entschlossen drehte ich die Musik lauter und bewegte mich hüftenschwingend durch unser Wohnzimmer.

So tanzte ich normalerweise nicht mal vor Hanna, aber jetzt gerade war ich alleine und es tat gut, den Frust und die aufgestaute Energie loszuwerden.

In den letzten Stunden war der Alltag mit einer Wucht auf mich niedergekracht, die erdrückend war. Die Mails in meinem Postfach hatten sich in den vier Tagen, in denen ich sie bewusst nicht kontrolliert hatte, verdreifacht. Patrick schob schon wieder völlig unnötig Stress und überschüttete mich mit Aufträgen für Artikel, die ich niemals alle annehmen konnte. Außerdem hatte ich noch eine Hausarbeit zu schreiben, die in zwei Wochen abgegeben werden musste.

Es war ätzend, wieder in der Realität anzukommen. Vor allem wenn in dieser Realität zwischen Maxim und mir eine seltsame Stimmung herrschte, und ich mit meiner besten Freundin nicht offen darüber reden konnte.

Nachdem ich das Glas geleert hatte, schleppte ich mich mit müden

Schritten zurück in mein Zimmer. Die Lust zum Tanzen war mir vergangen.

Ich kuschelte mich in mein Bett und schlief trotz dem Stress, der meine Gedanken fest im Griff hatte, sofort ein.

Am nächsten Morgen erwachte ich davon, dass Sonnenstrahlen durch mein Fenster fielen und das Zimmer in ein helles Licht tauchten.

Ich drehte mich auf die Seite und griff nach meinem Handy, nur um mit Schrecken festzustellen, dass es bereits neun Uhr war. Neun! Ich wachte für gewöhnlich spätestens um acht Uhr auf. Das musste der Wein gewesen sein.

Auch wenn ich heute frei hatte und Hanna sich an meiner Stelle vermutlich alle Zeit der Welt gelassen hätte, schob ich hektisch meine Decke zur Seite und stand auf.

Ich schlüpfte in meine Sportsachen und verließ wenige Minuten später die Wohnung. Die frische, kühle Luft tat gut. Ich beschleunigte meine Schritte, während ich im Kopf durchging, was ich alles zu erledigen hatte. So funktionierten meine Gedanken nun mal. Ohne Struktur klappte in meinem Leben gar nichts.

Vermutlich hatte ich mir das irgendwann als Kind angewöhnt, um mich und meine Mutter durch den Alltag zu bringen. Denn im Vergleich zu ihr war Hanna eine ordnungsliebende Person, für die Chaos ein Fremdwort war.

Am Nachmittag wartete ich in meiner Lieblingsnische in der *Plauderecke* auf Hanna. Wie üblich kam sie ein paar Minuten zu spät.

In Gedanken versunken, nahm ich einen Schluck von dem doppelten Cappuccino, den ich mir bestellt hatte.

»Sorry, Süße, ich weiß, ich weiß, ich bin schon wieder nicht pünktlich.«

Hanna steuerte mit einem Tablett, auf dem sie zwei große Schoko Muffins und einen Latte Macchiato balancierte, auf mich zu. Sie schob mir den Schoko Muffin rüber, als wollte sie mich beschwichtigen, dabei hatte ich damit gerechnet, dass sie etwas später kommen würde. Den Muffin nahm ich trotzdem gerne.

»Kein Problem.« Ich brach mir ein Stück von dem süßen Gebäck ab, das mir höchstwahrscheinlich einen Zuckerschock verpassen würde.

»Kommst du voran?« Sie ließ sich auf den Stuhl mir gegenüber fallen.

»Es geht so. Vielleicht setze ich mich nachher noch mal dran.«

»Du bist doch verrückt. Weißt du, was du mit deiner Zeit alles anstellen könntest?«

»Weiß ich, aber ich mag es nun mal zu schreiben und zu lernen.«

»Du hast manchmal echt einen an der Waffel, Tara!«

»Deshalb magst du mich doch so!« Lächelnd griff ich nach meinem Cappuccino.

Es tat gut, mal wieder Zeit mit Hanna außerhalb unserer Wohnung zu verbringen. Kurz stieg in mir der Wunsch auf, ihr von Maxim zu erzählen. Es wäre schön gewesen, mein Gedankenchaos mit ihr teilen zu können, aber ich wusste, dass Hanna nicht glücklich darüber wäre. Warum genau sie sich so vehement gegen die Vorstellung sträubte, dass Maxim etwas mit einer ihrer Freundinnen anfangen könnte, wusste ich zwar auch nicht, aber sie hatte ihre Meinung dazu oft genug deutlich gemacht.

»Wie kommt es eigentlich, dass du gestern von der Party alleine wiedergekommen bist?«

»Was soll das denn jetzt heißen?«

»Ach komm schon, Hanna, es ist verdächtig lange her, dass du morgens einen Unbekannten aus der Wohnung geschmissen hast.«

»Stimmt, gerade habe ich eine Durststrecke.« Sie verzog ihr Gesicht und nahm sich ein Stück von meinem Muffin. Wie sie ihren so schnell hatte verdrücken können, war mir ein Rätsel.

»Und du hast keine Idee, woran das liegen könnte?« Ich zog meine Augenbrauen hoch und ließ sie nicht aus den Augen.

Ertappt schaute sie auf, zuckte dann aber mit ihren Schultern.

»So ganz anspruchslos bin ich schließlich auch nicht und ich will an der Hochschule nicht auch noch den Spitznamen meines Bruders bekommen. *Campusschlampe* klingt einfach dämlich.«

»Ach so, dann hat es also nichts damit zu tun, dass du und Finn auf der Hütte ständig die Nähe des anderen gesucht habt?«

»Nicht du auch noch.« Sie stöhnte und verdrehte demonstrativ die Augen, aber das konnte mich nicht täuschen. Eine zarte Röte legte sich auf Hannas Wangen, was absolut untypisch für sie war.

»Warum, wer sagt denn auch was dazu? Ella?«

»Maxim hat deswegen gestern Abend einen kleinen Aufstand gemacht und Finn gewarnt, er soll die Finger von mir lassen. Manchmal übertreibt er es echt mit der Fürsorge. Ich würde ihm ja auch nie Vorschriften machen!«

Außer es geht um deine Freundinnen, dachte ich, sagte aber nichts dazu.

»Du weichst mir aus«, lenkte ich das Gespräch zurück zu Finn.

»Ach Tara, du weißt doch, wie ich bin. Beziehungen sind nichts für mich und Finn ist ein Freund. Das würde böse enden und dann müsst ihr alle darunter leiden. Nein, ich weiß schon, warum ich nie etwas mit jemandem aus unserer Freundesgruppe anfangen würde.«

Ich verschluckte mich an meinem Kaffee und hustete, bis mir Tränen in die Augen traten.

»Alles klar?«

»Ja, nur verschluckt« Meine Stimme gab nicht viel mehr als ein Krächzen her. Wie unauffällig.

»Was hältst du davon, Ella heute Abend zu uns einzuladen? Wir könnten mal wieder einen Mädelsabend vertragen, oder?«, fragte Hanna nach einem kurzen Moment des Schweigens.

»Oh ja, total gerne.«

Das würde mich hoffentlich ablenken von all dem Chaos, das in meinem Kopf schon wieder herrschte.

Als wir uns auf den Rückweg machten, war es bereits früher Abend. Für Ende Februar war es erstaunlich mild und ich hakte mich lächelnd bei

Hanna unter. Der zufriedene Ausdruck in ihrem Gesicht verriet, dass ihr der Nachmittag im Café ebenfalls gutgetan hatte.

Diese Ruhe verflog allerdings schlagartig, als ich sah, wer vor unserer Wohnung auf der Treppenstufe saß. Das durfte nicht wahr sein!

Ich kniff die Augen zusammen in der naiven Hoffnung, sie würde verschwinden, wenn ich es mir nur fest genug wünschte. Aber als ich sie wieder öffnete, saß sie immer noch da. Mit einem verdammten Grinsen im Gesicht. Als würde sie erwarten, dass ich vor Freude über diese Überraschung in die Luft sprang.

Tja, meine Mutter war noch nie gut darin gewesen, einzuschätzen, welche Überraschungen mir gefielen und welche nicht. Da brauchte ich nur an meinen fünften Geburtstag zurückzudenken, an dem sie mich mit ihren Freunden zu einem Basketballspiel mitgenommen und anschließend zu einer WG-Party eines Freundes geschleppt hatte. Für eine Einundzwanzigjährige war das vermutlich völlig normal. Für eine Fünfjährige war es jedoch ein Albtraum.

»Mum?«

Meine Mutter sprang auf, sobald sie mich entdeckte und zog mich drei Sekunden später in eine Umarmung, die mich fast erdrückte.

»Tara! Wie schön dich zu sehen! Na, ist die Überraschung gelungen?« Sie breitete ihre Arme aus, als wollte sie mir ein neues Auto oder zumindest ein schickes Fahrrad präsentieren, aber mir war klar, dass sie sich selbst meinte.

»Ja, allerdings.«

Sie ignorierte meinen anklagenden Tonfall und drehte sich zu Hanna um. »Und du musst Hanna sein, schön dich endlich mal kennenzulernen. Ich bin Maya!« Meine Mitbewohnerin wollte gerade zu einer Antwort ansetzen, doch meine Mutter schloss sie ebenfalls in ihre Arme und schaffte es so tatsächlich, Hanna sprachlos dastehen zu lassen.

»Wow, du bist wirklich ein hübsches Mädchen. Passt du auch gut auf Tara auf? Ich hoffe doch, dass du dafür sorgst, dass sie genügend Spaß hat und nicht den ganzen Tag lernt und putzt. Sie war schon als Kind viel zu vernünftig. Weißt du, Tara braucht ab und zu jemanden, der sie daran erinnert, dass sie noch jung ist, denn die Jugend ist die beste Zeit. Ihr wisst ja gar nicht wie schnell es geht und plötzlich seid ihr erwachsen und glaubt mir, das macht wirklich so gar keinen Spaß.«

Ich starrte meine Mutter an und holte zitternd tief Luft. Was um alles in der Welt hatte sie nur dazu bewogen, hier aufzutauchen?

»Ähm …« Unsicher schaute Hanna von meiner Mutter zu mir.

Die Überforderung in ihrem Gesicht war ein völlig neuer Ausdruck, den ich noch nie an ihr gesehen hatte. Meine Mutter hatte auf die meisten Menschen so eine Wirkung.

»Bitte hol erst mal tief Luft und lass mich den Schock verarbeiten, dass du hier bist.« Ich merkte bereits, wie sich eine Migränewelle ankündigte und mein Kopf zu pochen begann.

»Sorry, Schätzchen, ich bin nur einfach so aufgeregt, dich endlich wiederzusehen.« Meine Mutter strahlte über das ganze Gesicht und war wie üblich blind dafür, dass sie ihre Umgebung mit ihrem Auftreten überforderte.

»Komm erst mal rein und dann erklär mir bitte, was du überhaupt hier machst!

14. Kapitel

Tara

Eine Stunde später saß ich auf der Couch neben meiner Mutter und wünschte mich weit weg.

Hinter ihrem Besuch verbarg sich zum Glück kein ernster Anlass, es war wohl wirklich nur die Sehnsucht nach mir, die sie hierhergetrieben hatte.

Sie redete seit einer geschlagenen Stunde quasi ununterbrochen. Hanna hatte einen Stuhl aus der Küche geholt und saß mit großen Augen meiner Mutter gegenüber. Doch anders als ich, schien sie die gesamte Situation nicht völlig absurd oder schrecklich zu finden. Sie lachte sogar, als meine Mutter erzählte, wie sie ihren letzten *Lover* – ihre Wortwahl – aus ihrem Badezimmerfenster hatte klettern lassen, damit die Nachbarin von gegenüber ihn nicht sah. Wie konnte man darüber nur lachen? Meine Mutter war sechsunddreißig Jahre alt, verdammt! Was sie hier zum Besten gab, war hochgradig peinlich und absolut unpassend.

»Hast du Ella eigentlich schon abgesagt?«, fragte ich Hanna, als meine Mutter kurz Luft holte.

»Habe ich. Vielleicht fahr ich nachher zu ihr.« Entschuldigend schaute Hanna mich an, aber ich winkte nur ab. Ich konnte es ihr wohl kaum übel nehmen, dass sie die Gegenwart meiner Mutter nur bis zu einem gewissen Punkt ertrug.

»So, Tara Schätzchen, aber jetzt erzähl mal, was machen die Männer? Dass du fleißig für die Uni lernst und nur gute Noten schreibst, weiß ich ja, aber genießt du das Leben auch mal?«

Und zack, wieder hatte sie es geschafft. Mit einer einzigen Frage entfachte meine Mutter eine Wut in mir, die sich rasend schnell in meinem Körper ausbreitete und an die Oberfläche drängte.

»Ernsthaft? Das ist es, was dich interessiert? Du fragst nie, ob ich glücklich bin, sondern immer nur ob ich *Spaß* habe und was die *Männer* so machen. Nachdem ich zwanzig Jahre lang mitansehen durfte, wie viel *Spaß* die Männer dir bereitet haben, glaubst du wirklich, dass sich meine Welt auch nur darum dreht?«

Mein giftiger Tonfall war unangebracht und als meine Mutter zurückzuckte, als hätte ich sie geschlagen, meldete sich sofort mein schlechtes Gewissen. Aber ich nahm meine Worte nicht zurück.

Sie musste endlich aufhören, mich verändern zu wollen, indem sie mir vorwarf, ich würde meine Jugend nicht richtig ausleben. Ich hatte gesehen, was passierte, wenn man das eigene Glück von anderen Menschen abhängig machte und nur dafür lebte, einen Mann zu finden, der einem alle Wünsche erfüllen sollte. Bis er einen fallen ließ und eine hässliche Lücke hinterließ, die dann wiederum ein neuer Mann füllen musste.

Nein danke. So eine Frau würde ich nie werden.

»Ich muss mal los«, murmelte Hanna und stand hastig auf. Ich warf ihr ein schwaches Lächeln zu. Mit einem letzten besorgten Blick auf mich verließ sie die Wohnung und hinterließ eine Stille, die schrecklich laut war.

Meine Mutter hatte sich zurückgelehnt und demonstrativ ihre Arme verschränkt. Ich wusste, dass sie auf eine Entschuldigung wartete. Wann immer der Ton zwischen uns angespannt wurde, lenkte ich ein, um einen Streit zu vermeiden. Früher oder später gab ich nach, weil ich mir sagte, dass meine Mutter es nicht so meinte und ihr Bestes gab. Sie war eben eine Chaotin und hatte ihr Leben nicht so im Griff wie ich.

Aber ich hatte es so satt. Warum konnte sie nicht einfach mal anerkennen, was ich in den letzten Jahren alles erreicht hatte? Nur weil es sie mit Neid erfüllte, dass ich das Leben führen konnte, das ihr durch die frühe Schwangerschaft verwehrt wurde?

»Ich werde nicht zurücknehmen, was ich gesagt habe. Du sagst mir jedes Mal, dass ich nicht genug Spaß habe, dabei hast du keine Ahnung, wie mein Studentenleben überhaupt aussieht.«

Ich bemühte mich meine Stimme ruhig klingen zu lassen.

»Ich verstehe dich nicht, Tara! Ich frage das doch nur, weil ich mich für dich interessiere und weil ich mir Sorgen mache, dass du alles zu ernst nimmst und eines Tages erkennst, wie viel du verpasst hast.«

»Aber genau das ist ja der Punkt! Ich verpasse überhaupt nichts. Ich bin glücklich mit meinem Leben so wie es ist. Nur weil du in deinen Zwanzigern am liebsten jeden Tag Party gemacht hättest, heißt das nicht, dass ich das auch will. Und ich brauche auch keinen Mann, um glücklich zu sein.«

»Ach ja? Dass du alles kontrollieren willst, stundenlang joggen gehst und jede Woche in der Bibliothek sitzt, macht dich also glücklich?«

»Ja.« Trotzig hielt ich dem Blick meiner Mutter stand.

»Ich mache mir nur Sorgen, Tara. Du hast schon als Teenager niemanden an dich herangelassen und hattest kaum Freunde in deinem Alter. Stattdessen hast du so lange an dieser Schwärmerei für Jack festgehalten und ich frage mich …«

»Hör auf!« Ich sprang auf. Mein Herz raste und meine Hände begannen zu zittern.

Ehrlich geschockt starrte meine Mutter mich an. Ich hatte ihr nie erzählt, was zwischen ihrem Ex-Freund Jack und mir wirklich passiert war. Jedes Mal, wenn sie ihn zur Sprache brachte, wechselte ich das Thema. Sie war in all den Jahren davon ausgegangen, dass ich für ihn schwärmte, weil ich in seiner Nähe jedes Mal nervös geworden war. Ich hatte keine Ahnung, was sie tun würde, wenn sie die Wahrheit wüsste. Wenn sie von all den anzüglichen Bemerkungen wüsste und den Berührungen, die mich jedes Mal hatten erstarren lassen.

»Du denkst mit mir stimmt etwas nicht, weil ich früher nicht wie die anderen Kinder war?«, fragte ich mit bebender Stimme. Meine Mutter erwiderte nichts, sondern schaute mich abwartend an.

»Ach, jetzt schweigst du auf einmal?« Ich verschränkte die Arme, um das Zittern meiner Hände zu verbergen. »Jack ist ein Arschloch. Das weißt du genauso gut wie ich. Aber was du nicht weißt ist, dass diese *Schwärmerei* ...«, ich spie ihr das Wort entgegen und bemerkte mit Genugtuung, dass ich endlich mal ihre volle Aufmerksamkeit hatte, »... diese Schwärmerei überhaupt keine Schwärmerei war. Das kam alles von Jack aus. Wenn du gerade nicht da warst, hat er mit mir geflirtet, mir Komplimente gemacht, dass ich mich immer mehr zu einer Frau entwickeln würde und viel reifer wäre als andere Mädchen in meinem Alter.«

»Hör auf«, verlangte meine Mutter tonlos, aber ich konnte nicht. Ich hatte zu lange geschwiegen und diese Sache mit mir herumgetragen.

»Erinnerst du dich an meinen sechzehnten Geburtstag, Mama? Ich war mit Freunden unterwegs und hatte am nächsten Tag den ersten schlimmen Kater meines Lebens. Und weißt du noch, dass alles, was du dazu gesagt hast, war, dass es ja höchste Zeit dafür gewesen ist?«

Meine Stimme zitterte. Ich schluckte schwer und zwang mich, weiterzusprechen. »Als ich nachts betrunken heimkam, habe ich Jack in der Küche getroffen. Dein Ex-Freund hat mich geküsst und mich an sich gezogen und auf unseren Küchentresen gehoben, um seine Hände unter mein viel zu kurzes Kleid wandern zu lassen. Er hat mich überall berührt und erst aufgehört, als ich ihn von mir weggestoßen habe, weil mir plötzlich kotzübel wurde. Hat er dir das erzählt?

Hat er erzählt, dass er in dem folgenden Jahr, das er noch bei uns gewohnt hat, mehrmals versucht hat, mir nahezukommen, mich bedrängt hat? Du fragst dich, warum ich nicht ständig Party mache und mich mit Männern vergnüge. Ich kann dir sagen warum. Ich will nicht so sein wie du. Ich will nicht, dass meine Tochter sich irgendwann davor fürchten muss, dass mein Freund sie angrabscht, weil ich einen furchtbaren Männergeschmack habe.«

Inzwischen zitterte ich am ganzen Körper. Ich umschlang meinen Oberkörper, weil mich plötzlich die Angst ergriff, dass ich sonst auseinanderbrechen könnte. Ich hatte nie jemandem von Jack erzählt. Von dem, was zwischen uns passiert war.

Meine Mutter saß zusammengekauert auf der Couch. Sie war weiß wie die Wand und in ihren weit aufgerissenen Augen wechselten sich Fassungslosigkeit und Wut ab.

Ein Teil von mir wünschte sich auf einmal nichts mehr, als dass sie aufstand und mich in die Arme nahm. Dass sie mir sagte, dass alles gut werden würde, es nicht meine Schuld war, ich es nicht besser hatte wissen können und sie sich nie auf Jack hätte einlasen dürfen.

Doch nichts dergleichen passierte. Im Gegenteil.

»Du lügst.«

Ihre leisen Worte waren wie ein Pfeil, der mich traf. Mitten ins Herz.

»Das hätte er nicht getan. Ich hätte es gemerkt ... ich hätte gemerkt, wenn es meiner Tochter nicht gut geht, ich wäre für dich da gewesen, ich ...« Sie brach ab und ich konnte sehen, wie sie mit den Tränen zu kämpfen hatte.

»Ich lüge nicht. Das weißt du. Du weißt, wie Jack war. Ich gebe dir nicht die Schuld, aber ich werde mir auch nicht mehr von dir anhören, wie ich mein Leben zu leben habe. Nie wieder.«

Meine Stimme brach und ich musste gegen den Drang ankämpfen, zu meinem Bett zu rennen, mir die Decke über den Kopf zu ziehen und laut loszuschluchzen. Aber ich blieb stehen, wo ich war. Mitten in unserem kleinen Wohnzimmer, in dem ich schon so viele glückliche Abende mit meinen Freunden verbracht hatte, die mehr und mehr zu meiner Familie wurden.

»Du wirst nichts dergleichen von mir hören. Du wirst erst mal überhaupt nichts mehr von mir hören. Ganz offensichtlich brauchst du mich nicht und ich habe gerade keinen Platz in deinem Leben. Ich sollte gehen.«

Meine Mutter stand auf und griff nach ihrer Handtasche. Diese ernste, stille Art kannte ich an ihr nicht und obwohl ich ihr Gerede oft kaum aushielt, war das hier noch viel schlimmer.

In ihren Augen war der Schock zu sehen, der sie gepackt hielt.

»Ja, das solltest du wohl.« Ich verzichtete auf eine Umarmung und wandte ihr den Rücken zu, bevor sie die Wohnungstür erreicht hatte.

Nachdem die Tür ins Schloss gefallen war, ließ ich mich erschöpft auf die Couch sinken. Aber ich hielt es nicht lange dort aus. In mir tobte ein Sturm. Ich war kurz davor zu explodieren und dann konnte ich für nichts mehr garantieren.

Der Abend hätte so schön werden können! Warum nur musste meine Mutter mir das kaputtmachen?

Auf einmal erschienen mir die Wände unserer Wohnung viel zu eng. Ich unterdrückte einen Fluch und sprang auf. Ich musste hier raus.

Sobald ich ins Freie trat, atmete ich tief durch. Frische Luft strömte in meine Lunge und nahm etwas von dem schweren Druck, der sich auf meine Brust gelegt hatte.

Ohne darüber nachzudenken, was ich tat, setzte ich mich in Bewegung. Ich trug zwar keine Sportsachen, aber rennen konnte ich immer.

Nach wenigen Metern begannen meine Beine zu schmerzen, doch das war mir egal. Es lenkte mich von dem anderen Schmerz ab, der nicht so schnell verschwinden würde, wie ein bisschen Muskelkater.

Erinnerungen flackerten auf und bombardierten mich mit Bildern, die ich im letzten Jahr erfolgreich verdrängt hatte. Zwischen meiner Heimatstadt und hier lagen nur vierhunderteinundzwanzig Kilometer, aber das war genug Abstand, um die Vergangenheit Stück für Stück zu vergessen. Oder zumindest die weniger glücklichen Teile davon.

Ich bog um eine Ecke und rannte die Straße entlang, ohne auf die Leute zu achten, die mir mit Sicherheit irritierte Blicke zuwarfen.

Ich hatte keine Ahnung, wo ich war. Mein Körper hatte die Kontrolle übernommen und meine Beine waren gelaufen, als wüssten sie, wohin sie wollten.

Als ein fieses Stechen in meine Seiten trat, hielt ich schließlich schwer atmend an.

Ungläubig starrte ich auf das Haus auf der gegenüberliegenden Seite. Ein irres Lachen bahnte sich aus meinem Hals an die Oberfläche.

Ich drehte durch. Mein Verstand schnappte völlig über und war nicht mehr in der Lage, klare Gedanken zu fassen. Warum sonst sollte ich ausgerechnet zu Maxims Wohnung gejoggt sein?

Mit klopfendem Herzen ging ich auf die Wohnung zu. Mein Finger zitterte, als ich ihn ausstreckte und die Klingel betätigte. Oh Gott, was machte ich hier nur?

Ich stand verschwitzt in Jeans und Pulli vor Maxims Wohnung! Was für ein Bild ich gerade abgeben musste, wollte ich gar nicht so genau wissen.

Ungeduldig starrte ich die Tür an, doch dahinter rührte sich nichts. Ich schüttelte den Kopf über mich selbst. Was tat ich hier überhaupt? Ich sollte heimgehen oder Hanna anrufen, aber hier hatte ich nichts verloren. Gerade als ich mich auf den Rückweg machen wollte, hörte ich, wie die Tür hinter mir aufgerissen wurde.

»Tara?«

Ich erstarrte.

Langsam drehte ich mich um.

Maxim stand im Türrahmen und musterte mich überrascht.

Und ich? Ich starrte Maxim an, als wäre er ein verdammter Geist, dabei sollte ich kein bisschen überrascht sein, ihn zu sehen. Ich Idiotin stand schließlich vor seiner Tür!

»Was ist los?« Besorgt kam er auf mich zu.

Ich öffnete meinen Mund, fand aber keine Worte, die erklären konnten, was ich hier eigentlich machte.

Großartig. Und ich hatte wirklich gedacht, dass dieser Tag nicht schlimmer werden konnte.

15. Kapitel

Maxim

Ich brauchte ein paar Sekunden, um das Bild einzuordnen, das sich mir bot. Als es an der Tür geklingelt hatte, war Tara die Letzte, die ich auf der anderen Seite erwartet hätte. Aber da stand sie, in Jeans und Pulli und mit glühenden Wangen, als wäre sie gerannt. Ein Blick in ihre großen, braunen Augen reichte, um zu sehen, dass irgendwas vorgefallen war.

Ich hatte sie noch nie aufgelöst gesehen. Tara war eine Meisterin darin, sich nicht anzumerken zu lassen, wenn etwas nicht stimmte. Auch wenn es noch viel zu viel gab, was ich nicht über sie wusste, hatte ich das in den letzten eineinhalb Jahren an ihr beobachten können. Sie zog sich zurück, wenn es ihr schlecht ging. Sie stand nicht einfach vor der Haustür einer ihrer Freunde.

Ich ging auf sie zu. »Was ist los?«

Sie schaute mich stumm an und in diesem Moment realisierte ich, wie ernst die Lage war.

»Komm erst mal rein!«

Ich legte einen Arm um ihre Schulter und schob sie sanft vorwärts. Nach wenigen Schritten lehnte sie sich an mich, als wäre keine Kraft mehr in ihrem schmalen Körper übrig. Ich schlang einen Arm um ihre Taille, um ihr mehr zu Halt geben und bemerkte aufgeregt den Schauer, der ihren Körper durchlief.

Oh Mann! Jetzt ging das schon wieder los. Ich musste mich zusammenreißen, wenn ich das nicht wieder vermasseln wollte.

Tara war ganz sicher nicht hier, um die Silvesternacht zu wiederholen.

Wir waren am Ende des Flurs angelangt und ich öffnete die Tür zu unserer Wohnung.

»Tara? Kannst du zumindest irgendetwas sagen? Du machst mir langsam Angst! Du bist schon echt, oder? Und kein Klon oder so?«

Ihre Augen wurden noch ein Stück größer. Warum gab ich auch solchen Blödsinn von mir?

»Kaffee«, murmelte sie plötzlich. »Kaffee wäre gut. Oder Alkohol.«

Ich lachte leise auf. Jepp, das war die echte Tara.

»Wir fangen vielleicht mal mit Kaffee an.«

Ich schob sie in unsere Küche und betete, dass sie sich nicht zu sehr an dem ungespülten Geschirr im Spülbecken störte. Hätte ich gewusst, dass sie kommen würde, sähe es hier anders aus.

Tara ließ sich auf einen der Stühle sinken, die um den runden Holztisch standen, den eigentlich niemand benutzte. Ihr Blick wanderte unruhig durch die Küche, blieb an dem Geschirr und den leeren Bierflaschen auf der Ablage hängen und glitt zurück zu mir.

»Du unterdrückst gerade den Impuls hier aufzuräumen, oder?«

»Ja«, gab sie kleinlaut zu.

Lachend schüttelte ich den Kopf. Das war doch nicht normal! Genauso wenig wie das nervöse Flattern in meiner Magengegend, als ich Wasser kochte und Kaffeepulver aus dem Schrank holte.

Ich schluckte und versuchte nicht durchzudrehen, während mir tausend mögliche Erklärungen durch den Kopf schossen, warum Tara hier war.

Nach einigen Minuten des Schweigens stellte ich Tara eine Tasse mit Kaffee vor die Nase.

Ich beobachtete sie aufmerksam und bemerkte mit Erleichterung, dass der stumpfe Ausdruck in ihren Augen langsam verschwand. Sie so niedergeschlagen zu sehen, war kaum zu ertragen.

Am liebsten hätte ich sie auf meinen Schoß gezogen und sie einfach nur festgehalten.

»Erzählst du mir, was passiert ist?« Eindringlich schaute ich sie an und unter meinem Blick entspannte sie sich langsam auf dem Stuhl.

»Ich weiß nicht, wo ich anfangen soll ...«, setzte Tara an und brach gleich wieder ab. Es war offensichtlich, dass sie mit sich rang, also wartete ich geduldig, bis sie so weit war.

»Meine Mutter hat mich völlig überraschend besucht und, sagen wir mal so, ich mag keine Überraschungen. Vor allem nicht, wenn sie von ihr kommen.«

Sie presste ihre Lippen zusammen und ich meinte ein verdächtiges Schimmern in ihren Augen zu sehen. Es war furchtbar, Tara so zu erleben.

»So schlimm?«, wagte ich mich weiter vor, als sie nichts mehr sagte.

»Wir haben uns gestritten. Es war echt übel, ich habe ihr so viel an den Kopf geworfen. Aber meine Mutter macht mich manchmal so wahnsinnig wütend! Ständig erklärt sie mir, dass ich zu wenig Spaß habe und mein Leben nicht genieße. Dass ich viel zu erwachsen bin für mein Alter, dabei bin ich das nur, weil sie es nie war. Sie hat mich mit sechzehn bekommen und so sehr ich sie auch liebe, sie war noch nie gut darin, Mutter zu sein.«

Der Schmerz in ihrer Stimme traf mich. Ich wusste, dass sie keine einfache Kindheit gehabt hatte, aber mein Gefühl sagte mir, dass es für sie noch viel schlimmer gewesen war, als sie preisgab.

»Das tut mir leid«, sagte ich leise und hätte das kaum aufrichtiger meinen können.

Auf einmal lachte Tara auf und schüttelte ungläubig den Kopf.

»Das hätte ich nie erwartet.«

»Was?«, fragte ich unsicher.

»Dass ich eines Tages hier sitzen und dir die Ohren vollheulen würde.«

»Ich auch nicht, aber es gibt schlimmere Orte dafür, oder?« Ich zwinkerte ihr zu und endlich zeichnete sich ein erstes Lächeln auf ihren Lippen ab.

Mit einem Blick auf ihren unangerührten Kaffee holte ich eine Flasche Wein aus dem Kühlschrank, die Hanna irgendwann mal hier hatte stehen lassen.

»Vielleicht sollten wir dann zu dem Teil übergehen, an dem wir einen brutalen Actionfilm schauen und Alkohol trinken?«

»Munterst du so Finn auf, wenn es dem mal schlecht geht?«

Sie war wirklich niedlich! Genau, wenn ich Finn mal aufmuntern musste, trank ich mit ihm auf unserem Sofa Wein und schaute einen Film ...

»Ähm, nein. Unsere Tiefschläge kompensieren wir etwas anders.«

»Oh, klar.« Sie runzelte die Stirn und schaute sich um.

»Na komm.« Bevor sie es sich anders überlegen konnte, holte ich zwei Weingläser aus dem Schrank und steuerte auf das breite Sofa in unserem Wohnzimmer zu.

Kurz durchzuckte mich die Frage, ob die Kombination von Alkohol, Tara und mir auf einem Sofa wirklich eine gute Idee war. Dabei kannte ich die Antwort darauf bereits. Es war eine absolute gute und sehr gefährliche Idee.

»Ich liebe deinen großen Fernseher.«

Tara machte es sich mitten auf der Couch bequem. Der Anblick, wie sie es sich so selbstverständlich gemütlich machte, brachte mich zum Grinsen.

Bemerkte sie überhaupt, was sie mit mir anstellte?

»Kommst du?« Ungeduldig klopfte sie auf den Platz neben sich.

Nein, sie hatte offenbar keine Ahnung, was sie in mir auslöste. Sonst würde sie sich ganz bestimmt nicht an mich lehnen, sobald ich saß.

Oder nach fünf Minuten und drei Schlucken Wein ihren Pulli ausziehen, weil es hier drin viel zu warm war.

Jetzt trug sie nur noch ein schwarzes, knappes Top über ihrer Jeans. Schnell richtete ich meinen Blick zurück auf den Bildschirm, bevor er länger an Stellen verweilte, die mein Vorhaben, mich diesen Abend zusammenzureißen und ihr ein guter Freund zu sein, zunichtemachen würden.

»Also was schauen wir?« Wir zappten schon seit einer Weile durch Netflix, konnten uns aber auf nichts einigen.

»Oh, es gibt *Dirty Dancing*, den habe ich noch gar nicht auf meiner Liste und –»

»Nein!« Ich würde mir ganz sicher keinen beschissenen Tanzfilm anschauen, bei dem am Ende alle eine gemeinsame Performance hinlegten, um dem Zuschauer das Gefühl zu vermitteln, dass das Leben wie ein riesiger Spielplatz war, auf dem sich alle lieb hatten.

»Wie wäre es mit *Godzilla?*«, schlug ich im Spaß vor und erntete einen entrüsteten Blick von Tara.

»Ganz bestimmt nicht.«

»Na schön.« Ich zappte weiter, wobei mich das Gefühl beschlich, dass wir uns heute nicht mehr einigen würden.

»Wie wäre es denn mit einer Serie?«

»Solange es nicht *Walking Dead* ist gerne. Ich hasse Zombies.«

»*Walking Dead* also!« Ich gab den Namen im Suchfeld ein und ignorierte Taras Protest.

»Ernsthaft? Du bist echt ... unglaublich.«

»Das weiß ich, Süße. Das weiß ich.«

Ein resigniertes Seufzen neben mir verriet, dass Tara darauf nichts zu erwidern hatte, aber ein Blick auf sie zeigte mir auch, dass sich ein breites Grinsen auf ihr Gesicht schlich.

»Du solltest den Zombies eine Chance geben und hey, wenn du siehst, wie diese Wesen leben, wird dir dein Streit mit deiner Mutter wie eine Kleinigkeit vorkommen.«

»Na, wenn das nicht verlockend klingt. Machst du zumindest Popcorn?«

Sie klimperte mit ihren Wimpern und warf mir einen Blick zu, bei dem ich unmöglich nein sagen konnte.

»Für dich immer, aber wehe du schmeißt sie vor Schreck durch die

Gegend, wenn die Serie anfängt!« Ich erhob mich und ging mit ihrem Lachen im Rücken in die Küche.

Eine seltsame Wärme machte sich in mir breit, während ich die Popcorntüte in die Mikrowelle schob. Ich war lange nicht mehr so entspannt gewesen. Taras Nähe beruhigte mich und brachte Klarheit in mein Gedankenchaos.

Ich hatte keine Ahnung, woran das lag und was das zu bedeuten hatte, aber für heute wollte ich auch nicht darüber nachdenken.

»Maxim! Mein Glas ist leer«, rief Tara plötzlich. Ich griff nach der Weinflasche, die wir bereits zur Hälfte geleert hatten, und ging zurück ins Wohnzimmer.

»Freut mich zu sehen, dass es dir besser geht.« Ich schenkte ihr ein und hob den Blick, nur um in ihre braunen Augen zu starren, die voller Wärme auf mir lagen.

»Bei dir tut es das meistens«, erwiderte sie leise und mit einer Aufrichtigkeit in der Stimme, die mir eine Gänsehaut bescherte.

Ich wusste, dass jetzt der Moment gekommen war, in dem ich Abstand nehmen sollte. Aber ich konnte nicht. Ich konnte mich nicht von ihren Augen lösen.

Mein Blick wanderte über ihr Gesicht und blieb an ihren vollen Lippen hängen, die mich förmlich anzuschreien schienen, meinen Mund auf sie zu pressen.

Ich war kurz davor, die Dummheit zu begehen, sie an mich zu ziehen und da weiterzumachen, wo wir in den Vogesen aufgehört hatten, als der piepende Ton der Mikrowelle die Stille durchbrach.

Widerwillig trat ich einen Schritt zurück. Als ich mich umdrehte, um in die Küche zu gehen, hörte ich wie Tara laut die Luft ausstieß.

Wie war das noch mit der Kombination aus Tara, Alkohol und mir?

Seufzend schüttete ich das Popcorn in eine Schüssel und ging zu Tara zurück.

Ich verschränkte meine Arme, um sie nicht nach ihr auszustrecken. Sie hatte einen ätzenden Tag gehabt und war verletzt und aufgewühlt. Es wäre mehr als unfair, das auszunutzen.

Ich musste die Finger von ihr lassen. Oder es zumindest versuchen. Allerdings hatte ich keine Ahnung, wie lange ich das durchhalten würde.

16. Kapitel

Tara

In meinem Magen kribbelte es, als feierte ein ganzer Schwarm Käfer eine Party, zu der mein Verstand nicht eingeladen war. Schon seit einer Weile brannte in mir ein Verlangen, das mich dazu drängte, näher an Maxim heranzurücken oder noch besser einfach auf seinen Schoß zu klettern, um da weiterzumachen, wo wir in der Berghütte aufgehört hatten. In seiner Nähe war es erstaunlich leicht, den Streit mit meiner Mutter zu vergessen. Jack zu vergessen.

Dabei war ich ganz sicher nicht hierhergekommen, um die Silvesternacht zu wiederholen. Warum genau ich es dann war, wusste ich zwar immer noch nicht, aber ein gemütlicher Serienabend mit Maxim erschien mir eine gute Idee zu sein. Natürlich hätte ich auch mit Hanna Tequila Shots runterkippen und auf den Tischen tanzen können, aber das war viel zu anstrengend. Und bei Weitem nicht so bequem wie diese Couch und Maxims Schulter, an die ich mich irgendwann gelehnt haben musste. Auch wenn seine Nähe mich manchmal nervös machte, brachte sie mich jetzt gerade zur Ruhe. Die Vergangenheit rückte in die Ferne und ich war nur noch in dem Moment. Ich stieß ein zufriedenes Seufzen aus, woraufhin Maxim leise lachte.

Oh Himmel! Was musste er nur denken?

Ich richtete mich etwas auf und stieß einen leisen Schrei aus, als ein vermeintlich schlafender Zombie plötzlich aufsprang und einen Menschen attackierte.

»Das ist doch gestört.« Ich griff nach meinem Weinglas und bemerkte erstaunt, dass es schon wieder leer war. Ups. Das ging ja schnell.

»Du bist so schreckhaft.« Lachend betrachtete Maxim mich von der Seite und mein Herz zog sich kurz zusammen.

Der Wein zeigte seine Wirkung und machte mich taub für die warnenden Stimmen in meinem Kopf, die mir zuriefen, mich von Maxim zu entfernen. Zumindest fast. Entschlossen stand ich auf, wobei die Wände sich gefährlich zu drehen begannen.

»Ich hole noch mehr Wein.« Ich gab Maxim gar nicht erst die Möglichkeit zu antworten, sondern torkelte in Richtung Küche. Ich brauchte Abstand. Sonst konnte ich für nichts mehr garantieren. Alles in mir sehnte sich danach, seine Hände auf mir zu spüren und ihm nahe zu sein. Maxim löste in mir eine Sehnsucht aus, die ich nicht kannte, und das gefiel mir nicht.

In der Küche wurde ich natürlich nicht fündig. Wie zu erwarten, hatte Maxim nur Bier im Kühlschrank. Widerwillig ging ich zurück ins Wohnzimmer. Maxim musterte mich belustigt, als ich mich schmollend neben ihm auf die Couch fallen ließ.

Ich widmete mich wieder der Serie, was ich nach wenigen Minuten bitter bereute. Gab es wirklich Leute, die das gut fanden? Wie ekelhaft!

Auf einmal legte Maxim einen Arm um mich und zog mich ein Stück enger an sich. Ich zog eine Augenbraue hoch, aber Maxim schüttelte nur den Kopf. Ich schluckte und versuchte seine Hand zu ignorieren, die sanft über meinen Nacken strich. Nicht, dass mir das gelingen würde. Sein Geruch hüllte mich ein und legte sich wie ein schwerer Nebel auf meine Gedanken, die nach und nach verstummten.

Wem wollten wir hier eigentlich etwas vormachen? Die Spannung zwischen Maxim und mir war greifbar und ich konnte das Kribbeln in meinem Körper nicht länger ignorieren.

Ohne wirklich zu merken, was ich tat, legte ich meine Hand auf seinem Oberschenkel ab und begann kleine Kreise auf seine Jeans zu malen.

»Tara.« Die Art wie er meinen Namen flüsterte, schickte eine Gänsehaut über meinen Körper. Das unterdrückte Verlangen in seiner Stimme war zu viel.

Ich hielt es nicht länger aus. Ich musste ihm nahe sein. Viel näher, als ich es ohnehin schon war.

Bevor mein Verstand sich einklinken konnte, drehte ich Maxims Kopf zu mir und beugte mich vor.

Kurz bevor unsere Lippen sich berührten, hielt ich inne. Ich schob eine Hand in seinen Nacken und strich ihm sanft durch die Haare.

Auch wenn ich angetrunken war, hätte ich in diesem Moment kaum klarer sein können. Ich wusste genau, was ich wollte. Ich wollte ihn.

Mit einer Wildheit, die mich selbst überraschte, presste ich meinen Mund auf seinen. Maxims Lippen wurden unter dem Druck von meinen weich und er vertiefte den Kuss mit einem ergebenen Seufzen. Seine Zunge schob sich zwischen meine Lippen und ich stöhnte erstickt an seinem Mund, als er mich packte und auf seinen Schoß zog. Unsere Zungen umkreisten sich und ich vergrub meine Hände in seinen Haaren.

Darauf hatte ich seit dem Abend in den Vogesen gewartet. Und diesmal würde uns niemand unterbrechen können.

Begierig schob ich meine Hände unter Maxims Shirt. Sein Körper zitterte unter meiner Berührung. Langsam zog ich ihm das Shirt über den Kopf.

Oh, wow! Sein Körper war genauso fantastisch, wie ich ihn in Erinnerung hatte, soweit diese keine Fantasieprodukte war, denn die Silvesternacht lag bereits viel zu lange zurück und Zeit für Details hatte ich mir damals nicht genommen.

Eine plötzliche Hitze sammelte sich an Stellen in meinem Körper, die sich viel zu sehr nach ihm verzehrten.

Langsam ließ ich meinen Blick über seine breiten Schultern und seine muskulöse Brust wandern.

Maxim stieß ein leises Knurren aus und im nächsten Augenblick lag ich auf dem Sofa, eingekesselt zwischen seinen Armen, die er neben meinem Kopf abgestützt hatte.

Der Blick, mit dem er mich jetzt bedachte, war lodernd und so intensiv, dass meine Mitte zu pochen begann.

Quälend langsam beugte Maxim seinen Kopf und verteilte sanfte Küsse auf meinem Hals und Schlüsselbein. Ich keuchte auf, als er eine Hand an meiner Seite nach unten wandern ließ und unter mein Top schob. Seine Berührungen machten mich wahnsinnig. Ich wand mich unter ihm. Das ging mir alles viel zu langsam.

Sanft, aber bestimmt, schob ich ihn von mir und zog mir mit einer fließenden Bewegung das Top über den Kopf. Maxim sog scharf die Luft ein. Sein Blick wanderte über meinen Körper und das dunkle Verlangen in seinen Augen steigerte meine Erregung nur noch mehr.

Ich konnte mich nicht daran erinnern, wann ich das letzte Mal so angeschaut worden war. So voller Verlangen und Bewunderung. Als wäre ich etwas Kostbares und Wunderschönes.

In unseren Blicken lag alles, was es zu sagen gab. Wir wussten genau, was wir hier taten. Und wir wollten es beide.

»Komm her«, brachte ich leise hervor und im nächsten Moment war Maxim wieder über mir. Er küsste mich mit einer Leidenschaft, die tief in mir etwas rührte. Ich reckte mich ihm entgegen, als er sich sanft auf mich sinken ließ.

Im nächsten Moment packte Maxim meine Hüften und ich schlang meine Beine um ihn. Ihn so nah zu spüren war unglaublich. Seine Haut war heiß an meiner und als er sich auffordernd an mir rieb, keuchte ich auf.

Ich wollten ihn so sehr, dass es schmerzte. Mein Körper stand unter Flammen und jede Berührung von Maxim ließ das Feuer in mir noch stärker brennen.

Auf einmal löste sich Maxim von mir.

Langsam beugte er seinen Kopf und begann jeden Flecken Haut an meinem Bauch zu küssen und mit der Zunge nachzufahren. Als seine

Hände gleichzeitig zu meinen Brüsten wanderten, stieß ich ein leises Wimmern aus.

Zwischen meinen Schenkeln sammelte sich eine Hitze. Ich brauchte ihn. Ich musste ihn in mir spüren, sonst würde ich noch durchdrehen.

Ungeduldig hob ich meine Hüfte, was Maxim ein leises Lachen entlockte. Er blickte durch gesenkte Lider zu mir hoch und ein zufriedenes Lächeln umspielte seine Lippen.

»So ungeduldig«, murmelte er und machte keine Anstalten, meiner Aufforderung nachzukommen.

»Bitte!« Morgen würde ich mein Flehen vermutlich bereuen, aber jetzt gerade konnte ich nur daran denken, dass sich zwischen uns immer noch viel zu viel Stoff befand.

»Du machst mich wahnsinnig!«

Endlich rutschte Maxim auf dem Sofa nach unten und öffnete den Knopf meiner Jeans. Unerträglich langsam streifte er mir die Hose von den Beinen.

Atemlos starrte ich an die Decke, als er daraufhin mit dem Mund an den Innenseiten meiner Schenkel hochfuhr.

Er erkundete meinen Körper mit einer Zärtlichkeit, die mir die Tränen in die Augen trieb.

Ich konnte spüren, dass es auch für ihn anders war als in der Silvesternacht. Maxim genoss es, mich zu berühren und das Gefühl von ihm begehrt zu werden, war fantastisch. Es war berauschend und gefährlich schön.

Ich streichelte seine Schultern und zog ihn zu mir hoch. Im nächsten Moment lag sein Mund auf meinem. Er küsste mich sanft, beinahe zaghaft. Eine Hand vergrub er in meinen Haaren, mit der anderen strich er über meine Wange.

Lächelnd löste ich mich von ihm und verlor mich in seinen blauen Augen, die mich liebevoll musterten.

»Was machst du nur mit mir?« Maxim schüttelte den Kopf und blickte mich beinahe verwundert an.

Statt einer Antwort beugte ich mich vor und strich mit meinen Lippen über seine.

Ohne mich von ihm zu lösen, schlang ich meine Beine um seine Hüfte und rollte mich auf ihn.

Ich konnte ihn hart durch den Stoff seiner Jeans spüren. Als ich ihm mein Becken entgegenschob, stieß Maxim ein Geräusch aus, das so tief und sexy klang, dass mein Körper bebte.

Maxim umfing meine Hüften mit den Händen und zog mich enger an sich, als ich es für möglich gehalten hätte.

Aber es war noch nicht genug. Ich beugte mich vor und nahm seine Ohrläppchen zwischen meine Lippen. Maxim reagierte mit einem tiefen Stöhnen, das ich bis in meine Zehenspitzen spüren konnte. Mit geschlossenen Augen legte er seinen Kopf in den Nacken.

Mit der gleichen quälenden Langsamkeit, mit der er meinen Körper erkundet hatte, arbeitete ich mich nach unten und lauschte seinem stockenden Atem, als ich meinen Mund auf seinen Bauch senkte.

»Tara«, flüsterte Maxim plötzlich und hob den Kopf. Er hatte seine Stirn gerunzelt und rang sichtlich um Beherrschung.

»Willst du das wirklich?« Seine Frage rührte mich. Dass er mich das nach allem was war, trotzdem fragte, machte es mir leicht zu antworten.

»Mehr als alles andere«, gab ich leise zurück und meinte es genau so.

Wie um den Ernst meiner Worte zu unterstreichen, öffnete ich seine Hose und streifte sie samt Boxershorts von den Beinen.

Bevor ich wusste, wie mir geschah, packte mich Maxim und drückte mich auf das Sofa. Im nächsten Moment lag er auf mir und küsste mich mit einer beinahe verzweifelten Leidenschaft. Ich ließ meinen Kopf nach hinten sinken, als er sich aufsetzte und seine Hand zu dem Bund meines Slips gleiten ließ.

Spielerisch ließ er seine Finger unter den dünnen Stoff gleiten. Als er über meine empfindlichste Stelle strich, konnte ich ein Stöhnen nicht länger unterdrücken. Ich hob meine Hüften und ließ zu, dass Maxim den Slip nach unten schob.

Jetzt gab es keinen störenden Stoff mehr zwischen unseren Körpern. Da war nur noch Haut auf Haut.

Erwartungsvoll hielt ich den Atem an, als Maxim ein Kondom aus der Hosentasche seiner Jeans fischte, die neben dem Sofa lag. Warum es mich nicht einmal wunderte, dass er sofort eins zur Hand hatte, wollte ich gar nicht so genau überdenken.

Im nächsten Augenblick dachte ich allerdings überhaupt nichts mehr.

Maxim ließ mich nicht aus den Augen, als er sich zu mir beugte und mich unendlich sanft küsste. Ich legte eine Hand in seinen Nacken, während er sich zwischen meine Beine schob. Kurz löste er sich von mir und ich konnte in seinen Augen das gleiche Staunen lesen, das vermutlich auch in meinen stand.

Eine Sekunde später stieß ich ein lautes Keuchen aus, als Maxim in mich drang.

Ich brauchte einen Moment, um mich an das Gefühl von ihm in mir zu gewöhnen, doch dann begann er sich zu bewegen und das fühlte sich besser an, als alles, was ich bisher erlebt hatte.

Meine Muskeln zogen sich um Maxim zusammen und als er begann einen langsamen Rhythmus aufzubauen, schloss ich die Augen.

Ich tat, was ich sonst nie tat. Ich ließ los und gab alle Kontrolle ab. Und fühlte einfach nur.

Es war leicht, viel zu leicht, mich in Maxim zu verlieren. In seinen Berührungen, seinem Duft, der mich wie eine schwere Wolke einhüllte, und dem Gefühl, das seine Nähe in mir auslöste.

Ich spürte seinen keuchenden Atem an meinem Hals, hörte sein Stöhnen in meinem Ohr und hieß die Hitze willkommen, die sich tief in mir sammelte.

Der Rest der Welt verschwand. Das Zimmer, der Fernseher, über den immer noch die Serie flimmerte, die Wände.

Da waren nur noch Maxim und ich. Und unsere Körper, die sich bewegten, als würden sie perfekt zueinanderpassen. Als wären sie genau hierfür gemacht. Es gab nur uns, zwei Menschen, die sich völlig ineinander verloren und somit die Welt für ein paar kostbare Minuten lang anhielten.

Und dennoch, obwohl ich beinahe den Verstand verlor, als Maxim tiefer in mich eindrang, wusste ein Teil von mir, dass diese Nacht alles veränderte.

Dass sie mich veränderte.

Dass die sechzehnjährige Tara, die all die Zeit in mir weitergelebt hatte, sich in diesem Moment von mir löste.

Dass ich nicht mehr das Mädchen von früher war, das sich vor den Berührungen eines Mannes fürchtete, und ich es auch nie wieder sein würde.

17. Kapitel

Tara

Schon beim Aufwachen war mir sofort klar, dass irgendetwas nicht stimmte. Ich lag nicht in meinem Zimmer. Die leeren Wände um mich herum kamen mir fremd und gleichzeitig seltsam vertraut vor. Ich wollte mich aufrichten, aber ein schwerer Arm auf meinem Bauch hinderte mich daran.

Schlagartig fiel mir wieder ein, wo ich war. Ich lag in Maxims Bett. Neben Maxim. Der nichts trug, außer seinen Boxershorts.

Ein hysterisches Lachen bahnte sich einen Weg an die Oberfläche, das ich gerade noch unterdrücken konnte.

Das war doch verrückt! Vor zwei Monaten war ich aus eben diesem Bett geschlichen, bemüht ja keinen Laut von mir zu geben.

Und jetzt? Ja, was war jetzt? Jetzt lag ich in Maxims Bett, trug sein T-Shirt und wusste nicht, ob ich mich nicht doch wieder wegschleichen sollte.

»Wage es ja nicht, das noch mal zu versuchen«, murmelte ein schlaftrunkener Maxim leise neben mir.

»Hast du gerade meine Gedanken gelesen?«

»Das war nicht schwer.« Er drehte sich auf den Rücken und streckte seinen Arm nach mir aus. Nach einem kurzen Moment des Zögerns kuschelte ich mich mit wild klopfendem Herzen an ihn.

»Also ist alles gut?«, wisperte ich leise.

»Schhh, es ist zu früh, um zu reden.«

Oookay. Das Morgenmuffel-Gen musste in der Familie liegen ... Oh Gott, Hanna!

Mit einem Schlag war ich hellwach. Ich setzte mich auf und begann hektisch nach meinem Handy zu suchen.

Mist! Es musste noch im Wohnzimmer sein. Ich stolperte ohne auf Maxims Protest zu reagieren aus dem Zimmer und fand das Ding zwischen meiner Jeans und den Socken, die verstreut auf dem Boden neben dem Sofa lagen.

Meine beste Freundin würde mich umbringen!

Tatsächlich zeigte das Display elf verpasste Anrufe an, davon neun von letzter Nacht und zwei von heute Morgen.

Mit zitternden Fingern wählte ich Hannas Nummer.

»Hallo?«, ertönte eine atemlose Stimme keine Sekunde später.

»Es tut mir so leid, dass ich mich nicht gemeldet habe!«

»Tara, bist du es? Geht es dir gut? Oh Gott sei Dank, ich habe mir solche Sorgen gemacht. Als ich von Ella wiederkam, waren weder deine Mutter noch du da und ich habe mir schon die schlimmsten Dinge ausgemalt und war kurz davor, sämtliche Kneipen abzuklappern, aber das wäre so völlig untypisch für dich gewesen und ...« Sie holte tief Luft, die Sorge in ihrer Stimme ließ sie viel zu hoch klingen. »Wo bist du?«

Gehetzt blickte ich mich um. Was sollte ich jetzt sagen? Ich hatte wirklich keine Lust, sie schon wieder anzulügen.

»Ich bin bei Maxim«, gab ich kleinlaut zu. »Ich habe mich gestern mit meiner Mutter gestritten und bin zu Maxim gegangen, weil ich euch den Abend nicht verderben wollte. Wir haben eine Serie geschaut und ich muss eingeschlafen sein, jedenfalls bin ich gerade erst aufgewacht.«

»Ach sooo.«

Ich konnte die Verwunderung aus jeder Silbe heraushören. Warum sollte ich auch zu ihrem Bruder fahren, wenn ich mich genauso gut an meine Freundinnen hätte wenden können?

»Aber ich komme demnächst heim«, schob ich schnell hinterher.

»Ich muss gleich los, ich treffe mich mit zwei Leuten von der Uni, aber wir sehen uns dann heute Nachmittag. Ich bin einfach nur froh, dass es dir gut geht. Mach das bitte nie wieder, Tara.«

»Mach ich nicht. Das nächste Mal, wenn ich einfach verschwinde, gebe ich dir Bescheid.«

»Gut, sag Maxim Grüße und er soll dir ein anständiges Frühstück machen, du bist schließlich keins seiner Betthäschen!«

»Mach ich«, presste ich mühsam hervor und wartete, dass sie auflegte.

Erleichtert und mit einem leichten Anflug von schlechtem Gewissen ließ ich mich auf das Sofa sinken. Was hatte ich mir nur gedacht?

Mein Blick fiel auf die verstreuten Klamotten und ich war machtlos gegen das Grinsen, das sich trotz allem auf mein Gesicht schlich.

Es war nicht die beste Idee gewesen, ausgerechnet Maxim aufzusuchen, aber die letzte Nacht war es definitiv wert gewesen. Ich hatte keine Ahnung, was das für uns bedeutete und was für Komplikationen das noch nach sich ziehen würde, aber im Moment war mir das egal.

Beschwingt stand ich auf und kehrte in Maxims Zimmer zurück.

»Soll ich Kaffee machen?« Lächelnd betrachtete ich den jungen Mann, der verschlafen blinzelte.

»Wäre das nicht mein Job?«

»Ja, aber ich mache den besseren Kaffee.«

»Okay, gut.« Maxim richtete sich auf und rieb sich über die Augen. Herrje, er war noch gar nicht richtig wach. »Normalerweise wache ich in diesem Bett alleine auf.«

»Immer?« Ungläubig riss ich die Augen auf. Warf er die Frauen ernsthaft nach dem Sex einfach wieder raus? Mitten in der Nacht?

»Immer.«

»Wow. Das ist ganz schön ...«

»Sag es ruhig.« Er wirkte tatsächlich ein kleines bisschen zerknirscht.

»Arschig. Das ist echt arschig.«

»Tjaa, was soll ich zu meiner Verteidigung sagen?« Maxim hob die Schultern, als wäre es keine große Sache, so mit Frauen umzugehen.

»Du bist unmöglich!«

Erneut zuckte er mit den Schultern, wobei er den Kopf schief legte und mich aus seinen blauen Augen intensiv musterte.

»Kaffee?« Sein Lächeln ließ jede Erwiderung, die ich schon auf den Lippen hatte, verstummen. Was musste dieser Kerl auch so unverschämt charmant sein?

»Kaffee!« Ich drehte mich um und ging in die Küche, wobei ich das verräterische Kribbeln in meinem Magen ignorierte. Na ja, zumindest versuchte ich es.

Eine halbe Stunde später hatte ich das Geschirr unter Protesten von Maxim weggeräumt und saß mit einer Tasse Kaffee in der Hand am Tisch, während Maxim Rühreier machte.

Die Szene hatte etwas Unwirkliches. Ich trug immer noch Maxims Shirt, meine Haare hatte ich zu einem unordentlichen Dutt zusammengebunden und meine Füße steckten in warmen Socken.

Das Bild, das wir abgaben, könnte glatt aus einem IKEA Katalog entsprungen sein. Ich kicherte leise, presste allerdings schnell die Lippen zusammen, als Maxim sich fragend zu mir umdrehte.

»Du drehst jetzt aber nicht durch und wirst völlig hysterisch, oder?«

»Was? Nein! Natürlich nicht. Niemand dreht hier durch, Maxim.«

»Ich gebe mir Mühe.« Er grinste und wandte sich wieder der Pfanne zu.

Lächelnd musterte ich ihn und konnte mich nicht gegen den Gedanken wehren, dass ich mich an solche Morgen durchaus gewöhnen könnte. Aber so etwas zu denken war dämlich. Es war immer noch Maxim, der vor mir stand, und auch wenn er mich nicht herausgeworfen hatte wie die anderen Frauen, hieß das nicht, dass er die letzte Nacht wiederholen wollen würde.

»So, fertig!«

Maxim stellte zwei Teller mir Rührei und Toast auf den Tisch und setzte sich mir gegenüber.

Wir aßen schweigend, jeder in Gedanken versunken und auf der

Suche nach den richtigen Worten, um das zerbrechliche Gerüst unserer Freundschaft nicht zu zerstören.

»Pass auf, Tara ...«, begann Maxim schließlich vorsichtig und mit einer Sorge in der Stimme, die mich stocksteif werden ließ.

Mein Herz raste und eine plötzliche Übelkeit stieg in mir auf. Instinktiv wusste ich, dass mir nicht gefallen würde, was er zu sagen hatte.

»Die letzte Nacht mit dir war unglaublich. Du bist eine tolle Frau, aber ich glaube, genau das ist mein Problem.« Er seufzte tief und hielt seinen Blick auf seinen Teller gerichtet, als er weitersprach. »Ich will dich als Freundin nicht verlieren, Tara. Du kennst mich, du weißt wie ich bin, wenn es um Frauen geht. Ich kann mich nicht auf etwas Ernstes einlassen. Dass du jetzt hier bist, ist schon eine absolute Ausnahme für mich.«

Endlich hob er den Blick und schaute mich an. Ich las Reue und Schuldgefühle in seinen Augen, die ich nicht einordnen konnte. Seine Worte taten weh, auch wenn ich sie hatte kommen sehen. Es stimmte, ich kannte ihn. Ich wusste, wie er war, wenn es um Frauen ging. Ich wusste nur nicht, warum er so war.

»Wovor hast du Angst?«

Maxim erstarrte. Langsam ließ er die Gabel sinken und lehnte sich im Stuhl zurück. Seine Arme hielt er verschränkt vor der Brust und in seinen Augen flackerte ein Schmerz auf, der mich mitten ins Herz traf.

Ich hatte ihn noch nie so verletzt und so traurig gesehen.

»Das ist eine längere Geschichte«, stieß er leise zwischen zusammengebissenen Zähnen hervor.

»Ich habe Zeit«, erwiderte ich so sanft wie möglich.

Ich würde ihn zu nichts drängen, aber ich würde ihn auch nicht alleine lassen. Nicht, wenn in seinem Blick ein Sturm tobte, der mir den Boden unter den Füßen wegriss und meine Brust eng werden ließ.

»Ich weiß nicht, ob du das wirklich hören willst.«

»Will ich.«

»Na schön. Aber ich warne dich vor. Diese Geschichte hat kein Happy End.«

18. Kapitel

Maxim

In meiner Brust flackerte ein altbekannter Schmerz auf. Ich hatte ihn lange nicht mehr gespürt, weil ich mich viel zu sehr an die taube Leere in mir gewöhnt hatte, aber jetzt musste ich erkennen, dass er die ganze Zeit unter der Oberfläche gelauert hatte.

Ich holte tief Luft und rang nach Worten. Bilder tauchten vor meinem inneren Auge auf. Bilder von Leah, von ihrem Lachen, das so laut, so wunderschön gewesen war.

Wie sollte ich erklären, warum ich war, wie ich war?

Tara blickte mich unverwandt an. In ihren großen, braunen Augen lag eine Wärme, die mir die Luft abschnürte. Wenn sie mich so ansah, machte sie es nur noch schlimmer. Ich hatte diesen Blick nicht verdient. Da war zu viel Zuneigung, zu viel Verständnis, bevor ich überhaupt zu reden begonnen hatte.

Ich schluckte schwer und konzentrierte mich auf meine Atmung, die viel zu schnell ging.

Wie würde Tara reagieren? Würde sie es überhaupt verstehen?

Es kam mir falsch vor nach der letzten Nacht über Leah zu reden. Falsch und auf eine verdrehte Art doch verdammt richtig.

Ich wusste, dass Leah es so gewollt hätte. Sie hätte gewollt, dass ich mich endlich öffnete und über sie sprach. Dass ich meine Mauern herunterließ, wenn dahinter jemand wie Tara war.

Ich suchte Taras Blick. Aufmunternd nickte sie mir zu. Sie hatte ja keine Ahnung.

»Ich schätze, ich muss ganz von vorne anfangen. Ich war nicht immer so verkorkst, wie ich es jetzt bin. Wie du vielleicht weißt, sind Hanna und ich in einem kleinen Dorf aufgewachsen. Jeder kannte jeden, wie das in einem Kaff eben ist. Als ich zehn Jahre alt war, ist in unserem Nachbarhaus eine neue Familie eingezogen. Sie hatten eine Tochter in meinem Alter. Leah. Hanna ging noch am gleichen Tag hin und fragte, ob sie mit uns Ball spielen wollte. Sie sagte ja und ab diesem Moment waren wir drei ein unzertrennbares Team.«

Der Schmerz in meiner Brust wurde stärker, als ich an die vielen Sommer zurückdachte, in denen ich mit Hanna und Leah Tipis gebaut und unter freiem Himmel übernachtet hatte.

»Unsere Freundschaft hielt an, auch als wir älter wurden und die Pubertät alles etwas komplizierter machte. Leah war das erste Mädchen, in das ich mich verliebte. Wann genau das passiert ist, weiß ich nicht mehr. Ich erinnere mich nur noch daran, dass sich in dem Sommer, als ich dreizehn wurde, einiges veränderte. Ihr ging es genauso. Ich weiß noch, wie glücklich ich war, als sie mir über Hanna einen Liebesbrief zukommen ließ, in dem sie mich fragte, ob ich mit ihr gehen wollte.« Ich lachte leise auf, als ich an den gelben, zusammengefalteten Zettel mit den drei Kästchen dachte. Ja, Nein, Vielleicht.

»Unsere Liebe war wie die in einem der Bücher, die du so gerne liest. Mit Leah erlebte ich meinen ersten Kuss, mein erstes Mal, den ersten großen Streit, die erste Versöhnung. Nichts und niemand konnte uns etwas anhaben. Als wir mit der Schule fertig waren, planten wir eine gemeinsame Weltreise. Leah wollte unbedingt Elefanten sehen. Wochenlang sprach sie von nichts anderem.« Meine Stimme brach.

Wut und Trauer setzten meinen Körper unter Strom und nahmen mir die Luft zum Atmen. Die letzte Panikattacke war eine Weile her, doch jetzt spürte ich, wie die Angst sich in mir ausbreitete und mein Herz zu rasen begann.

Ich hielt mich an der Tischkante fest, um Halt zu finden.

Dann spürte ich eine Hand an meiner Wange. Mühsam hob ich meinen Blick und schaute direkt in Taras Augen.

»Atme, Maxim.« Sie hatte sich über den Tisch gebeugt und strich sanft über meine Wange.

Zitternd schnappte ich nach Luft. Meinen Blick hielt ich unverwandt auf Tara gerichtet. Ihre Berührung war warm und echt. Sie waren die Gegenwart, an der ich mich festhielt, bis die Panik abebbte.

Langsam kam Tara um den Tisch und setzte sich direkt neben mich. Sie griff nach meiner Hand und drückte sie sanft.

»Du musst nicht weiterreden.«

»Doch. Muss ich.« Ich hatte diese Geschichte zu lange vor ihr zurückgehalten. Vor ihr, vor Finn, vor meinen Freunden. Vor der Welt.

»Leah starb wenige Wochen nach unserem Abschlussball. Es war ein Autounfall. Der Fahrer hat sie zu spät gesehen. Sie saß auf dem Rad und überquerte eine Straße, als das Auto um die Ecke gerast kam. Als der Krankenwagen kam, war sie schon tot.« Ich sprach schnell, ließ die Worte frei, die ich so lange weggesperrt hatte.

»Hanna und ich haben im Krankenhaus nur noch ihren toten Körper gesehen. Manchmal schrecke ich nachts mit diesem Bild vor Augen auf. Dann muss ich mich mit aller Macht an ihr Lachen erinnern, um nicht durchzudrehen. Um nicht den Kopf an die nächste Wand zu schlagen, immer wieder, bis der Schmerz endlich verstummt.«

Ich umklammerte Taras Hand viel zu fest, aber sie verzog keine Miene. Sie sagte nichts. Sie hielt mich einfach nur.

Ich weiß nicht, wie lange wir so dasaßen. Reglos und gefangen in meinem Schmerz, bis mein Herzschlag wieder ruhiger wurde und ich meine Hand etwas lockerte.

Tara begann, mit ihrem Daumen über meinen Handrücken zu streichen. Immer wieder. Ich schloss die Augen und konzentrierte mich auf ihre zarten Berührungen.

»Ich habe das noch nie jemandem erzählt«, sagte ich schließlich leise. »Na ja, außer meiner Therapeutin, aber das zählt nicht.«

Ich öffnete die Augen und sah Tara an. Ihr Blick war ernst und voller

Mitgefühl. Ich hatte diese Blicke früher gehasst. Allein wegen ihnen ging ich nicht gerne nach Hause, wo alle Nachbarn Bescheid wussten. Aber bei Tara hatte er eine seltsam tröstende Wirkung.

»Danke. Ich weiß nicht, was ich sagen soll, Maxim. Es tut mir so unglaublich leid, dass du das erleben musstest. Das muss der absolute Albtraum für dich gewesen sein! Und für Hanna.«

Ich drückte ihre Hand, bevor ich mich von ihr löste und aufstand.

»Jetzt verstehst du bestimmt besser, warum ich manchmal so abweisend bin. Ich habe Angst, wieder jemanden so nah an mich heranzulassen und dann zu verlieren.«

Ich beobachtete Tara genau, während ich das sagte, doch sie zuckte nicht zusammen. Sie verlor nichts an ihrer aufrechten Haltung, mit der sie mir eine größere Stützte war, als sie begreifen konnte.

Sie war wirklich etwas Besonderes. Wenn ich bisher daran gezweifelt hatte, dann hatte ich jetzt die Gewissheit.

»Es erklärt jedenfalls einiges. Auch was Hanna angeht.« Tara stand ebenfalls auf und begann den Tisch aufzuräumen, als bräuchten ihre Hände dringend eine Beschäftigung. »Ich bin froh, dass du es mir gesagt hast.« Sie drehte sich zu mir um und einem plötzlichen Impuls folgend, zog ich sie in meine Arme. Sie trug immer noch mein T-Shirt und ich vergrub mein Gesicht in ihren Haaren.

»Ich auch«, wisperte ich leise. »Ich auch.«

Ihre Umarmung tat unendlich gut. Tara hatte ihre Arme um meine Taille geschlungen und ich atmete den süßen Duft ein, der von ihr ausging. Inzwischen war er mir fast schon vertraut. In meinem Bauch begann es auf einmal seltsam zu flattern. Es war ein beunruhigend gutes Gefühl.

Als wir uns nach einer Weile wieder voneinander lösten, lag eine Röte auf ihren Wangen, von der ich wusste, dass nur ich sie auslösen konnte. Grinsend strich ich ihr eine Haarsträhne hinters Ohr.

»Lass das«, murmelte sie und verschränkte ihre Arme, doch das Lächeln, das ihre Lippen umspielte, verriet sie.

»Wollen wir ein bisschen rausgehen?«, fragte ich schließlich, weil mir die Wände hier drin auf einmal wieder viel zu eng vorkamen.

»Gerne!« Tara nickte erleichtert und ging ins Wohnzimmer, um ihre Kleidungsstücke vom Boden aufzusammeln, bevor sie im Bad verschwand.

Nachdenklich schaute ich ihr hinterher. Wie hatte sich in so wenigen Stunden nur so viel verändern können?

Ich hätte nie gedacht, wie gut es tun könnte, über Leah zu reden. Der Schmerz in meiner Brust war schrecklich gewesen, aber er hatte nachgelassen. Mit jedem Wort, mit jeder Berührung von Tara war er schwächer geworden. Erträglicher.

»Ich wäre dann so weit.«

Tara stand kurz darauf in Jeans und Pulli vor mir. Ihre Haare hatte sie zu einem ordentlichen Zopf gebunden, der sie gleich viel mehr wie die Tara aussehen ließ, die ich kannte. Ich musste dem Drang widerstehen, ihr einmal durch die Haare zu fahren und damit ein wütendes Funkeln zu provozieren, das ich schon so oft an ihr gesehen hatte.

»Wag es ja nicht.« Als hätte sie meinen Gedanken erraten, hob sie warnend ihren Zeigefinger.

»Würde ich nie«, sagte ich grinsend.

Es tat gut, wieder zu der alten Leichtigkeit zurückzukehren.

Schweigend verließen wir die Wohnung. Ich steuerte automatisch in die Richtung des Stadtparkes, in dem ich öfter laufen ging.

»Okay, nachdem ich ein Seelenstriptease für dich hingelegt habe, bist du dran. Wie kommt es, dass du Männern ständig einen Korb gibst?«

Tara blieb stehen. »Ein bitte was?«

»Ein Seelenstriptease. Du weißt schon, ich habe dich in mein Innerstes schauen lassen, meine Gefühle offenbart, so was eben.«

»So was eben?«

Sie rümpfte die Nase und ich konnte ihr ansehen, wie ihre Gedanken rasten. Ganz bestimmt wägte sie jetzt ab, was und wie viel sie mir anvertrauen konnte. Es würde mich nicht einmal wundern, wenn sie in ihrem Kopf gerade eine Pro und Contra Liste erstellte.

»Na schön. Aber ich muss dich warnen, das ist ebenfalls keine schöne Geschichte.«

»Wer hätte das gedacht.«

Ich zog die Augenbrauen hoch und wartete mit angespannten Nerven. Ich wusste nicht, ob ich wirklich den Grund für ihre abwehrende Haltung Männern gegenüber wissen wollte.

»Ich mach es kurz.« Sie holte tief Luft. »Meine erste Erfahrung mit Männern war nicht gerade die beste.«

Ich biss die Zähne zusammen, als ich bemerkte, wie sich Taras Blick verdunkelte.

»Der Ex-Freund meiner Mutter war ein Arschloch. Inzwischen weiß ich, dass alles, was er getan hat, nicht in Ordnung war. Aber damals ... An meinem sechzehnten Geburtstag kam ich betrunken nach Hause und ...« Tara rang mit den Worten. Es fiel ihr sichtlich schwer, weiterzureden. Geduldig wartete ich ab, so wie sie mich zuvor auch zu nichts gedrängt hatte.

»Jack war noch wach. Als ich mir in der Küche ein Glas Wasser einschenkte, war er plötzlich da. Ich hatte ihn nicht kommen gehört, aber auf einmal drängte er sich von hinten an mich. Er hat mich geküsst und als ich mich von ihm losmachen wollte, hat er mich gepackt und auf den Küchentresen gehoben. Er war nicht aggressiv, aber sein Griff war fest genug, damit ich mich nicht einfach daraus befreien konnte. Erst als ich nach ihm geschlagen habe, hat er mich losgelassen. Ich bin in mein Zimmer gerannt und habe mich dort eingeschlossen. Wie du dir denken kannst, war das folgende Jahr, in dem er bei uns wohnte, die Hölle für mich. Ich war kaum noch zu Hause und wenn doch, dann versuchte ich Situationen, in denen ich mit ihm alleine war, zu vermeiden. Ich weiß nicht wie oft ich mich in mein Zimmer eingeschlossen habe, wenn meine Mutter nicht da war.«

Ich bemerkte erst, dass ich meine Hände zu Fäusten geballt hatte, als sie zu schmerzen begannen.

»Weiß deine Mutter davon?« Ich musste mich wirklich zusammenreißen, um mir die Wut nicht zu sehr anmerken zu lassen, die mich packte, als ich daran dachte, wie dieser Mistkerl mit der minderjährigen Tara umgesprungen war. Der Gedanke, dass jemand ihr wehgetan hatte, war unerträglich. Auf einmal wünschte ich mir nichts mehr, als sie vor allem Bösen der Welt beschützen zu können.

»Deshalb habe ich mich gestern mit ihr gestritten. Ich habe es ihr erzählt und sie hat es mir nicht geglaubt.«

Meine Kinnlade klappte nach unten. Entgeistert starrte ich Tara an. Wir waren beide mitten auf dem Weg stehen geblieben.

»Sie glaubt dir nicht? Aber warum um alles in der Welt solltest du dir so etwas ausdenken?«

»Meine Mutter ist kompliziert.« Tara seufzte, als wäre das eine Erklärung.

»Das ist nicht in Ordnung«, sagte ich leise.

»Ich weiß.« Sie senkte den Blick und setzte sich wieder in Bewegung. »Wir werden uns irgendwann wieder vertragen. Das tun wir immer.« Die Zuversicht in ihrer Stimme klang erzwungen, aber ich beließ es dabei.

»Weiß Hanna davon?«

»Nein.« Sie schüttelte den Kopf. »Ich habe ihr nie davon erzählt, genauso wenig wie sie von Leah erzählt hat. Über unser Leben vor dem Studium reden wir nicht oft. Vermutlich, weil es leichter ist neu anzufangen, wenn man die alten Päckchen nicht zu oft öffnet.«

»Das hast du schön gesagt. Aber manchmal tut es trotzdem gut, darüber zu reden, oder?«

»Auf jeden Fall. Ich verarbeite aber auch viel über das Schreiben. Seit ich mich erinnern kann, schreibe und lese ich viel. Vermutlich ist das mein Weg, der Realität zu entkommen, wenn sie mir zu schwer wird.«

»Das kann ich gut verstehen. Mir geht es manchmal beim Sport so. Wenn ich renne oder im Krafttraining bin, dann konzentriere ich mich ganz auf meinen Körper und der Rest rückt in den Hintergrund.«

»Es tut einfach gut, wenn man ein Ventil für die ganzen Gefühle in sich hat. Irgendwie muss man den ganzen Mist ja rauslassen können.«

»Stimmt.«

Auf einmal warf Tara ihren Kopf in den Nacken und lachte. Verständnislos schaute ich sie an.

»Was ist denn jetzt los?«

»Es ist nur«, immer noch lachend schüttelte sie den Kopf, »ich hätte nie gedacht, dass wir irgendwann so eine Unterhaltung führen würden.«

»Sollte ich jetzt beleidigt sein? Auch wenn ich viel auf Partys unterwegs bin, mache ich mir Gedanken über Dinge.«

»Ich weiß, ich weiß. Sorry.«

Lachend stieß sie mir ihren Ellenbogen in die Seite. Ihre Fröhlichkeit tat gut. Sie erfüllte mich mit einer Leichtigkeit, die ich dringend gebrauchen konnte.

Wir durchquerten den Park und ich hörte Taras Erzählungen über das WG-Leben mit Hanna zu, die ich zur Hälfte schon von meiner Schwester kannte.

Ich hätte ihr ewig zuhören können. Ihr fröhliches Geplapper lenkte mich von meinen Gedanken ab. Aber es war noch mehr als das. Zum ersten Mal seit Langem spürte ich wieder so etwas wie echtes Interesse an jemanden. Es war egal, was Tara sagte, ich hing an ihren Lippen und konnte gar nicht anders, als jedem Wort aufmerksam zu lauschen. Jetzt, wo ich den Grund dafür kannte, warum sie sich in den letzten Jahren kaum auf Männer eingelassen hatte, verstand ich ihr Verhalten besser.

Was auch immer die letzte Nacht zwischen uns verändert hatte, es war eine Veränderung, die sich gut anfühlte.

19. Kapitel

Tara

Eine Woche nach dem Besuch meiner Mutter, nach der Nacht mit Maxim, saß ich mit Hanna und Ella in der *Plauderecke*. Wir hatten uns die Woche über kaum gesehen, weil wir mit Hausarbeiten und unseren Nebenjobs beschäftigt gewesen waren.

»Okay, Mädels. Was gibt es Neues? Schießt los!« Erwartungsvoll blickte Hanna von Ella zu mir, nur um dann frustriert aufzuseufzen, als wir beide als Antwort mit den Schultern zuckten.

»Unser Leben ist eben nicht so aufregend wie deins«, meinte ich, wobei ich einen Blick in ihre Richtung vermied. Es war ein blödes Gefühl, sie zu belügen, aber Maxim und ich hatten besprochen, alles erst mal für uns zu behalten. Ja, ich traf solche Absprachen mit dem Bruder meiner besten Freundin. So weit war es schon gekommen.

»Ach, meins ist gerade auch katastrophal langweilig!« Hanna seufzte frustriert.

»Nur weil du ein paar Tage lang keinen Männerbesuch hattest, ist dein Leben doch nicht langweilig«, empörte sich Ella.

Grinsend griff ich nach meinem Kaffee. Das war die Einleitung für eine Standartdiskussion zwischen den beiden. Ella warf Hanna regelmäßig vor, dass sich ihr Leben viel zu sehr um Männer drehte, während Hanna damit argumentierte, dass es eben genau das nicht tat, weil sie sich nie ernsthaft auf einen einließ.

»Das meine ich auch gar nicht. Aber schau uns doch an. Wir arbeiten, schreiben Hausarbeiten, dabei haben wir frei. Wir sollten Urlaub machen oder wieder mal eine Party schmeißen!«

»Erwachsen werden ist eben kein Vergnügen«, bemerkte ich.

»Du bist schrecklich. Wann hast du das letzte Mal etwas richtig Unvernünftiges getan?« Hannas Blick durchbohrte mich und ich wurde auf meinem Stuhl automatisch etwas kleiner.

»Ähm …«

Sofort schossen ihre Augenbrauen nach oben, doch bevor sie nachfragen konnte, ertönte eine Stimme hinter mir, bei der ich ertappt zusammenzuckte.

»Guten Tag, Ladies.«

Maxim schnappte sich einen Stuhl und setzte sich direkt neben mich. Mit großen Augen starrte ich ihn an. Wir hatten uns seit einer Woche nicht mehr gesehen und seine plötzliche Anwesenheit überforderte mich.

»Wir stören euch doch nicht beim Lästern oder so?«

Finn tauchte hinter Maxim auf und setzte sich auf den freien Stuhl zwischen Ella und Hanna. Er warf grinsend einen Blick in die Runde und ignorierte gekonnt Hannas bösen Blick.

»Wobei haben wir euch unterbrochen?«, wollte Maxim wissen.

»Wir haben darüber geredet, wann Tara zuletzt etwas Unvernünftiges getan hat.« Hanna drehte sich erwartungsvoll zu mir um. Mist!

»Aha, das würde mich allerdings auch interessieren, also?« Maxim zwinkerte mir zu und ich spürte, wie meine Wangen rot wurden. Auch das noch. Um nicht antworten zu müssen, trank ich meine Tasse in wenigen Schlucken leer.

»Ich hol mir einen neuen Kaffee«, wich ich aus und verschwand in Richtung Tresen.

Ich musste mich unbedingt in den Griff kriegen!

»Alles gut?«

Natürlich musste genau in diesem Moment Maxim hinter mir auftauchen. Ich konnte seinen Atem in meinem Nacken spüren und als er eine Hand zu meiner Taille gleiten ließ, begann es in meiner Magengegend zu kribbeln. Ich hasste meinen Körper dafür, dass er unter seiner sanften Berührung erschauderte, vor allem, als Maxim daraufhin leise lachte.

»Hör auf damit.« Ich trat einen Schritt zur Seite.

»Und wenn ich das nicht will?«

Ich drehte mich zu ihm und versuchte krampfhaft nicht in seinen blauen Augen zu versinken, in denen ich schon wieder viel zu viel Verlangen las.

»Dann gib dir mehr Mühe.«

Ich schnappte mir meinen Cappuccino und drehte mich, ohne ein weiteres Wort an ihn zu verschwenden, um. Es fühlte sich herrlich an, mit hocherhobenem Haupt und schwingenden Hüften zurück zu unserem Tisch zu gehen und seinen Blick dabei im Rücken zu spüren.

»Na, was plant ihr jetzt schon wieder?«, fragte ich, als ich in eine hitzige Diskussion zwischen Hanna, Finn und Ella platzte.

»Was wir heute machen«, erklärte mir Ella.

»Lass mich raten, irgendwer veranstaltet eine Hausparty?«

Ich bemerkte selbst, dass mein Tonfall eine Spur zu scharf klang, aber die ständige Feierei wurde langsam ermüdend. Diese Abende liefen immer gleich ab und ich sehnte mich nach Abwechslung.

»Wie wäre es mit Lagefeuer und Grillen?« Maxim setzte sich mit einem Grinsen im Gesicht an den Tisch.

»Lagerfeuer? Im März?« Ellas Augenbrauen schossen skeptisch nach oben, was ich ihr nicht verübeln konnte.

»Jaah! Da bin ich sofort dabei«, verkündigte Hanna mit strahlenden Augen. Das war ja klar gewesen.

»Wir haben ewig kein Lagefeuer mehr gemacht«, fügte sie etwas leiser hinzu und warf Maxim einen Blick zu, in dem ich eine Spur Traurigkeit zu sehen meinte. Bisher waren mir diese stillen, nachdenklichen Momente zwischen den Geschwistern nie aufgefallen, aber seit Maxim mir von Leah erzählt hatte, sah ich einiges mit anderen Augen.

»Das klingt etwas verrückt bei dreizehn Grad draußen, aber ich bin dabei«, meinte Finn achselzuckend und damit war es wohl beschlossene Sache.

»Es ist mal eine Abwechslung«, schloss ich mich den anderen an und als ich Hannas Strahlen bemerkte, wusste ich, dass ich die Entscheidung nicht bereuen würde.

Lächelnd lehnte ich mich zurück und lauschte den Stimmen meiner Freunde, die bereits zu einem anderen Thema wechselten und sich in die nächste hitzige Diskussion stürzten.

Wenn ich mit ihnen zusammen war, fiel es mir leicht, nicht an meine Mutter zu denken und daran, dass sie sich immer noch nicht gemeldet hatte.

Manchmal fragte ich mich wirklich, womit ich solche Menschen in meinem Leben verdiente. Sie waren Chaoten, keine Frage, aber genau deshalb taten sie mir so wahnsinnig gut.

»Alles gut? Du bist so still«, fragte Ella plötzlich leise.

»Mir gehts gut, keine Sorge. Ich versuche einfach nur nicht zu oft an den Streit mit meiner Mutter zu denken.« Nachdem ich von Maxim heimgekommen war, hatte ich als Erstes Ella angerufen und ihr von dem Besuch meiner Mutter erzählt, der so katastrophal geendet hatte. Nur die Sache mit Jack hatte ich weggelassen.

»Ich nehme mal an, er ist dir dabei eine Hilfe.« Ihr Blick wanderte für den Bruchteil einer Sekunde zu Maxim.

»Ähm.« Ich war machtlos gegen das Grinsen, das sich in mein Gesicht stahl und mich verriet.

»Oh mein Gott, Tara! Habt ihr etwa noch mal …?« Ella riss ihre braunen Augen erstaunt auf.

»Pssst. Das soll niemand hier wissen.«

»Ach, Finn ahnt das eh und Hanna stellt sich konsequent blind, was ich irgendwie verstehen kann, du schläfst schließlich mit ihrem Bruder! War es –» Ella senkte die Stimme und ich hatte Mühe ihre gewisperten Worte überhaupt zu verstehen. »War es gut?«

»Ella!«

Röte schoss mir in die Wangen, was nicht daran lag, dass ich ein

Problem damit hätte, Ella ein paar Details zu verraten, sondern an der Tatsache, dass Maxim uns beobachtete.

»Darüber reden wir wann anders«, schob ich hastig hinterher und drehte mich zu Hanna um, die mit Finn über irgendeine Band diskutierte, die sie toll, er aber schrecklich fand. Aus der Freundschaft zwischen den beiden würde ich wohl nie schlau werden. Es war eine seltsame Hassliebe, die die beiden verband und bei der niemand so genau durchblickte, was das eigentlich für sie hieß. Sehr wahrscheinlich wussten sie das selbst nicht.

»Okay, Leute, ich muss los! Treffen wir uns um sieben Uhr bei mir? Ich weiß eine schöne Stelle am Waldrand, wo sich ein Grillplatz befindet. Im Sommer ist er meistens total überfüllt, aber das Problem sollten wir ja jetzt nicht haben.« Maxim erhob sich und griff nach seiner Jacke.

»Alles klar, bis später«, antwortete ich und wandte rasch den Blick ab, als er mir ein strahlendes Lächeln zuwarf, das in mir den Wunsch weckte, ihn sofort nackt zu sehen. Ja, sein Lächeln konnte so eine Wirkung haben. Vor ihm hatte ich auch nicht geglaubt, dass es möglich war, mich so leicht zu erregen.

Ich schaute auf und begegnete Ellas amüsiertem Blick.

»Sag jetzt ja nichts.« Ich hielt den Atem an, bis Maxim die *Plauderecke* verließ. Dann erst amtete ich erleichtert aus.

Nachdem ich mich wieder halbwegs im Griff hatte, verließ ich mit Hanna ebenfalls das Café.

Wenige Stunden später fragte ich mich, ob die Idee bei diesem Wetter ein Lagerfeuer zu machen, wirklich so genial war.

Wir hatten uns wie verabredet bei Maxim getroffen und waren dann mit dem Auto zum Wald gefahren. Dort angekommen, holte Maxim mehrere Decken, Brennholz und Zeitungen aus seinem Kofferraum. Finn und Ella begannen damit das Holz zu schichten, während Hanna eine Packung Marshmallows aus ihrem Rucksack holte und lange, dünne Stöcke zusammensuchte. Ganz offensichtlich war ich hier die Einzige, die noch keine Lagerfeuererfahrung vorzuweisen hatte.

»Wie kann ich helfen?« Etwas ratlos schaute ich dem Treiben meiner Freunde zu.

»Setz dich einfach hin und genieße«, rief Maxim und warf mir eine Decke zu.

»Okay.« Ich zuckte mit den Schultern und begab mich, eingewickelt in die Decke, zu einem der Baumstämme. Ein kühler Wind streifte mein Gesicht und ich steckte meine Hände unter die warme Decke.

Es war viel zu kalt für ein Lagerfeuer, aber ich hatte mir drei Pullover angezogen und trug Skiunterwäsche unter der Jeans. Das musste reichen.

»Es ist zwar arschkalt, aber trotzdem auch verdammt schön, oder?« Ella setzte sich zu mir und ich rückte sofort näher zu ihr, um mich zu wärmen.

Finn hatte sich über das geschichtete Holz und die Zeitungen gebeugt und wenige Minuten später fraßen sich tatsächlich die ersten Flammen durch das Papier und griffen gierig nach dem Holz.

»Sehr gut!« Hanna klatschte begeistert in die Hände und ließ sich neben Finn auf einem Holzstamm nieder.

Schweigend schauten wir den Flammen zu, die immer höher wurden. Bis auf das Knistern des Feuers und das Rauschen der Bäume war nichts zu hören.

Irgendwann fischte Hanna nach den Marshmallows und begann sie auf eines der Stöckchen aufzuspießen.

Finn holte seine Gitarre aus dem Auto und melancholische Klänge erfüllten kurz darauf die Nacht.

Ich kuschelte mich enger an Ella und lauschte Finn, dessen ruhige Melodien so gar nicht zu seiner fröhlichen, unbekümmerten Art zu passen schienen. Eine plötzliche Traurigkeit ergriff mich. Wie automatisch wanderte mein Blick zu Maxim, der auf einem Baumstamm auf der anderen Seite des Feuers saß.

Er saß so starr und unbeweglich da, dass es mir beinahe körperlich wehtat. Seinen Blick hielt er auf das Feuer gerichtet, das hell leuchtete und flackernde Schatten auf sein Gesicht warf, die über seine erstarrte Miene tanzten.

Ich konnte meinen Blick nicht abwenden. Der Schmerz, der in seinem gebeugten Rücken und seinen zusammengepressten Lippen lag, war zu intensiv. Mühsam blinzelte ich die Tränen weg, die sich in meine Augen geschlichen hatten. Am liebsten wäre ich zu ihm gegangen, hätte sein Gesicht in meine Hände genommen und jeden Zentimeter davon sanft geküsst, bis das Lächeln darin zurückkehrte.

Aber ich wusste nicht, ob Maxim das wollen würde. Ob ich den Schmerz, der so tief in seinem Herz saß, überhaupt vertreiben konnte.

Ich spürte, wie sich Ellas Hand sanft in meine schob und drehte mich dankbar zu meiner Freundin um. Ich lehnte mich an sie und genoss ihre Wärme und den Halt, den sie mir gab.

Und während ich in die hell auflodernden Flammen starrte und Finn endlich ein fröhlicheres Lied anstimmte, realisierte ich es schlagartig.

Ich würde nie wieder zu der Freundschaft zurückkehren können, die Maxim und mich zuvor verbunden hatte.

In der letzten gemeinsamen Nacht mit ihm war etwas zwischen uns passiert, das sich nicht zurücknehmen ließ.

Ich war unvorsichtig gewesen und hatte mein Herz geöffnet. Und ich hatte keine Ahnung, wie ich es wieder verschließen konnte.

»Ich habe einen Liedwunsch«, verkündete Hanna plötzlich und durchbrach so das Schweigen, das sich über uns gelegt hatte.

Sie flüsterte Finn etwas ins Ohr und kurz darauf stimmte er *Country Roads* an. Ella neben mir stimmte leise mit ein und selbst Maxim richtete sich auf einmal auf. Er verzog seine Lippen zu einem Lächeln, das nicht seine Augen erreichte, und ließ sich von Hanna einen Stock mit Marshmallows reichen.

Als er meinen Blick bemerkte, zwinkerte er mir zu und ich tat ihm den Gefallen und lächelte zurück. Die Geste fühlte sich falsch an und am liebsten wäre ich aufgesprungen und in den dunklen Wald gerannt, um meine Gedanken in Ruhe sortieren zu können, die sich wieder einmal viel zu schnell im Kreis drehten.

Kopfschüttelnd blickte ich auf. Maxim war in Hanna, Ella und Finns Gesang mit eingestiegen.

Was machst du nur mit mir?

Eine Gänsehaut überzog meinen Körper und ich wickelte mich enger in die Decke ein. Morgen Früh würde ich eine längere Runde durch den Park drehen als üblich. Vielleicht konnte das meine aufgewühlten Gedanken beruhigen.

20. Kapitel

Tara

Ich hatte von Maxim geträumt. Mal wieder. Schlaftrunken richtete ich mich auf und sank im nächsten Moment zurück auf die Matratze. Stimmt ja, ich lag nicht in meinem Bett.

Ich kuschelte mich enger an den Mann neben mir und genoss das Gefühl seines warmen Körpers.

Seit dem Lagerfeuerabend waren drei Tage vergangen. Meine Gedanken waren in der Zeit Amok gelaufen und kurz bevor ich glaubte, endgültig den Verstand zu verlieren, hatte mir Maxim eine Nachricht geschickt. Einfach so, als wäre es das selbstverständlichste der Welt, mich zu fragen, ob ich vorbeikommen und einen Film mit ihm schauen wollte.

Daraufhin war ich wie eine verknallte Teenagerin unter die Dusche gesprungen, hatte mich geschminkt, wieder abgeschminkt, um es nicht zu gewollt wirken zu lassen und mich dann auf den Weg zu Maxim gemacht.

Es hatte genau eine halbe Folge *Walking Dead* gedauert, bis wir nicht mehr an uns halten konnten und regelrecht übereinander hergefallen waren. Innerhalb weniger Minuten waren die Kleider von unseren Körpern verschwunden und dann war mir bewusst geworden, wie sehr sich Maxim die letzten beiden Male zurückgehalten hatte.

Später lag ich erschöpft und glücklich neben ihm im Bett und als wir ein weiteres Mal miteinander schliefen, war es langsam und sanft gewesen, als hätten wir alle Zeit der Welt.

»Guten Morgen.« Eine Hand fuhr durch meine Haare und ich richtete mich etwas auf. Maxims Lippen umspielte ein zufriedenes Lächeln und ich atmete erleichtert auf. Scheinbar waren wir über den Punkt hinaus, in dem er in Panik geriet, weil morgens ein Mädchen neben ihm lag.

»Hast du Lust frühstücken zu gehen?«

Als ich begeistert nickte, lachte Maxim leise auf.

Im nächsten Moment zog er mich enger an sich und ich vergrub mein Gesicht in seiner Halsbeuge und atmete seinen vertrauten Geruch ein.

Langsam ließ Maxim seine Hand zu meinem Rücken wandern und begann kleine Kreise darauf zu malen. Mein Herz setzte einen Schlag aus, als er die nackte Haut zwischen dem hochgerutschten Schlafshirt und meinem Slip streifte.

Die Wirkung, die er auf mich hatte, war unangebracht stark, aber ich war machtlos gegen die Gefühle, die er in mir auslöste. Nach wenigen Minuten stand mein Körper unter Strom und ich hätte ewig so liegen blieben können, eng an ihn gekuschelt und mit seiner Hand auf meinem Rücken, die mich sanft liebkoste.

Als mein Magen knurrte, befreite ich mich widerwillig aus seinen Armen.

»Hunger?« Er ließ lächelnd seinen Blick über mein Gesicht gleiten und blieb an meinen Lippen hängen.

Seine Augen wurden dunkler, als er sich zu mir beugte und mich mit einer Zärtlichkeit küsste, die tief in mir ein sehnsuchtsvolles Ziehen hervorrief. Ich legte meine Hand in seinen Nacken und zog ihn enger zu mir.

Sanft schob ich meine Zunge zwischen seine Lippen und genoss das leise Stöhnen, das er ausstieß, als unsere Zungen aufeinandertrafen.

»Wenn du bald etwas essen willst, sollten wir aufstehen, bevor ich mich nicht mehr zurückhalten kann.« Er wollte ein Stück von mir abrücken, aber mit meiner Hand in seinem Nacken verhinderte ich seine Flucht.

»Ich glaube hier muss erst noch ein anderer Hunger gestillt werden«, murmelte ich leise und spürte, wie meine Wangen sich rot färbten.

Es war neu für mich, ehrlich und direkt mit einem Mann über das zu reden, was ich von ihm wollte. Aber als Maxims Augen aufleuchteten, wusste ich, dass ihm das gefiel.

Als hätte er nur auf meine Erlaubnis gewartet, stieß er ein leises Knurren aus und war im nächsten Moment über mir. Ich keuchte überrascht auf. Seine Hand glitt unter mein Shirt, strich sanft über meinen Bauch und wanderte weiter nach unten zu dem dünnen Slip, den ich trug. Mein Körper reagierte sofort und ich wand mich unter seinen Berührungen.

Es war erschreckend und wunderbar zugleich, wie schnell er eine Hitze in meinem Innern entfachen konnte, die alle Gedanken zum Verstummen brachte.

Maxim ließ sich auf mich sinken und ich schlang meine Beine um ihn und rieb mich an seiner Erektion, die sich auffordernd gegen meine pulsierende Mitte drückte.

»Du bist unglaublich«, flüsterte Maxim und verteilte sanfte Küsse auf meinem Hals und Schlüsselbein.

»Ich weiß«, neckte ich ihn mit der Antwort, die ich so oft schon von ihm zu hören bekommen hatte. Sein Lachen vibrierte in meinem Körper und ich legte den Kopf in den Nacken und genoss jeden Kuss, jede Berührung.

Als ich es nicht mehr aushielt und der Druck in meiner Mitte immer unerträglicher wurde, schob ich ihn von mir und ließ meine Hände unter sein T-Shirt gleiten, um ihn von dem lästigen Stoff zu befreien. Mein Shirt zog ich mir im nächsten Atemzug selbst über den Kopf und warf es achtlos zur Seite.

Maxims Blick wanderte zu meinen Brüsten, die sich ihm auffordernd entgegenstreckten. Diesmal ließ er mich nicht lange warten. Er zog mich auf seinen Schoß und beugte den Kopf, um meine aufgerichtete Brustwarze zwischen seine Lippen zu ziehen.

Ich gab ein ersticktes Stöhnen von mir und hielt mich an seinen Schultern fest, während er mich mit seiner Zunge verwöhnte. Mit seiner Hand umfasste Maxim meine andere Brust und begann sie sanft zu massieren. Ich bog meinen Rücken durch und keuchte auf, als er seine Hand tiefer wandern ließ, bis sie zwischen meinen Schenkeln landete und dort verharrte.

»Mehr«, keuchte ich und hob ungeduldig mein Becken. Maxim richtete sich auf, was ich mit einem protestierenden Laut kommentierte.

Im nächsten Moment war jedoch jeder Protest vergessen, denn Maxim schob seine Hand unter den Stoff meines Slips und stieß so plötzlich mit seinem Finger in mich, dass ich überrascht aufschrie.

Mein Kopf fiel nach hinten und ich klammerte mich an seinen Schultern fest, als er einen zweiten Finger in mich schob und anfing, seine Hand zu bewegen.

Der Druck in meinem Innern wuchs und ich fing an meine Hüfte vor- und zurückzubewegen, um ihn noch intensiver zu spüren. Immer schneller bewegte ich mich auf Maxim, der mir voller Bewunderung zusah. In seinen Augen glitzerte ein dunkles Verlangen und ich würde den Ausdruck darin nie vergessen, als ich stöhnend zum Höhepunkt kam. Wellen der Lust überspülten meinen Körper und ich stieß einen leisen Schrei aus, während Maxim seine Finger aus mir zog und meine Hüfte festhielt, als ich zuckend auf ihm zusammensank.

»Das war unglaublich«, sagte ich leise, nachdem ich zitternd um Atem gerungen hatte.

»Ich weiß«, gab Maxim ebenso leise zurück und betrachtete mich mit einem verschmitzten Ausdruck im Gesicht.

Ich hauchte ihm einen Kuss auf die Lippen und bahnte mir einen Weg über seinen Körper nach unten, bis ich am Bund seiner Boxershorts kurz innehielt.

Maxim sog scharf die Luft ein, als ich ihm das letzte Kleidungsstück langsam auszog. Gemächlich, als hätte ich alle Zeit der Welt, ließ ich meinen Blick über seinen stattlichen Körper wandern, an dem ich mich nie würde sattsehen können.

Dann revanchierte ich mich für seine Zuwendung, bis er laut meinen Namen rief und wir beide erschöpft, aber mehr als zufrieden nebeneinander im Bett lagen.

»Frühstück?«, fragte ich, als sich mein Magen erneut knurrend meldete.

»Sehr gerne.« Maxim schwang sich aus dem Bett und ich schaute ihm nach, wie er aus dem Zimmer und in das Badezimmer nebenan verschwand.

Als ich die Dusche hörte, drehte ich mich um, vergrub mein Gesicht im Kissen und stieß ein derart albernes Geräusch aus, dass ich froh war, dass es niemand hören konnte.

Dann fischte ich die frische Unterwäsche aus meinem Rucksack, die ich in weiser Voraussicht mitgenommen hatte, und schlüpfte in Jeans und Pulli.

Maxim erschien wenige Minuten später ebenfalls in Jeans und Pulli und wir verließen gemeinsam die Wohnung.

Später, nachdem ich mich von Maxim verabschiedet hatte, schlenderte ich zurück zu unserer WG. Hanna war zum Glück nicht da und ich setzte mich mit einer Tasse Kaffee in mein Zimmer. Ein Blick auf mein Handy verriet mir, dass meine Mutter versucht hatte, anzurufen. Seufzend warf ich das Ding aufs Bett und schaute nachdenklich auf meinen Notizblock, der neben meinem Laptop lag.

Ich war froh, dass sie den Kontakt zu mir suchte, aber noch nicht bereit, mit ihr zu reden. Vielleicht wollte sie sich bei mir für ihre Worte entschuldigen. Vielleicht hatte sie erkannt, wie blind sie die ganze Zeit gewesen war. So oder so brauchte ich noch Zeit, ehe ich mich ihrer Laune stellen konnte. Es war eine große Sache, dass ich ihr nach all den Jahren von Jack erzählt hatte und ihre Reaktion schmerzte. Dieses Mal würde ich nicht so leicht verzeihen können.

Ich schob den Gedanken an meine Mutter beiseite und öffnete den

Artikel, an dem ich für die *Wochenklatsch* arbeitete. Es ging um die Modetrends des Frühlings und welche Farben jetzt unbedingt in den Kleiderschrank wandern sollten. Keine Ahnung, warum schon wieder mir so ein Thema zugeschoben wurde.

Lustlos begann ich einen möglichen Titel zu tippen, während meine Gedanken ständig zu Maxim wanderten.

Nachdem wir seine Wohnung verlassen hatten, waren wir zu einem kleinen, aber süßen Café in der Innenstadt gelaufen, in der es die weltbesten Waffeln gab. Die Stimmung zwischen uns war entspannt, aber distanzierter gewesen als noch in seiner Wohnung.

Ich hatte keine Ahnung, was ich darüber denken sollte. Weder Maxim noch ich hatten die Sprache darauf gelenkt, was genau das zwischen uns war. Vielleicht mussten wir das auch gar nicht. Vielleicht reichte es für den Moment, Zeit miteinander zu verbringen, ohne gleich darüber zu reden, was es für uns bedeutete.

Aber ich wusste, dass das nicht lange gut gehen würde. Ich kannte mich. Ich dachte viel zu viel nach und war absolut schlecht darin, einfach mal zu entspannen und die Dinge locker anzugehen. Ich brauchte Klarheit bei allem, was ich tat und früher oder später würde ich Maxim damit konfrontieren müssen.

Nachdem ich jahrelang Mauern um mich errichtet hatte, schaffte ich es bei Maxim, mich zu öffnen und meine Ängste loszulassen.

Nur hatte ich keinen blassen Schimmer, wie er darüber dachte.

21. Kapitel

Tara

Zwei Tage später hatte sich mein Gedankenkarussell zu einem Gefühlschaos der schlimmsten Sorte entwickelt. Mehrmals war ich kurz davor gewesen, zu Maxim zu fahren, um ihn mit der Frage zu überrumpeln, was er für mich empfand und ob es in ihm auch jedes Mal so verräterisch kribbelte, wenn er mich sah.

Hanna hatte mich bereits des Öfteren darauf angesprochen, was nicht mit mir stimmte und warum ich mich plötzlich so launisch und unruhig verhielt. Ich hatte mit den Schultern gezuckt, etwas von Kopfschmerzen gemurmelt und mich in meinem Zimmer verkrochen.

Es war schrecklich. Ich konnte mich selbst nicht leiden, wenn ich mich so aufführte, aber ich war machtlos gegen die Unruhe, die mich nachts nicht mehr schlafen ließ.

Als ich mich am Nachmittag mit einer Tafel Schokolade in der Hand vor einer Folge *Gilmore Girls* widerfand, hielt ich es nicht mehr aus. Ich legte die Schokolade zurück in die Schublade und schlüpfte in meine Turnschuhe.

Mit schnellen Schritten verließ ich die Wohnung und sprintete in Richtung Park. Kalte Luft durchströmte meine Lunge und brachte etwas Klarheit in meine Gedanken, die nach und nach verstummten, je mehr ich das Tempo steigerte.

Ohne nach rechts und links zu blicken, lief ich durch den Park und hielt erst inne, als ich kaum noch Luft bekam. Meine Beine brannten und mein Atem ging schnell, aber der Druck auf meiner Brust war verschwunden. Trotzdem brauchte ich eine Pause, sonst würde ich noch umkippen.

Ich hielt nach einer Bank Ausschau, um mich kurz hinzusetzen, als ich die Gestalt bemerkte, die auf mich zukam. Der Mann hatte die Hände in den Hosentaschen vergraben, seine Schritte waren langsam und sein Blick lag aufmerksam auf mir. Kalte Angst stieg in mir auf. Ich war unfähig mich zu bewegen und kniff die Augen zusammen, in der naiven Hoffnung, es handelte sich nur um einen Albtraum. Doch als ich sie öffnete, war Jack immer noch da.

»Tara? Deine Mutter hat mich völlig aufgelöst angerufen. Was hast du ihr denn erzählt? Du weißt doch hoffentlich, dass ich dir nie etwas Böses wollte. Das ist alles ein Missverständnis. Ich habe dir nie etwas antun wollen! Ich dachte, du hättest unsere gemeinsame Zeit auch schön gefunden.«

Seine weiche Stimme jagte mir einen Schauer über den Rücken. Die Sanftheit darin hatte ich schon immer unpassend gefunden. Jack wirkte wie der nette Nachbar, der niemandem etwas zuleide tun würde. Nur wusste ich es besser.

Ich stolperte einen Schritt rückwärts und Jack blieb stehen. Er hob die Hände, als wollte er mir signalisieren, dass er nicht näherkommen würde.

»Ich will nur reden!«

Ich schüttelte den Kopf und machte noch einen Schritt rückwärts. Mein Körper zitterte und mir war eiskalt, doch mit jedem weiteren Atemzug verwandelte sich die Angst langsam in Wut. Nach all den Jahren war ich es leid, mich zu fürchten. Ich war nicht mehr sechzehn und dieser Mann hatte keine Macht mehr über mich.

»Verschwinde! Und wenn du es wagst, mich oder meine Mutter noch mal zu kontaktieren oder uns aufzulauern, dann werde ich zur Polizei gehen.«

Ich wusste, dass mir meine Geschichte vermutlich niemand glauben würde. Jack hatte mir keine körperlichen Schäden zugefügt und das Ganze war Jahre her, doch meine Drohung zeigte eine Wirkung.

»Reg dich nicht auf! Ich wollte das nur klären.«

»Da gibt es nichts zu klären!« Meine Stimme zitterte, doch ich blieb aufrecht stehen und erwiderte seinen langen Blick. Ich würde mich nicht mehr einschüchtern lassen.

»Tu doch nicht so, als hättest du meine Aufmerksamkeit nicht genossen!« Jack ließ seine Arme sinken und auf einmal kam er mir unglaublich alt vor.

»Wie bitte? Versuchst du wirklich, dir das einzureden? Dann bist du ja noch kranker als ich dachte! Ich habe das nie gewollt, Jack! Du warst das Schlimmste, was meiner Mutter und mir hätte passieren können!«

Ich merkte erst, dass ich meine Hände zu Fäusten geballt hatte, als sich meine Fingernägel in meine Handfläche bohrten. Mein Atem ging unnatürlich schnell und mein Herz klopfte bis zum Hals.

»Nein, das stimmt nicht, ich wollte nie ... «

»Lass es gut sein. Verschwinde einfach. Ich will dich nie wieder sehen, verstanden? Leg dich nicht mit mir an, diesmal werde ich nämlich nicht meinen Mund halten.«

Er zuckte zusammen, als wären meine Worte das Letzte, womit er gerechnet hatte. Tja, ich war nicht mehr das verschüchterte Mädchen von damals. Entschlossen drehte ich mich um und verließ erhobenen Hauptes den Park. Ich zwang mich dazu, langsam zu gehen, bis ich um die Ecke bog. Dann erst beschleunigte ich meine Schritte und joggte mit rasendem Herzen zurück zu unserer Wohnung.

Ich schaute mich nicht um und verließ mich darauf, dass meine Füße auch so den Weg nach Hause fanden. In meinen Augen brannten Tränen, die ich heftig wegblinzelte.

Erinnerungen an eine andere Zeit, eine andere Tara stiegen in mir auf. Wie viele Nachmittage hatte ich mich bei meiner Großmutter Claudi versteckt, um diesem Mann aus dem Weg zu gehen? Doch selbst sie kannte die Wahrheit nicht. Es war mir zu peinlich gewesen, darüber zu sprechen.

Jacks Worte von damals kreisten durch meinen Kopf. *Du willst deine Mutter doch nicht unglücklich machen, Tara! Erzähl ihr nichts von dem Kuss. Es tut mir leid. Es tut mir so leid.* Er hatte die Entschuldigungen durch meine geschlossene Zimmertüre gerufen, wenn ich mich wieder einmal eingesperrt hatte. Aus Angst. Vor ihm.

Ich bog in unsere Straße ein und verlangsamte meine Schritte. Meine Muskeln schmerzten und ich wusste, dass ich kurz davor war, zusammenzuklappen.

»Tara? Ist alles okay?«

Benommen hob ich den Kopf und entdeckte Maxim. Er stand vor unserer Haustür, doch als er mich sah, kam er besorgt auf mich zu. Ich schnappte nach Luft und versuchte meinen Atem zu beruhigen. Vor wenigen Minuten noch hatte mich die Frage gequält, was genau das zwischen Maxim und mir war. Doch die Begegnung mit Jack ließ alles in den Hintergrund rücken.

»Tara? Du machst mir Angst, was ist los?« Maxim streckte eine Hand aus und berührte mich sanft am Arm. Reflexartig machte ich einen Schritt zurück und entzog mich seiner Berührung.

»Was ist passiert?« Seine Stimme war drängend und auch wenn ich seine Besorgnis verstehen konnte, war sie in diesem Moment zu viel.

»Bitte lass mich vorbei. Ich will einfach nur unter die Dusche und schlafen. Es geht mir gut, Maxim.«

»Geht es dir nicht! Das sehe ich doch. Ich gehe nicht, bevor du mir nicht sagst, was los ist.«

»Ich will nicht darüber reden, okay?« Meine Stimme wurde lauter, doch das war mir egal.

»Lass mich dir helfen. Rede mit mir!«

Ich schüttelte den Kopf. Es brach mir das Herz, aber ich konnte nicht. Ich war nicht bereit, von ihm berührt zu werden.

»Du kannst mir nicht helfen«, sagte ich leise, doch Maxim zuckte zusammen, als hätte ich die Worte geschrien.

»Nach allem, was du mir anvertraut hast, willst du das jetzt alleine durchstehen?«

»Ich kann einfach jetzt gerade nicht darüber reden!«

»Okay. Das verstehe ich ja. Aber bitte, lass mich dir helfen. Ich kann dich so nicht gehen lassen.«

»Lass mich, Maxim. Du musst jetzt nicht für mich da sein.«

»Ich weiß, dass ich das nicht muss, aber vielleicht will ich es?«

Ich nickte langsam und versuchte, seine Worte zu glauben. Ich wünschte mir, sie wären wahr, aber eine fiese Stimme in meinem Kopf flüsterte mir zu, dass Maxim das nur aus einem übertriebenen Beschützerinstinkt heraus sagte. Er fühlte sich für mich verantwortlich und nachdem ich ihm von Jack erzählt hatte, wollte er für mich da sein. Nur machte mir genau das Angst. Ich war es gewohnt, auf mich selbst aufzupassen.

»Bist du dir sicher, dass du das willst, Maxim? Ich brauche Zeit und ich weiß nicht, ob ich bereit bin zu vertrauen. Ich habe es bei meiner Mutter gesehen und ich weiß es aus eigener Erfahrung. Sich auf einen anderen Menschen einzulassen endet mit Verletzungen und mit Schmerz.«

»Denkst du etwa, es geht mir anders? Scheiße, Tara ich habe verflucht viel Angst, aber ich habe mich trotzdem mit dir getroffen.«

Ich zuckte zusammen, als ich die unterdrückte Wut in seiner Stimme hörte. Alles in mir drängte mich dazu, zurückzuweichen. Ich hasste diese Hilflosigkeit, die mich ergriff, als ich den Schmerz in Maxims Gesicht sah.

»Vielleicht war das ein Fehler«, hörte ich mich sagen, und diesmal war es Maxim, der zusammenzuckte.

»Denkst du das wirklich?« Er schaute mich mit einem beinahe flehenden Blick an.

»Ich weiß es nicht. Ich weiß nur, dass ich das hier gerade nicht kann. Dass ich deine Nähe gerade nicht ertragen kann.«

»Verdammt, Tara! Tu das nicht. Ich kann das nicht noch mal, ich kann nicht noch mal jemanden verlieren, der mir so viel bedeutet!« Er kam auf mich zu und griff nach meiner Hand. Das gab mir den Rest. Wütend zog ich meine Hand zurück.

Ich biss mir auf die Lippe und versuchte vergeblich die Tränen zurückzuhalten. Das hier war nicht richtig. Es sollte nicht so enden. Ich wollte Maxim sagen, wie wichtig er mir geworden war, wie viel er mir bedeutete, doch die Worte blieben mir im Hals stecken. Mein Körper stand immer noch unter Schock.

»Genau das ist das Problem, Maxim. Du hast so wahnsinnig viel Angst, jemand zu verlieren, dass du dich nicht darauf einlassen willst. Und ich weiß nicht, wie ich überhaupt vertrauen soll«, stieß ich hervor.

»Und jetzt? Willst du uns einfach aufgeben?« Er fuhr sich mit einer Hand durch die Haare und stieß ein bitteres Lachen aus.

»Keine Ahnung! Mann, ich weiß doch auch nicht, was ich machen soll. Ich weiß nur, dass ich das hier jetzt gerade nicht kann.« Ich deutete mit einer Hand zwischen uns hin und her.

»Verstehe.« Maxim nickte, als hätte er genau das erwartet. Als hätte er sowieso nicht daran geglaubt, dass wir das zwischen uns irgendwie hinkriegen würden. »Was dir passiert ist, ist schlimm. Dieses Arschloch hätte dich nie berühren dürfen. Aber du solltest deshalb nicht alleine bleiben müssen. Du hast jemanden verdient, der dir alle Zeit der Welt lassen kann. Jemand, der bereit ist, Gefühle zuzulassen, der dich unterstützt. Jemanden, der vertrauen kann und nicht so kaputt ist wie ich.«

Seine Worte kamen nicht unerwartet, aber sie trieben mich trotzdem zur Weißglut. Das war so typisch! Ich ertrug dieses Selbstmitleid nicht länger.

»Ich glaube, ich kann immer noch selbst entscheiden, was ich verdient habe und was nicht. Aber wenn du dich mit dieser Ausrede besser fühlst, dann bitte! Ich halte dich nicht auf. Geh nur.«

»Du verdrehst mir die Worte im Mund! Ich hab dich nie verletzen wollen, Tara! Aber schau uns doch an. Ich tue dir nicht gut. Ich will für dich da sein, wirklich! Doch ich habe nicht das Gefühl, dir damit einen Gefallen zu tun.« Ich nickte nur. Auf einmal fühlte ich mich unglaublich erschöpft. Die letzten Minuten hatten mich zu viel Kraft gekostet und ich wollte das alles nicht mehr.

»Vielleicht ist es besser, wenn du gehst.«

»Tara, ich kann dich so nicht stehen lassen, kann ich zumindest Hanna anrufen oder …«

»Du hast genug getan, Maxim. Lass es einfach gut sein« Ich zitterte am ganzen Körper und hatte Mühe, mich auf den Beinen zu halten.

»Es tut mir leid.«

»Das habe ich kapiert! Es tut dir leid, dass du bist wie du bist, schon klar! In einem Moment sagst du mir, dass du für mich da sein willst und dann stellst du fest, dass du ja ach so schlecht für mich bist? Mein Gott, Maxim, so funktioniert das nicht!«

»Du hast Recht, tut es nicht. Vielleicht war das zwischen uns wirklich ein Fehler.« Er runzelte wütend die Stirn.

»Das glaube ich auch. Ich habe wohl wirklich jemanden verdient, der mich unterstützt und der mit seinem eigenen Leben klarkommt. Du könntest so jemand sein, wenn du daran glauben würdest, aber das tust du nicht.« Ich wusste, dass es nicht fair war, ihm das vorzuhalten, weil die Begegnung mit Jack mir mehr als deutlich zeigte, dass ich selbst mit vielem noch nicht klarkam. Aber ich hatte dieses Hin und Her satt. »Du solltest jetzt gehen.«

»Sollte ich wohl«, sagte er laut und ich konnte die unterdrückte Enttäuschung in jeder Silbe hören. Wortlos wandte Maxim sich von mir ab und drehte sich um.

Wie erstarrt blickte ich ihm nach, als er mit schnellen Schritten verschwand. Ich presste eine Hand auf meine Brust, in der mein Herz schmerzhaft schnell schlug.

Ich wusste genau, warum ich all die Jahre lang niemanden an mich herangelassen hatte. Warum ich mein Herz mit schützenden Mauern umstellt und um Männer wie Maxim einen Bogen gemacht hatte. Damit genau das, was eben passiert war, nicht passierte. Damit in mir nicht plötzlich etwas brach, das vielleicht nie wieder ganz werden würde.

Meine Beine zitterten, aber ich zwang mich, einen Fuß vor den anderen zu setzen. Ich wischte mir die Tränen aus dem Gesicht und setzte mich in Bewegung. Ein Schritt nach dem anderen. Maxims Worte hallten in meinem Kopf wider. Mein Verstand hatte jeden Satz unseres Streits gespeichert und spielte ihn mir erbarmungslos vor. Immer wieder.

In der Wohnung angekommen, ging ich sofort ins Badezimmer. Ich duschte, wusch meine Haare, stieg aus, trocknete mich ab und schlüpfte in neue Kleider. Bevor ich es mir anders überlegen konnte, schaltete ich meinen Laptop ein und buchte online einen Zug nach Hause. Ich wollte nur noch hier weg. Der einzige Ort, an dem ich jedes Mal Zuflucht gefunden hatte, wenn Jack mein Leben zur Hölle gemacht hatte, war die Wohnung meiner Großmutter gewesen.

Entschlossen zerrte ich den Koffer hervor, den ich vor eineinhalb Jahren nach meinem Einzug hinter meinen Kleiderschrank geschoben hatte, und warf wahllos Kleider hinein. Meine Bewegungen waren mechanisch, wie ferngesteuert, aber nur so konnte ich überhaupt etwas tun. Indem ich die Gefühle zurückdrängte, die in mir tobten.

Kurz überlegte ich, Hanna einen Zettel zu schreiben, doch dann entschied ich mich dagegen. Ich würde ihr später eine Nachricht schicken. Später, wenn ich etwas Abstand zwischen diese Stadt und mich gebracht hatte.

Entschlossen griff ich nach meinem Koffer und verließ mit schnellen Schritten die Wohnung.

22. Kapitel

Tara

Die Landschaft zog an mir vorbei. Ich schaute aus dem Fenster, während Felder und Wälder auf der anderen Seite der kühlen Glasscheibe zu Schemen verschwammen. Die Fahrt in meine Heimatstadt dauerte vier Stunden. Vier Stunden, in denen ich meine Gedanken sortieren konnte. Oder eben auch nicht.

Was auch immer ich in den letzten Tagen zwischen Maxim und mir gespürt hatte, war in dem Moment zerstört worden, als mich die Vergangenheit eingeholt hatte. Dabei war es nicht einmal Jacks Auftauchen, das mir Angst gemacht hatte. Es waren die Erinnerungen an die hilflose, verängstigte Tara, die mich seither nicht losließen.

Ich stieß ein bitteres Lachen aus und ignorierte den irritierten Blick eines jungen Mannes, der eine Sitzreihe weiter saß.

Ich hatte einen Fehler gemacht. Ich hatte die Gefühle für Maxim zugelassen und in einem unachtsamen Moment mein Innerstes geöffnet. Dabei wusste ich, wie gefährlich das war. Meine Mutter hatte es zerstört, als mein Vater sie gerade mal zwei Jahre nach meiner Geburt verlassen hatte. Sie und mich. Doch anstatt aus dieser Geschichte zu lernen, ließ sie sich immer wieder auf Kerle ein, die ihr die Welt zu Füßen legten, nur um sie ihr dann wieder wegzunehmen.

Ich hatte mir geschworen, nie zu so einer Frau zu werden.

Und jetzt war es doch passiert.

Nach Jahren hatte ich es gewagt, mein Herz zu öffnen. Nur ein Stück weit. Aber das war genug gewesen, um es mit wenigen Worten zu verletzten. Ich hasste es, dass Maxim und ich uns gegenseitig wehtaten. Wir hatten unsere Freundschaft aufs Spiel gesetzt und ich wusste nicht, ob sich das zwischen uns je wieder einrenken würde.

Ich ballte meine Hand zu einer Faust und biss mir auf die Innenseite meiner Wange. Mühsam drängte ich die Tränen zurück, die sich schon wieder klammheimlich einen Weg in meine Augen erschlichen hatten.

Ich würde nicht weinen.

Angestrengt blinzelte ich und blickte aus dem Fenster und versuchte mich auf die vorbeiziehenden Felder zu konzentrieren.

Als mein Handy vibrierte, ignorierte ich es. Ich hatte Hanna geschrieben, dass ich wegen eines Notfalls nach Hause fahren musste. Was nicht einmal komplett gelogen war. Zumindest fühlte sich mein Herz, das viel zu schnell und schmerzhaft gegen meinen Brustkorb schlug, wie ein Notfall an.

Falls es nicht Hanna oder Ella war, die mir geschrieben hatten, dann ... Stopp. Ich verbot mir, den Gedanken zu Ende zu denken. Stattdessen öffnete ich meinen Koffer und griff nach dem einzigen Buch, das ich mit meinen Kleidern hineingeworfen hatte.

Als mein Blick auf den Titel fiel, lächelte ich traurig. Bei dem Roman handelte es sich um eine Märchenadaption von *Peter Pan*.

Die Seiten flogen an mir vorbei und als wir die Station erreichten, bei der ich aussteigen musste, war ich nicht nur physisch meilenweit von Lilberg entfernt.

In Gedanken überall, nur nicht in der Stadt, die ich überstürzt hinter mir gelassen hatte, lief ich zur Bushaltestelle und studierte mit gerunzelter Stirn den Plan.

Erinnerungen an eine Zeit, in der ich als Teenager ständig den Weg von der Stadt zu unserem Kaff mit dem Bus fahren musste, kamen zurück. Wie ich dieses Leben gehasst hatte!

Die Schule war ein einziger Albtraum gewesen, meine Mitschüler pubertär, fies und einheitlich gegen mich verschworen. Wenn der Unterricht endlich überstanden und ich nach Hause gefahren war, hatten dort meine chaotische Mutter und ein noch chaotischerer Haushalt gewartet. Und später auch Jack.

Seit meinem katastrophalen sechzehnten Geburtstag hatte ich die Tage gezählt, bis ich mit dem Abschluss in der Tasche diesen Ort endlich verlassen konnte. Und jetzt, als die Erinnerungen mich in der Stadt, in der ich neu hatte anfangen wollen, einholten, kehrte ich zurück.

Eine halbe Stunde später kam der Bus und eine weitere halbe Stunde später war ich endlich da. Missmutig starrte ich auf das Ortsschild. *Eichhain.* Das unspektakulärste Dorf, das ich kannte. Es gab nicht einmal einen Bäcker! Geschweige denn einen Dorfladen.

Ich seufzte und griff nach meinem Koffer.

Vor dem vorletzten Haus der Straße hielt ich schließlich an. Der Anblick des kleinen Vorgartens und der Wohnung dahinter war mir schmerzhaft vertraut. Hier hatte ich die schönsten Stunden meiner Jugend verbracht. Auf einmal spürte ich einen Kloß im Hals. Zitternd atmete ich tief durch, dann stieß ich das weiß gestrichene Gartentor auf und lief den schmalen Pfad zur Wohnungstür. Ich hob meine Hand, um zu klingeln und hielt inne.

Es war lange her, dass ich hier gestanden hatte. Zu lange.

Noch bevor ich die Klingel gedrückt hatte, schwang die Tür auf. Erschrocken stolperte ich einen Schritt rückwärts, doch Claudi war sofort da. Meine Großmutter griff nach meinem Arm und zog mich in eine herzliche Umarmung, die nach Kindheit und Geborgenheit roch.

»Tara! Was machst du denn hier?«

Überraschung und Sorge spiegelten sich in den großen, dunklen Augen meiner Großmutter wider, die sie mir weitervererbt hatte.

Ich suchte nach einer Erklärung, einem plausiblen Grund, warum ich plötzlich vor ihrer Tür stand, aber der Kloß in meinem Hals schwoll weiter an und ich brachte kein Wort über die Lippen.

»Oh, Tara. Komm erst mal rein.« Sie drückte mich an sich und begleitete mich in das Innere der Wohnung.

Ein einziger Blick reichte, um zu erkennen, dass sich hier rein gar nichts geändert hatte.

Ich ließ mich auf das weiche Sofa im Wohnzimmer sinken und betrachtete mit einem wehmütigen Lächeln die blassrosa Blümchentapete, die so gar nicht zu der bunten Tischdecke auf dem großen Esstisch passen wollte.

Claudis Wohnung war bunt und vollgestopft mit den unterschiedlichsten Dingen, bei denen ich von einigen bis heute die Funktion nicht herausgefunden hatte. Doch auch wenn es hier auf den ersten Blick chaotisch wirkte, hatte ich im Laufe der Jahre begriffen, dass das vermeintliche Chaos absolut gewollt war.

»Vielleicht mache ich uns erst mal einen Kaffee und dann erzählst du mir, wie es dir geht, ja?«

»Das wäre lieb, danke Claudi.«

»Schätzchen, ich bin jetzt sechzig, du darfst mich Oma nennen, wenn du willst.« Sie zwinkerte mir zu und ich schaute ihr schmunzelnd nach. In ihrer hoch geschnittenen Jeans und der weinroten Bluse machte sie eine verdammt gute Figur. Wenn ich es nicht besser wüsste, hätte ich sie auf keinen Tag älter als fünfzig geschätzt.

Als sie mit vierzig völlig unerwartet Großmutter wurde, hatte sie meiner Mutter verboten, sie vor mir Oma zu nennen. Seit ich mich erinnern konnte, nannte ich sie darum Claudi, eine Abkürzung für ihren vollen Namen Claudia.

Ich würde mir jetzt ganz bestimmt nicht angewöhnen, sie Oma zu nennen.

Omas waren alt, liebevoll und spielten stundenlang mit ihren Enkeln Karten. Claudi war zwar liebevoll, aber sie hatte noch nie mit mir Karten gespielt. Stattdessen schleppte sie mich in Kletterhallen, ins Kino, bestand darauf, mit mir shoppen zu gehen und an meinem siebzehnten Geburtstag hatten wir einen dreitätigen Trip nach London gemacht. Das waren die einzigen Gelegenheiten gewesen, um mal aus diesem Dorf rauszukommen. Ich verdankte Claudi viel mehr als sie wusste.

»Es tut mir leid, dass ich mich so lange nicht gemeldet habe«, platzte es aus mir heraus, als Claudi mit zwei Kaffeetassen aus der Küche zurückkam.

»Oh bitte, mach dir keine Gedanken. Mir ist schon klar, dass du jetzt ein ganz anderes Leben hast und nicht gerne an die Zeit hier zurückdenkst.«

»Ich hätte mich trotzdem öfter melden können«, murmelte ich betreten.

»Stimmt, hättest du. Aber dafür bist du ja jetzt da. Zwar etwas überraschend, aber ich freue mich. Allerdings befürchte ich, dass dein plötzlicher Besuch nicht von einer unbändigen Sehnsucht rührt, sondern einen anderen Grund hat?«

Ich seufzte. Claudi hielt sich nicht mit Small Talk auf, wie üblich. Und wie üblich, würde ich ihr nicht irgendeine Geschichte auftischen oder ihr weismachen können, dass alles in Ordnung war.

Ich holte tief Luft und ließ es zu, dass die Gedanken an Maxim zurückkamen. Dann erzählte ich ihr alles. Ich fing bei der Silvesternacht an, berichtete von der Freundschaft zu Maxim und Hanna, ließ weder die Momente auf der Skihütte, noch den Streit mit meiner Mutter und die anschließende Nacht mit Maxim aus.

Nur über den Grund für den Streit, über Jack, redete ich nicht. Ich brachte es nicht über mich, ihr zu erzählen, was für ein Horror die letzten zwei Jahre in meinem Zuhause gewesen waren. Sie wusste, dass ich mich in der Wohnung meiner Mutter nie besonders wohlgefühlt hatte, aber den wahren Grund dafür kannte sie nicht.

Als ich geendet hatte, war mein Kaffee nur noch lauwarm, ich schon wieder am Heulen und meine Großmutter sprachlos.

»Oh Schätzchen, das klingt wirklich übel! Dieser Maxim ...«, sie sprach den Namen mit einer Betonung aus, die deutlich machte, dass er ihr so schnell nicht über den Weg laufen sollte. »... steht sich selbst im Weg«, fuhr sie ungerührt fort.

»Na ja, ich habe ja auch meinen Teil dazu beigetragen. Ich habe ihm gesagt, dass er gehen soll, weil ich mehr Zeit gebraucht hätte, um ihm zu vertrauen.«

»Und das ist völlig in Ordnung so! Tara, ich weiß, dass du eine schwierige Jugend hattest. Manchmal denke ich, dass ich dich noch mehr hätte unterstützen sollen. Ich wollte mich in das Leben deiner Mutter nicht zu sehr einmischen, doch ich werde oft das Gefühl nicht los, dass du mich noch mehr gebraucht hättest. Du warst immer wahnsinnig tapfer und hast viel ausgehalten.« Claudi schwieg einen Moment lang und ich schluckte schwer. Wenn sie wüsste, wie viel ich wirklich hatte aushalten müssen! Die Versuchung ihr alles zu erzählen, war größer denn je, aber ich konnte ihr das nicht antun. Es würde Claudi das Herz brechen.

»Ich habe irgendwann begriffen, dass ich auf mich selbst aufpassen muss.«

»Das musstest du wohl irgendwie. Dennoch hätte dieser Maxim sich anders verhalten können. Mag ja sein, dass er keine leichte Vergangenheit hatte, aber wer hat das schon? Ich bin jedenfalls stolz auf dich, Tara! Vor ein paar Jahren noch warst du sehr zurückgezogen und jetzt erzählst du von all deinen Freunden in Lilberg. Trotz allem scheinst du dort ein gutes Leben zu haben. Ein besseres als du es hier hattest.« In ihren Augen schimmerten Tränen und ich griff schnell nach Claudis Hand.

»Das habe ich, Claudi. Danke für alles. Du warst immer für mich da, das hat meine Jugend um einiges leichter gemacht. Selbst heute noch kann ich hierherkommen, wenn mir alles zu viel ist. Das weiß ich wirklich zu schätzen!«

»Aber natürlich. Du bist hier immer willkommen. Egal, ob es sich um Herzschmerz oder einen anderen Kummer handelt. Meine Tür steht dir offen.«

»Danke.« Jetzt hatte ich schon wieder Tränen in den Augen.

»Eine Sache noch.« Claudis Blick wurde ernst, beinahe streng. »Weiß deine Mutter, dass du hier bist?«

»Natürlich nicht! Seit ihrem Besuch habe ich nichts mehr von ihr gehört. Ich habe einen wirklich guten Grund, um auf sie sauer zu sein, auch wenn ich dir den nicht sagen kann.«

»Mmh, okay. Du kannst so lange hierbleiben, wie du willst, Tara. Das Gästezimmer steht für dich bereit und ich freue mich über deine Gesellschaft. Aber das geht nur unter einer Bedingung.«

»Tu das nicht«, flehte ich, denn ich wusste genau, welche Worte jetzt folgen würde.

»Du sprichst mit deiner Mutter.«

Ich seufzte tief. Das war zu erwarten gewesen. Die Beziehung zwischen den beiden war nie die beste gewesen, aber Claudi würde meine Mutter nicht hintergehen oder ihr vorenthalten, dass ich in einer Krise steckte.

»Na schön«, grummelte ich. »Aber nicht heute. Heute rede ich mit niemanden außer dir.«

»Nein, heute wirst du nichts anderes machen, als im Pyjama mit mir Filme zu schauen! Ich fahr gleich einkaufen und hole uns Eis, Schokolade und alles, was du sonst willst.«

Die Augen meiner Großmutter strahlten, als wäre es für sie das Größte, ihrer Enkelin mit Junkfood und Filmen über ihren Liebeskummer hinwegzuhelfen. Oder was auch immer dieser dumpfe Schmerz in meinem Innern bedeutete.

»Klingt perfekt.«

Ich erhob mich von der Couch und brachte meinen Koffer in das gerichtete Gästezimmer, das geradewegs auf mich zu warten schien.

Ein Blick auf mein Handy zeigte mir acht verpasste Anrufe von Hanna an. Und einer von Maxim. Der Kerl hatte echt Nerven! Erst verkündete er, dass er nicht gut für mich wäre und seine Angst, noch mal jemand zu verlieren, zu groß sei und dann meldete er sich doch. Dieses Hin und Her würde mich noch verrückt machen. Ich konnte ihm keine Antwort auf die Frage geben, was gerade bei mir los war. Zumindest noch nicht. Wenn er das nicht verstand, war das nicht mein Problem. Wütend schaltete ich das Gerät aus und warf es achtlos aufs Bett. Für heute brauchte ich eine Pause vom Rest der Welt.

23. Kapitel

Maxim

»Noch eine Runde Shots, Maxim? Bist du dabei?« Finn winkte mich zu sich. Er stand mit Noah, Hanna und Ella an der Theke. Als ich nicht sofort antwortete, beugte er sich zu dem Barkeeper und hielt seine Hand hoch.

Fünf Shots. Die vierte Runde.

Seufzend erhob ich mich und schleppte mich zu meinen Freunden.

Zwei Tage. Zwei Tage war es her, dass Tara und ich uns gestritten hatten. Die Szene war hässlich gewesen und die Dinge, die wir uns gesagt hatten, verfolgten mich. Aber ich war überzeugt davon, dass es so besser war. In meiner Panik hatte ich das getan, was ich immer tat. Ich hatte sie von mir weggestoßen, um sie zu beschützen. Vor mir und meiner zerrissenen Persönlichkeit, die niemand einfach so zusammenflicken konnte. Auch sie nicht. Doch anscheinend war es schon zu spät gewesen. Ich hatte sie verletzt. Und es zerbrach mir das Herz.

Ich griff nach dem Shotglas und prostete meinen Freunden zu, die mich argwöhnisch musterten. Ich hob das Glas an die Lippen und kippte den Tequila herunter, der ein angenehmes Brennen in meiner Kehle auslöste.

»Wo ist eigentlich Tara?«, fragte Noah plötzlich. Ich verkrampfte mich und hielt meinen Blick angestrengt auf den Tresen gesenkt.

»Sie musste ganz plötzlich nach Hause. Irgendein Notfall, aber es geht allen gut, zumindest hat sie mir das geschrieben. Ans Handy geht sie ja nicht.« Die Sorge war aus Hannas Stimme herauszuhören, genauso wie die Enttäuschung.

Ich schluckte und versuchte die Faust zu ignorieren, die sich um mein Herz schloss und langsam zudrückte. Ich hatte das nicht gewollt. Tara war nach unserem Gespräch fluchtartig abgereist, ohne sich von Hanna oder Ella zu verabschieden. Niemand wusste, was genau eigentlich los war. Außer mir.

»Sie wird schon wiederkommen. Lassen wir ihr die Zeit, die sie braucht«, schaltete sich Ella ein.

Ich schaute auf und begegnete ihrem scharfen Blick. Sofort wurde ich ein Stück kleiner. Natürlich ahnte sie, dass ich nicht ganz unbeteiligt an Taras plötzlichem Verschwinden war.

»Ich brauche noch eine Runde«, stieß ich zwischen zusammengepressten Zähnen hervor. Die Gedanken in meinem Kopf waren zu laut und drehten sich ständig um die letzten Tage und die Frage, warum auf einmal alles so schieflief.

»Keine Ahnung, was genau bei dir los ist, aber ich trinke mit.« Finn zuckte mit den Schultern und bestellte eine weitere Runde.

Als eine Band die kleine Bühne betrat, setzten wir uns an einen der wenigen Tische, die noch frei waren. Die *Tamtam Bar* war unsere Stammkneipe, auch wenn sie am Wochenende oft überfüllt war. Die meisten Gäste waren Studenten wie wir, weshalb die Stimmung schnell locker und laut wurde.

Die Band spielte die ersten Akkorde, eine rockige Melodie, die mir sofort gefiel. Ich lehnte mich zurück und ignorierte Finn, der meiner Schwester ins Ohr flüsterte, dass der Gitarrist ein totaler Anfänger war und er viel besser spielte.

Langsam zeigte der Alkohol seine Wirkung und ich genoss das taube Gefühl, das meine Gedanken endlich verstummen ließ. Die Gedanken an Tara verschwanden zwar nicht, aber sie wurden erträglicher.

»Ich weiß nicht, was passiert ist, aber heute Abend kannst du sowieso nichts mehr ändern«, raunte Ella mir leise zu. Erstaunt drehte ich mich zu ihr um. Sie musterte mich mit einer Aufmerksamkeit, die nach all dem Alkohol, den sie getrunken hatte, eigentlich nicht mehr möglich sein sollte.

»Vermutlich nicht, nein.«

»Na also. Was auch immer du verbockt hast, das wird schon wieder. Das hoffe ich zumindest, weil wenn nicht, muss ich dich hassen und das wäre sehr schade, weil ich dich eigentlich wirklich gern mag.«

Natürlich ging sie davon aus, dass ich es verbockt hatte. Irgendwie hatte ich das ja auch, auch wenn es Tara gewesen war, die mich von sich gestoßen hatte.

»Du kennst mich. Ich bin gut was Freundschaften angeht, aber in allem anderen eine Katastrophe. Das werde ich nicht wieder hinbiegen können.«

Sie seufzte und griff nach ihrem Weinglas, von dem ich mich fragte, wie es auf unseren Tisch gekommen war. Flirtete meine Schwester etwa schon wieder mit irgendeinem Kerl, der an der Theke saß und sie heimlich beobachtete und mit Getränken versorgte? Es wäre jedenfalls nicht das erste Mal.

»Abwarten, Maxim.«

»Mmh«, brummte ich, während Ella mir aufmunternd zunickte.

Ich griff nach dem Bier, das ich mir bestellt hatte, und lauschte der Band, die jetzt so richtig loslegte.

Später am Abend bewegte ich mich zwischen Ella und Hanna zu der Musik. Die Tische waren alle an die Seiten geschoben worden und wir tanzten, eng aneinandergedrängt, als gäbe es kein Morgen.

Ich genoss die Hitze, den Lärm, den stickigen Geruch und die dröhnenden Beats der Band. In solchen Momenten fühlte ich mich wie losgelöst von dem Rest der Welt. Alles trat in den Hintergrund und verschwamm. Ich schloss die Augen, zappelte mit Finn um die Wette und ließ meinen Kopf leer werden, bis keine Gedanken mehr zu hören waren. Irgendwann, als die Band längst aufgehört hatte zu spielen, machte ich mich mit meinen Freunden auf den Heimweg.

Am nächsten Morgen wachte ich mit mörderischen Kopfschmerzen und einem fiesen Geschmack im Mund auf. Ich stürzte ins Badezimmer und klatschte mir kaltes Wasser ins Gesicht. Ein Blick in den Spiegel ließ mich unangenehm zusammenzucken.

Meine Haare standen in alle Richtungen ab, unter meinen blutunterlaufenen Augen lagen dunkle Ringe und mein Blick war seltsam stumpf. Kurz gesagt, ich sah beschissen aus.

Fluchend schwankte ich zurück in mein Zimmer und warf mich auf mein Bett. Aber einmal wach, gelang es mir nicht, noch mal einzuschlafen. Unruhig starrte ich an die weiße Decke. Einige Minuten später griff ich seufzend nach meinem Handy.

Mein Daumen schwebte ein paar Sekunden lang unschlüssig über Taras Nummer, dann wählte ich. Es klingelte. Und klingelte.

Sie ging nicht ran. Natürlich nicht. Ich wusste ja selbst nicht, was genau ich ihr sagen wollte, aber verdammt. Ich hätte sie so gerne gehört. Ich musste einfach wissen, wie es ihr ging. Mir war klar, dass sie jetzt Zeit und Abstand brauchte und dabei konnte sie jemand wie mich gerade nicht gebrauchen. Ich veranstaltete nur Chaos in ihrem Leben.

Ich warf das Handy hinter mich und stand auf. Mein Mitbewohner hatte heute eine Frühschicht im Krankenhaus, in dem er jobbte, also drehte ich laut Musik auf, während ich Rühreier in einer Pfanne zubereitete. Das letzte Mal, als ich so ein Frühstück gemacht hatte, war es für Tara gewesen.

Das Bild, wie sie in meinem Shirt in unserer Küche saß, stieg unmittelbar vor mir auf.

Mist! Ich vermisste sie. Die Erkenntnis kam ganz plötzlich und beinahe verwundert hielt ich inne und stellte fest, dass mein Herz verdächtig schnell schlug. Das war doch lächerlich! Ich hatte Tara aus guten Gründen gehen lassen. Es war für uns beide besser, wenn sie sich erst mal von mir fernhielt. Warum stieg also auf einmal diese Sehnsucht in mir auf?

Genervt von meinen Gedanken, drehte ich die Musik lauter. Als würde das tatsächlich etwas bringen.

Die Erinnerung an Tara, an ihr herzliches Lachen, das so wunderschön aufrichtig klang, wollte einfach nicht weichen. Doch im nächsten Moment schob sich Leahs Bild über das von Tara und Schmerz flammte in mir auf. Es war eine stumme Mahnung daran, wie leichtsinnig es war, mein Herz noch einmal zu öffnen.

Ich würde es nicht ertragen, noch einen geliebten Menschen zu verlieren. Das hatte ich Tara erklären wollen. Sie würde es verkraften und darüber hinwegkommen. Und irgendwann würde sie sich in einen Mann verlieben, der besser für sie da sein konnte, als ich. Der ihre Furcht nicht nur verstand, sondern sie ihr auch nehmen konnte und nicht selbst gelähmt war vor Angst.

Das plötzliche Einsetzen einer lauten Melodie ließ mich aus meinen düsteren Gedanken schrecken. Mein Herz klopfte, als ich hoffnungsvoll auf das Display schaute. Es war nur Hanna.

»Was gibt's?«

»Wann fahren wir los?«

»Hä?«

»Ernsthaft? Du hast es vergessen?«

Sie klang ehrlich geschockt. Fieberhaft überlegte ich, welchen wichtigen Geburtstag ich hätte vergessen können, aber ich kam nicht darauf. Als Hanna weiterhin schwieg, stapfte ich frustriert in mein Zimmer und warf einen Blick auf den Kalender.

Heute war der 17. März.

Ich erstarrte. Wie hatte das nur passieren können? Wie hatte mir das entgehen können?

»Du hast es echt vergessen«, sagte sie fassungslos.

»Morgen ist der Achtzehnte«, sagte ich mit belegter Stimme. Vor lauter Gedanken an Tara hätte ich wirklich fast Leahs Todestag vergessen.

Schuldgefühle stiegen in mir auf, gefolgt von einer unbändigen Wut. Auf mich selbst. Auf Tara. Auf die Welt. Was war nur aus mir geworden?

»Maxim? Tu das nicht. Mach dich jetzt nicht fertig deswegen. Wir fahren nachher zusammen heim, ja? Und dann stehen wir den Tag morgen gemeinsam durch. So wie die letzten Jahre auch.« Die Stimme meiner Schwester klang unglaublich fern. Ich schluckte und ballte meine Hand zu einer Faust. Sie hatte recht. Ich durfte jetzt nicht durchdrehen und die Kontrolle verlieren.

»Komm um fünf hierher, dann fahren wir los«, sagte ich und legte auf, ohne ihre Antwort abzuwarten.

Später saß ich hinter dem Steuer, den Blick starr auf die Straße gerichtet. Ich umklammerte das Lenkrad viel zu fest, aber für den Moment war es unmöglich, den Griff zu lockern.

»Maxim!« Hanna musterte mich besorgt und genervt zugleich. Sie musste meine Launen jetzt schon viel zu lange ertragen.

»Tut mir leid«, gab ich zerknirscht zu. »Ich hätte diesen Tag nicht vergessen dürfen!«

»Vielleicht ist das ja ein gutes Zeichen«, meinte sie nachdenklich.

»Was?« Entsetzt drehte ich mich zu ihr um.

»Schau auf die Straße«, herrschte sie mich an.

»Was meinst du damit, dass es ein gutes Zeichen ist?«

»Na ja, in den letzten Jahren hattest du in den Tagen vor dem Achtzehnten mindestens eine Panikattacke. Du warst kaum auszuhalten und dein Zustand labil. Ich hab mir ständig Sorgen gemacht, dass ich dich halb bewusstlos in einer Bar finden würde.«

Hannas Stimme wurde immer leiser. Ich schloss kurz die Augen. Wenn ich darüber nachdachte, in was für einem Zustand ich vor drei Jahren um diese Zeit gewesen war, dann musste ich ihr recht geben. Das hier war eine drastische Verbesserung.

Ich hatte mir so viele Gedanken um Tara gemacht, dass ich Leahs Todestag beinahe vergessen hätte. Und obwohl ich mich dafür hasste, wusste ich, dass es einen Fortschritt bedeutete. Ich wusste nur nicht, ob ich das auch wollte. Ob ich die Trauer um Leah loslassen wollte.

»Wann bist du eigentlich so schlau geworden?«, fragte ich meine kleine Schwester.

Erleichtert atmete Hanna auf. »Das war ich schon immer. Du hast es nur nicht bemerkt.«

»Ah ja.«

Ich lockerte meinen Griff um das Lenkrad und Hanna schob eine CD in den Player. Als die ersten Klänge der Musik ertönten, stöhnte ich auf. Taylor Swift. Natürlich!

Die Fahrt ging schnell vorbei und ehe ich mich versah, verließen wir die Autobahn. Uns trennten nur noch zwölf Kilometer von unserem Elternhaus und trotz der Umstände stieg Vorfreude in mir auf. Unsere Eltern erdrückten uns zwar manchmal mit ihrer Liebe, aber es war trotzdem jedes Mal schön, nach Hause zu kommen.

Als ich vor unserem Haus parkte, kam meine Mutter bereits nach draußen gestürmt. Sie schloss erst Hanna in die Arme und stürzte sich sobald ich ausgestiegen war, auf mich.

»Kommt rein!« In ihren Augen glitzerten Tränen und ich legte einen Arm um ihre Schulter und drückte sie an mich. Leah war wie ein drittes Kind für sie gewesen. Sie teilte Hannas und meinen Schmerz und auch wenn meine Trauer eine andere war, tröstete es mich, dass wir diesen Verlust gemeinsam durchstanden.

Jahr für Jahr.

24. Kapitel

Tara

Ich saß mit Claudi am Frühstückstisch, als es an der Tür klingelte. Meine Großmutter machte keine Anstalten, aufzustehen.

»Das ist meine Mutter, nicht wahr?«

Claudi nickte auffordernd Richtung Tür.

Sie hatte mich die letzten zwei Tage auf der Couch verbringen lassen. Mit viel Essen, Büchern und kitschigen Filmen, von denen mich jeder einzelne zum Heulen gebracht hatte.

Während ich in den ersten Stunden überwiegend mit einem Gefühl der Trauer und Enttäuschung gekämpft hatte, erfüllte mich der Gedanke an Maxim inzwischen mit Wut. Ich war sauer auf ihn, weil er sich mir geöffnet hatte und dann damit nicht klargekommen war. Auf meine Mutter war ich ebenfalls sauer und auf mich selbst sowieso. Die ganze Situation war absolut beschissen. Ich hasste Jack dafür, dass er mir aufgelauert und meine Welt ein zweites Mal aus dem Gleichgewicht gehoben hatte. Reichte es nicht, dass er meine Jugend zur Hölle gemacht hatte? Musste er mir auch noch mein Leben als Zwanzigjährige zerstören? Dabei wusste ich genau, dass es in meiner Hand lag, ob ich mich von den Erinnerungen überrollen ließ oder nicht.

Als es zum dritten Mal klingelte, erhob ich mich.

Mit einem mulmigen Gefühl ging ich zur Haustür und öffnete sie vorsichtig.

»Tara.« Im Blick meiner Mutter las ich die gleiche Unsicherheit, die sich in mir breitmachte.

Mit verschränkten Armen vor der Brust schaute ich sie abwartend an.

»Es tut mir so leid!« Ihre Stimme war leise und ungewöhnlich angespannt. Scheinbar hatte sie zum ersten Mal wirklich den Ernst der Lage begriffen. Ich erwiderte nichts. So leicht würde ich es ihr nicht machen.

»Kann ich reinkommen? Bitte?« Sie schluckte und rang um Fassung. »Ich glaube dir, Tara. Ich weiß, dass ich nicht die beste Mutter bin und es wohl auch niemals sein werde, aber so etwas hätte nie passieren dürfen. Es tut mir leid!«

Verblüfft ließ ich meine Arme sinken. Damit hatte ich nicht gerechnet. Ich hatte Tränen erwartet, ein Drama und theatralische Beteuerungen, dass sie mich liebte, aber keine aufrichtige, ehrliche Entschuldigung. Ihr Auftritt war so erwachsen, wie ich sie noch nie erlebt hatte.

Kurz zögerte ich, doch dann trat ich einen Schritt zur Seite.

»Na komm, gehen wir rein.«

Claudi musterte uns lächelnd und mit einem fragenden Blick. Doch sie drängte uns nicht. Ich schaute kurz zu meiner Mutter und ihr Nicken reichte aus, um sie zu verstehen. Wir würden Claudi nicht von Jack erzählen. Den Kummer konnten wir ihr ersparen.

»Setzt euch, ich koche jetzt erst mal Kaffee.«

Kaffee war das Wundermittel unserer Familie. Die Sucht danach war eines der wenigen Dinge, die wir gemeinsam hatten.

»Warum bist du hier?«, fragte meine Mutter leise, während Claudi in der Küche Wasser kochte.

»Das ist eine längere Geschichte. Vielleicht können wir später etwas zu zweit unternehmen? Ich würde gerne mit dir reden.«

»Oh, okay, ja natürlich! Das können wir sehr gerne machen.«

»Gut.« Ich war nicht unbedingt scharf auf ein Gespräch mit meiner Mutter, aber es war notwendig. Ich musste ihr von der Begegnung mit Jack erzählen. Vielleicht konnte ich das Ganze dadurch besser hinter mir lassen.

Während dem Frühstück herrschte ein seltsames Schweigen. Mein Blick flog zwischen meiner Mutter und meiner Großmutter hin und her ich dachte nicht zum ersten Mal, dass wir ein ungewöhnliches Bild abgaben. Ein Außenstehender würde nie vermuten, dass es sich bei uns um drei Generationen handelte.

»Was habt ihr heute vor?«, fragte Claudi in die Stille hinein. Fragend warf meine Mutter mir einen Blick zu. Wie zu erwarten, musste ich den ersten Schritt machen.

»Ich würde nachher gerne etwas raus. Wir könnten einen Spaziergang durch die Weinberge machen?« Ich zwang mich zu einem Lächeln, das sie zaghaft erwiderte.

»Alles klar, ich fahre gleich in die Stadt. Ich muss noch ein, zwei Besorgungen machen und komme gegen Mittag zurück.« Claudi stand auf und begann den Tisch abzuräumen. Die Erleichterung, dass ich etwas mit meiner Mutter unternehmen wollte, war ihr anzusehen.

Eine Stunde später lief ich mit meiner Mutter neben mir durch die Weinberge. Ich hatte meinen Wintermantel eng um mich geschlungen und vergrub die Nase in meinem dicken Schal. Es war furchtbar kalt draußen, doch die Bewegung half gegen die Kälte. Und gegen die kreisenden Gedanken.

Irgendwann hielt ich die Stille nicht mehr aus. Ausgerechnet meine Mutter, die sonst wie ein Wasserfall plappern konnte, hüllte sich jetzt in Schweigen, als wartete sie, dass ich anfing.

»Okay, ich weiß nicht, wo ich anfangen soll.« Ich blieb stehen und suchte den Blick meiner Mutter. »Ich habe Jack gesehen.«

»Was?« Erschrocken riss sie ihre Augen auf. Vermutlich hätte ich das Gespräch nicht so anfangen sollen, aber jetzt war es zu spät.

»Er war in Lilberg! Warum weiß er überhaupt, dass ich da wohne? Ich war im Park joggen und plötzlich stand er da. Er meinte, du hast ihn angerufen?« Ich versuchte meine Stimme nicht zu wütend klingen zu lassen, was mir nicht gelang.

»Ich habe ihn angerufen, weil ich es von ihm hören musste, dass er dich bedrängt hatte. Nach unserem Streit konnte ich kaum schlafen. Ich habe keine Ruhe gefunden, bis ich mit ihm gesprochen habe. Im Grunde wusste ich sofort, dass du nicht lügst. Das würdest du nicht tun und ich weiß ja, wie Jack sein kann. Zumindest dachte ich, dass ich es weiß.« Meine Mutter sprach schnell und gehetzt.

»Wir hatten in den letzten Jahren ab und zu Kontakt, er wusste also die ganze Zeit, dass du in Lilberg bist. Keine Ahnung, warum er jetzt hingefahren ist. Mein Gott, Tara, das wollte ich nicht! Er hat aber nicht ...« Sie rang um Fassung. Tränen schimmerten in ihren Augen und meine Wut verpuffte so schnell, wie sie gekommen war. Auf einmal begriff ich, dass es nicht meine Mutter war, auf die ich sauer sein sollte. Sie hatte ihr Bestes gegeben, es hatte nur nicht gereicht, um mich zu beschützen.

»Nein, er hat nichts getan! Er hat mich nicht berührt, so nahe habe ich ihn gar nicht an mich gelassen. Ich glaube, er wollte wirklich nur reden, weil er Schiss gekriegt hat, dass ich doch noch zur Polizei gehen könnte. Jack ist keine Gefahr mehr für mich. Ich bin nicht mehr sechzehn, ich kann mich wehren.« Ich trat einen Schritt auf meine Mutter zu und legte ihr eine Hand auf den Arm.

»Ich komme zurecht, Mama. Es war schlimm, Jack zu sehen, weil das viele Erinnerungen zurückgebracht hat, aber ich fürchte mich nicht mehr von ihm. Ich fürchte mich nur vor meinen Erinnerungen und vor den Gefühlen, die ich damals hatte.«

»Es tut mir so leid. Du hättest das alles nie erleben sollen. Ich hätte auf dich aufpassen sollen, aber ich konnte es nicht. Ich war zu blind und zu sehr mit meinen Dramen beschäftigt.« Es war erschreckend, meine Mutter so zu sehen. Ich konnte ihr nicht widersprechen, denn sie hatte recht. Sie hätte auf mich aufpassen sollen. Doch die Vergangenheit konnte keiner von uns verändern.

»Das stimmt. Aber das ist vorbei und ich will nicht mehr wütend auf dich sein. Du hast nie gewollt, dass ich verletzt werde, das weiß ich. Ich bin nicht mehr das ängstliche, unsichere Mädchen, das nirgendwo richtig dazu passt.«

»Und das ist gut so. Ich bin so stolz auf dich, Tara! Du hast viel erreicht. Du kamst schon immer wahnsinnig gut alleine zurecht. Ich hätte das nicht geschafft.« Ihre Worte waren ungewohnt sanft und auf einmal brannten mir Tränen in den Augen. Ja, ich war schon immer gut alleine zurechtgekommen, doch genau das war mein Problem. Ich hatte Maxim deshalb verloren und nicht einmal Hanna alles von meiner Vergangenheit erzählt. Ich war eine Einzelkämpferin. Das machte mich stark, aber auch einsam.

»Tara? Was ist los? Habe ich etwas Falsches gesagt?« Und wieder sprach meine Mutter, als wäre sie das Kind, das nicht wusste, was es tun sollte. Doch jetzt gerade brauchte ich sie als meine Mama.

»Nein, hast du nicht, es ist nur ... ich will wirklich nicht mehr in der Vergangenheit leben. Ich bin nicht mehr auf mich alleine gestellt, ich habe jetzt Freunde, die mich unterstützen. Ich hatte sogar Maxim, bis ich auch das ruiniert habe. Ich glaube, ich habe einen Fehler gemacht.«

Meine Mutter streckte ihre Arme nach mir aus und ohne darüber nachzudenken, ging ich auf sie zu. Ich war es leid, alleine stak zu sein.

Obwohl ich es mir fest vorgenommen hatte, nicht mehr zu weinen, ließ ich den Tränen freien Lauf.

Schluchzend klammerte ich mich an meiner Mutter fest, die mir beruhigende Worte ins Ohr flüsterte. Ich konnte mich nicht daran erinnern, wann sie mich das letzte Mal so gehalten hatte.

Wir standen lange so da. Eng umschlungen und überwältigt von dem, was da zwischen uns passierte.

»Ist ja gut, ich bin da«, sagte sie mit sanfter Stimme, als ich mich von ihr löste.

»Es ist gerade alles etwas viel«, stieß ich leise hervor, was ihr ein ungläubiges Lachen entlockte.

»Du musst das jetzt nicht herunterspielen, Tara. Dir darf es auch einfach mal beschissen gehen und nach allem, was du in den letzten Jahren durchgestanden hast, ist es völlig okay, dass du gerade überfordert bist.«

Sie wischte mir vorsichtig meine Tränen aus dem Gesicht, eine Geste, die mir mehr Trost spendete, als sie sich vorstellen konnte.

»Wollen wir zurück zu Claudis Wohnung? Es ist ziemlich kalt hier draußen! Oh und ich will alles über diesen Maxim wissen! Bestimmt könnt ihr das zwischen euch klären. Du bist doch ein tolles Mädchen, wenn er das nicht sieht dann ...«

»Bitte nicht! Ich will mit dir wirklich nicht darüber reden.«

»Wieso denn nicht? Ich kenne mich mit Herzschmerz aus. Wir können zusammen shoppen gehen oder Eis auf der Couch essen und Filme schaue oder ...«

Ich schaltete auf Durchzug und zwang mich einmal tief durchzuatmen. Großartig. Das Mutter-Tochter-Gespräch war damit wohl offiziell beendet. Mit einem kleinen Lächeln hakte ich mich bei meiner Mutter unter, als wir uns auf den Rückweg machten. Trotz allem liebte ich sie. Sie gab ihr Bestes und diesmal reichte das völlig aus. Mit jedem Schritt spürte ich, wie etwas von der Schwere abfiel, die sich seit Jacks Auftauchen auf mich gelegt hatte. Die Vergangenheit würde mich immer wieder mal einholen, das wusste ich. Aber vielleicht würde es mich das nächste Mal nicht mehr so hart treffen. Meine Mutter kannte jetzt die Wahrheit und sie glaubte mir. Sie konnte es nicht ungeschehen machen, dass sie damals nicht für mich da gewesen war, aber sie war es jetzt. Und das war mehr, als ich noch vor wenigen Tagen für möglich gehalten hatte. Vielleicht würden die Spuren, die meine Jugend hinterlassen hatte, nie ganz verschwinden. Aber sie konnten erträglicher werden.

Am Nachmittag verabschiedete ich mich von meiner Mutter. Ich hatte mir ihr und Claudi zusammen mittaggegessen und für ein paar Stunden fast vergessen können, dass das hier nicht nur ein Besuch unter Verwandten war. Die Zeit mit den beiden hatte mich von dem dumpfen Schmerz in meinem Innern abgelenkt, aber jetzt, in der Stille des Gästezimmers, kam er zurück.

Es war seltsam, so weit von Ella, Hanna und Maxim entfernt zu sein. Ich wünschte mir, ich könnte die Zeit zurückdrehen und gleichzeitig wusste ich, dass ich das nicht wirklich wollte. Maxim von mir zu stoßen, war das Einzige gewesen, was ich in dem Moment hatte tun können. Ich hatte mich beschützen wollen, so wie ich es immer tat. Unser Streit war hässlich gewesen. Der Schmerz in seinen Augen verfolgte mich und ich war bereits mehrmals kurz davor gewesen, ihn anzurufen. Vielleicht hatte er recht und er war nicht gut für mich. Vielleicht verdiente ich jemand, der weniger kaputt war. Aber das änderte nichts daran, dass ich Maxim vermisste. Ihn und sein Lachen, das mich jedes Mal ebenfalls lächeln ließ.

Seufzend griff ich nach meinem Handy. Unschlüssig starrte ich auf Maxims Namen, aber ich war noch nicht bereit, seine Stimme zu hören.

Nach einigen unruhigen Minuten, in denen ich unschlüssig vor mich hin starrte, griff ich nach meinem Notizbuch. Schreiben war immer noch die beste Therapie. Abgesehen von Schokolade und Schnulzenfilmen mit Claudi natürlich.

Ich schnappte mir einen Stift und begann die erste Seite zu füllen. Wie so oft drängten sich die Worte auf das Papier und ich kam meinen Gedanken kaum hinterher.

Eine halbe Stunde später rieb ich mir mein schmerzendes Handgelenk.

Mit Tränen in den Augen las ich die Worte, die ich geschrieben hatte. Ohne es geplant zu haben, hatte ich einen Text an Maxim geschrieben. Jedes Wort darin war echt. Genauso fühlte ich mich. Doch selbst wenn ich es wollte, ich würde es nicht schaffen, ihm das, was ich geschrieben hatte, zu sagen. Zumindest nicht jetzt im Moment.

Bevor ich es mir anders überlegen konnte, riss ich die Seiten aus dem Buch heraus. Ich faltete sie zusammen und verließ das Zimmer.

»Claudi?«

»Was gibts?«

Ich fand sie in der Küche, eine Schürze um ihre Hüfte gebunden und ein Teig vor ihr auf der Ablage.

»Hast du einen Briefumschlag? Und am besten auch eine Briefmarke?«

»Klar, brauchst du das jetzt sofort?«

»Besser wäre es.« Bevor mich der Mut verließ und ich erkannte, was ich da im Begriff war zu tun.

»Okay.« Sie wusch sich ihre Hände und ging ins Wohnzimmer zu der großen Kommode, in deren Schubladen meine gesamte Büchersammlung passen würde.

In der fünften Schublade wurde sie schließlich fündig. Schnell schnappte ich mir den Umschlag, steckte den Text hinein und klebte ihn zu. Maxims Adresse wusste ich auswendig. Ich kritzelte sie auf den Umschlag, klebte die Briefmarke drauf und verließ das Haus.

Das Einzige, was es in diesem Kaff tatsächlich gab, war ein Briefkasten, der einmal täglich geleert wurde.

Mit klopfendem Herzen steckte ich den Brief durch den schmalen Schlitz und lauschte dem leisen Geräusch, als er auf die anderen Briefe fiel. Dann drehte ich mich um und ging mit schnellen Schritten zurück.

25. Kapitel

Maxim

Die Sonne schien so strahlend und hell, als wäre es ein ganz normaler Frühlingstag. Als gäbe es jeden Grund, fröhlich zu sein und die Wärme zu genießen, auf die sich nach dem langen Winter jeder gefreut hatte.

Mit langsamen, schweren Schritten schleppte ich mich neben meinen Eltern und Hanna durch die Straßen.

Ich hasste diesen Tag.

Ich hasste den achtzehnten März.

Ich hasste es, dass sich an diesem Tag die Welt weiterdrehte, als wäre nichts geschehen. Als gäbe es keinen Grund, alles anzuhalten und zum Stillstand zu bringen.

Hannas schmale Hand schob sich auf einmal in meine und ich drückte sie sanft. In ihren Augen glitzerten Tränen, aber sie hielt sie tapfer zurück.

In einvernehmliches Schweigen gehüllt, gingen wir zum Friedhof. Auch nach fünf Jahren schmerzte es, als wäre es erst gestern gewesen. An den anderen Tagen war es leichter, aber am achtzehnten März holte uns die Vergangenheit ein.

Ich würde den Tag vor fünf Jahren nie vergessen. Ein Anruf hatte gereicht, um meine Welt ins Schwanken zu bringen. Um aus einem achtzehnjährigen Jungen einen Mann zu machen, dem für immer die jugendliche Leichtigkeit genommen wurde.

Vor ihrem Grab kamen wir zum Stehen.

Ein Strauß mit gelben Rosen stand davor. Er musste von ihrer Familie sein.

Es waren Leahs Lieblingsrosen gewesen.

Schweigend standen wir vor dem Grab, bis Hanna sich irgendwann von mir löste und sich auf eine Bank einige Meter weiter setzte. Sie schloss ihre Augen und drehte ihr Gesicht der Sonne zu.

Ich ging auf den Grabstein zu und berührte ihn kurz. Die Inschrift darauf war mir schmerzlich vertraut.

Leah Jung. Tochter, Schwester, Freundin. Für immer in unserem Herzen.

Mit einem Kloß im Hals wandte ich mich ab und ging zu Hanna, die mit einem traurigen Lächeln im Gesicht auf mich wartete.

»Unglaublich, dass es schon fünf Jahre her ist.«

»Ich weiß.« Ich legte einen Arm um sie und ließ zu, dass sie sich an mich lehnte.

»Was sie wohl zu uns sagen würde, wenn sie uns jetzt sehen könnte?«, überlegte Hanna leise.

»Also mit dir wäre sie zufrieden. Du lebst ein Leben für zwei, bist ständig unterwegs und genießt dein Studentenleben.«

»Meinst du?« Hanna richtete sich auf und warf mir einen zweifelnden Blick zu.

»Ganz sicher! Mit mir wiederum würde sie schimpfen.«

»Und das zu recht. Maxim, du hältst so sehr an der Vergangenheit fest, das macht mir Angst. Es ist jetzt fünf Jahre her!«

»Das weiß ich«, fuhr ich sie an. »Tut mir leid«, schob ich sofort hinterher, denn meine Schwester war die Letzte, die meine schlechte Laune abkriegen sollte.

»Was ist eigentlich los?«

»Was meinst du?«

»Du bist seit Tagen komisch drauf und ich weiß, dass das nicht nur an Leahs Todestag liegt.«

Ich schluckte und mied ihren Blick. Meine Gedanken wanderten zu Tara, auch wenn es mir unpassend erschien, ausgerechnet hier an sie zu denken.

Wie sehr würde Hanna mich hassen, wenn ich berichtete, was zwischen uns alles gelaufen war?

»Jaa …?«

»Du elende Nervensäge, kannst du nicht lockerlassen?«

»Nö.« Sie stieß mir mit ihrem Ellenbogen in die Seite und ich gab seufzend nach. Es wunderte mich sowieso, dass Tara nicht schon längst etwas gesagt hatte.

»Es ist etwas seltsam ausgerechnet hier darüber zu reden aber, na ja, wann ist schon der richtige Zeitpunkt?« Ich zuckte mit den Schultern.

»Mach es nicht so spannend«, drängelte Hanna.

»Ich glaube, ich muss mit Silvester anfangen.«

Sofort setzte sie sich aufrecht hin. Ich spürte ihren neugierigen Blick, in dem sich bereits eine leise Ahnung abzeichnete, denn noch bevor ich weitersprach, schossen ihre Augenbrauen nach oben und sie schlug sich die Hand auf den Mund.

»Tara«, hauchte sie.

Ich räusperte mich und suchte nach den richtigen Worten, um fortzufahren.

»Ähm. Ja, was soll ich sagen? Tara hat die Silvesternacht bei mir verbracht. Wir waren betrunken und irgendwie hat eins zum anderen geführt, jedenfalls bin ich am ersten Januar davon wach geworden, dass sie sich aus meinem Zimmer geschlichen hat.«

Hanna gab einen erstickten Laut von sich, von dem ich mir nicht ganz sicher war, was er bedeuten sollte. Ich schätze nichts Gutes.

»Danach einigten wir uns darauf, dass das nicht noch einmal passieren dürfte. Wir wollten unsere Freundschaft ganz normal weiterführen. Aber dann kam das Wochenende in den Bergen.«

Ich erzählte Hanna alles. Zwar nicht in Details, aber genug, damit sie wusste, warum Tara wirklich abgehauen war. Zumindest kannte sie einen der Gründe dafür. Ich hatte nach wie vor keine Ahnung, weshalb Tara so aufgelöst aus dem Park gekommen war. Die Frage danach, was passiert war, nagte seither an mir. Doch ich wollte sie nicht anrufen, das würde alles nur komplizierter machen.

Als ich geendet hatte, schwieg Hanna. Lange. Ich wurde immer nervöser.

»Du magst sie«, sagte sie schließlich.

»Was?« Verblüfft starrte ich sie an.

»Magst du Tara?«

»Natürlich mag ich sie! Sie ist eine meiner besten Freunde und ...«

»Bist du in sie verliebt?«

Mein Herz setzte einen Schlag aus und pochte dann schmerzhaft schnell weiter. Blut rauschte in meinen Ohren und ich konnte nur daran denken, dass wir zehn Meter von dem Grab meiner Jugendliebe entfernt saßen. Die Situation kam mir unwirklich und makaber vor und doch irgendwie richtig.

War ich in Tara verliebt?

Vor ein paar Tagen noch hätte ich über diese Frage gelacht. Ich verliebte mich nicht. In niemanden. Vor allem nicht in Tara, die neue beste Freundin meiner kleinen Schwester.

»Oh mein Gott!« Hanna riss ihre Augen noch weiter auf.

»Du hast dich tatsächlich verknallt! Ausgerechnet in Tara und dann hast du einfach aufgegeben, als sie dich von sich gestoßen hat und ...«, sie brach ab und im nächsten Moment landete ihre Faust auf meinem Oberarm.

»Autsch! Sag mal spinnst du?« Endlich erwachte ich aus meiner erstarrten Haltung. Ich sprang auf und rieb mir meinen Arm. »Was stimmt nicht mit dir?« Wütend funkelte ich Hanna an.

»Was stimmt nicht mit *dir*?«, schoss sie wütend zurück. »Du hast etwas mit meiner besten Freundin angefangen, obwohl ich dir gesagt habe, dass du von meinen Freundinnen die Finger lassen sollst, weil du ihnen nur das Herz brechen würdest. Die letzten fünf Jahre hast du Frauen absolut scheiße behandelt und sie nur benutzt, was okay für mich war, solange es keine Freundin betraf.«

»Ich habe Tara nicht benutzt«, protestierte ich.

»Ganz genau! Du hast sie nicht benutzt, du hast dich in sie verliebt!

Und dann hast du das Dämlichste und Hirnrissigste getan, was du hättest tun können!«

»Hä?«

Ich kam nicht mehr mit. Hanna stand mit verschränkten Armen vor mir und für einen Moment lang glaubte ich, kleine Funken aus ihren Augen sprühen zu sehen. Funken!

Sicherheitshalber trat ich einen Schritt von ihr weg, aber das machte sie nicht weniger furchteinflößend.

»Maxim! Du hast meiner besten Freundin das Herz gebrochen. Wie blind bist du eigentlich? Du hängst so sehr an der Vergangenheit, dass du es gar nicht schaffst, deine Gegenwart mitzubekommen. Wie kann man eigentlich so dämlich sein?«, regte sich Hanna auf und ich konnte sehen, dass das noch eine Weile so weitergehen würde, wenn ich sie nicht unterbrach.

»Hanna! Stopp. Du weißt nicht, was du da redest. Ich habe doch nur so gehandelt, weil Tara mir etwas bedeutet! Sie ist viel zu gut für mich und ich würde ihr nur schaden. Ich hätte sie nie verletzen dürfen, ich hätte mich gar nicht erst auf sie einlassen sollen, das weißt du und ...«

»Bullshit! Das sind alles Ausreden und du weißt das.«

Darauf wusste ich nichts mehr zu sagen. Hannas Ausbruch hatte mich kalt erwischt und war eine ganz andere Reaktion als die, die ich erwartet hatte.

Unruhig fuhr ich mir durch die Haare. Hatte sie recht?

Verdammt. Ich musste hier weg. Hier konnte ich keinen klaren Gedanken fassen.

»Lass uns gehen«, knurrte ich.

Am nächsten Morgen reisten wir früh ab. Ich hatte kein Wort mehr mit Hanna gewechselt, sondern mich zurückgezogen, um mit meinen Gedanken alleine zu sein. Okay, ich hatte auf dem Spielplatz eine halbe Flasche Rum vernichtet und dann wie ein kleines Mädchen eine Runde geheult, weil das Leben manchmal scheiß ungerecht war. Nachdem ich mich halbwegs wieder im Griff hatte, war ich spät in der Nacht zurückgekehrt und todmüde ins Bett gefallen.

Dementsprechend gerädert fühlte ich mich jetzt, aber ich beschwerte mich nicht.

»Kaffee?« Hanna reichte mir ihren Thermobecher, was einem Friedensangebot näher kam als alles andere.

»Danke.« Ich griff nach dem Becher, meinen Blick weiterhin auf die Straße vor uns gerichtet.

In Lilberg angekommen, fuhr ich zuerst Hanna nach Hause, bevor ich mich dann auf den Weg zu meiner Wohnung machte.

Dort angekommen war mein Mitbewohner ausnahmsweise mal da, allerdings war seine Zimmertür verschlossen. Vermutlich musste er für eine Klausur lernen oder so. Immerhin hatte er scheinbar zwischendurch die Post geholt und auf den Tisch gelegt.

Ich beschloss gerade, den Stapel zu ignorieren und mich mit den Rechnungen und Versicherungsbriefen erst morgen auseinanderzusetzen, als mir die Handschrift auf einem beigen Umschlag auffiel.

Wer verschickte heute noch handgeschriebene Briefe? So spontan fiel mir da eigentlich nur eine Person ein.

Tara.

Mein Herz klopfte auf einmal schneller und ich riss den Brief auf. In meiner Hand hielt ich zusammengefaltete Seiten, die aus einem Notizbuch herausgerissen worden sein mussten.

Ich starrte auf die Zeilen, die vor meinen Augen verschwammen. Verdammt. Sie hatte mir wirklich einen Brief geschrieben!

Mit schnellen Schritten ging ich in mein Zimmer und ließ mich auf mein Bett sinken.

Dann las ich, was Tara mir zu sagen hatte.

Weißt du eigentlich, dass ich manchmal viel zu gut alleine sein kann?

Dass ich mich hinter meinen Mauern, die ich Stück für Stück und Stein für Stein irgendwann mal errichtet habe, manchmal viel zu wohlfühle?

Weißt du eigentlich, dass mir meine Angst jahrelang eine gute Freundin war, weil sie mich beschützt, geschützt, bewahrt hat, davor einfach loszulassen, abzugeben, aufzumachen, zuzulassen?

Weißt du eigentlich, dass ich manchmal ein Karussell aus sich ewig kreisenden Gedanken in meinem Kopf mit mir trage, das sich zu schnell dreht, zu laut, zu bunt ist und weißt du eigentlich, dass mir vom Karussell fahren schlecht wird, seit ich kein Kind mehr bin?

Ich bin verloren, gefunden, niemals einsam, aber gerne alleine, bin glücklich und traurig und weiß nicht, wie das sein kann.

Und weißt du eigentlich, dass ich am liebsten alles unter Kontrolle habe, es ordentlich und pünktlich und schön säuberlich aufgelistet mag und meine Gelassenheit oft eine Maske ist und die Panik verdecken soll, die mich ergreift, wenn ich loslasse, zulasse, aufgebe, abgebe.

Und das war okay so. Bis jetzt.

Ich habe trotzdem gelebt, gelacht, gefeiert, geliebt. Ich war nicht immer übersprudelnd glücklich, aber glücklich genug. Glücklich genug auf Wolke fünf, von der der Fall nicht so weit, der Aufprall nicht so schmerzhaft ist.

Weißt du eigentlich, dass mein Leben ganz okay war bis du kamst?

Bis du meine Mauern eingerissen, mein Herz mit Hoffnung und vergrabenen Träumen gefüllt hast und plötzlich ganz okay nicht mehr ausgereicht hat. Bis du mich auf Wolke sieben katapultiert hast, einfach so, mit einem Lächeln, einem Blick.

Ich bin verloren, abgestürzt in den Tiefen deiner Augen, die mich in einen Strudel aus Gefühlen gezogen haben, in dem ich zu ertrinken drohe.

Du kamst wie ein Sturm, wie eine Flutwelle, wie ein Hurrikan, der alles zerstört.

Und ich hatte recht. Der Fall von Wolke sieben ist verdammt schmerzhaft und jetzt bin ich verloren, nicht einsam, aber alleine, bin traurig und glücklich und weiß nicht, wie das sein kann.

Weißt du eigentlich, dass meine Lieblingsfarbe immer blau war, sie mich aber jetzt an deine Augen erinnert?

Dass ich mich immer gefragt habe, wie es sich anfühlt zu fliegen, wie es wäre, den Absprung zu wagen, die Mauern Stück für Stück runterzufahren, die Steine zur Seite zu schaffen?

Und weißt du, dass als ich genau das tat, in der irren Hoffnung, du würdest mich nicht nur auffangen, sondern mit mir fliegen, ich erkennen musste, dass gebrochene Flügel nicht fliegen können?

Dass ich erkennen musste, dass wir uns mit unseren Ängsten und Mauern im Weg standen, die ganze Zeit? Dass wir den Kampf gegen unsere Dämonen verlieren, jedes Mal, immer wieder?

Weißt du eigentlich, dass mein Leben nie wieder sein wird, wie es war, weil okay mir nicht mehr reicht, weil blau immer noch meine Lieblingsfarbe ist, mich aber immer an deine Augen erinnern wird und ich mich nie wieder mit Wolke fünf zufriedengeben kann?

Ich bin verloren, abgestürzt, nicht einsam, aber alleine, bin traurig und auch glücklich und weiß nicht, wie das sein kann. Weiß nicht wohin, wo lang, ohne dich.

Weiß nur, dass ich nicht zurückwill, zurück in meine Festung aus Mauern, die mich zwar schützen, aber auch einengen, einsperren, einschließen.

Weiß, dass es da, wo ich jetzt bin, ganz okay ist. Dass die Erinnerungen an das, was war, an das, was ich war mit dir, mehr als ganz okay sind und weißt du eigentlich, dass ich nichts bereue?

Dass ich alles genau so noch mal machen würde? Dass ich verloren, gefunden, nicht einsam, aber alleine, traurig und glücklich bin und das gar nicht verstehen muss?

Weil es da, wo ich jetzt bin, mehr ist als nur ganz okay. Weil ich jetzt weiß, was passiert, wenn ich aufmache, zulasse, aufgebe, abgebe.

Weil ich jetzt weiß, wie es ist zu fliegen, auch wenn deine und meine Flügel uns nicht tragen konnten und der Aufprall verdammt schmerzhaft war.

Weil ich jetzt weiß, wie es ist, richtig zu leben und alles zu wollen. Und von allem nichts so sehr wie dich.

26. Kapitel

Tara

Die Tage zogen an mir vorbei und ehe ich es mich versah, hatte ich mich wieder an das Leben im Dorf gewöhnt, von dem ich damals nicht schnell genug hatte wegkommen können.

Ich frühstückte jeden Morgen mit Claudi und während sie in einem kleinen Café ihrer Freundin arbeitete, schrieb ich.

Ich verfasste drei Artikel innerhalb von vier Tagen, was Patrick dazu veranlasste, mich zu fragen, ob alles in Ordnung sei und das war wirklich übel, denn er hatte mich noch nie gefragt, wie es mir ging.

Ich hatte ihm versichert, dass es mir gut ging und ich mich gerade in einem sehr kreativen Flow befand, weshalb die Worte nur so aus mir herausströmten. Keine Ahnung, ob es Menschen gab, die so etwas wirklich erlebten, es klang jedenfalls gut. Das fand auch Patrick, denn er gab mir zwei weitere Aufträge und fragte nicht weiter nach.

Mit Hanna schrieb ich mindestens einmal am Tag, wobei wir uns über unverfängliche Themen austauschten. Maxim erwähnte sie in keiner Nachricht und ich fragte auch nicht nach ihm. Seit ich den Brief abgeschickt hatte, hatte ich nichts von ihm gehört. Ich war schon mehrmals kurz davor gewesen, ihn anzurufen, hatte mich aber in letzter Sekunde nicht getraut. Ich bereute unseren Streit nicht, denn dadurch war mir einiges bewusst geworden. Doch ich wollte ihm erklären, dass er falsch lag. Dass er nicht schlechter für mich war als ich für ihn.

In solchen Momenten gelang es mir nicht, so zu tun, als wäre alles in bester Ordnung. Als würde ich bei meiner Oma nur Ferien machen, wie es andere Enkel aus normalen Familien ständig taten. In solchen Augenblicken schnappte ich mir meine Sportsachen, ging eine Runde laufen oder setzte mich mit einem guten Buch auf die Couch.

»Tara, wie lange soll das noch so weitergehen?«

Es hatte fünf Tage gedauert, bis meine Großmutter mir beim Abendessen diese Frage stellte. Sie hatte Pizza gemacht und sie mit reichlich Gemüse belegt, mein absolutes Lieblingsessen.

»Wirfst du mich raus?«

»Natürlich nicht!« Entrüstet über diese Unterstellung schüttelte Claudi den Kopf. »Es ist nur ... Du hasst dieses Dorf und du kannst dich hier nicht ewig verstecken. So sehr ich es auch genieße, dich bei mir zu haben, du gehörst hier nicht hin.«

»Ich weiß«, murmelte ich und griff nach einem Stück Pizza.

Natürlich hatte sie recht. Nur wusste ich nicht, ob ich schon bereit war, mich meinen Freunden zu stellen. Maxim zu stellen. Wenn ich zurück nach Lilberg ging, würde ich die Gefühle für ihn nicht länger leugnen können.

»Ich fahre übermorgen zurück«, schob ich nach einigen Minuten des Schweigens nach.

Ich hätte es lieber noch weiter hinausgezögert, aber was nützte das schon? Ich glaubte kaum, dass ich in fünf Tagen plötzlich aufhören konnte, Maxim in jeder Sekunde zu vermissen.

»Gut.« Meine Großmutter atmete erleichtert auf.

Zwei Tage später packte ich meine Sachen zusammen.

»Kopf hoch, Tara, du wirst zurechtkommen. Du bist viel stärker, als du denkst.«

Claudi nahm mich in den Arm und ich hielt mich an ihr fest, als hinge mein Leben davon ab. Ich wollte sie noch nicht loslassen und mich dem Rest der Welt stellen, aber ich musste.

Schnell blinzelte ich die Tränen weg und griff nach meinem Koffer. Ich reckte meinen Kopf und warf ihr ein schwaches Lächeln zu.

»So ist es recht, zeig ihnen, dass du nicht so leicht unterzukriegen bist.« Sie strahlte mich an und in ihrem warmen, liebevollen Blick fand ich die Kraft, einen Fuß vor den nächsten zu setzen und ihre Wohnung zu verlassen.

Ich nahm den Bus zurück in die Stadt, obwohl Claudi mir angeboten hatte, mich zum Bahnhof zu fahren. Aber Verabschiedungen am Bahnsteig waren so gar nicht mein Ding. Genauso wenig wie emotionale Ausbrüche in der Öffentlichkeit. Also nahm ich lieber den gleichen Weg zurück, den ich hergekommen war.

Während ich Eichhain hinter mir ließ, wanderten meine Gedanken zu meiner Mutter, die ich gestern Abend noch einmal besucht hatte. Seit unserem Gespräch in den Weinbergen herrschte eine Vertrautheit zwischen uns, die sich neu, aber gut anfühlte. Wir würden beide noch Zeit brauchen, um unseren Frieden mit der Vergangenheit zu schließen, aber den ersten Schritt hatte ich getan. Ab jetzt würde ich sie öfter und mit einem anderen Gefühl besuchen können.

Irgendwann in den letzten Wochen hatte ich begonnen, meine Angst vor der Vergangenheit Stück für Stück abzulegen. Maxim und meine Freundinnen waren mir dabei eine Hilfe gewesen, doch der Druck hatte sich erst gelöst, als ich Jack gegenüberstand und Trost bei meiner Mutter gefunden hatte.

Eine Stunde später saß ich im Zug und sah zu, wie die Landschaft auf der anderen Seite des Fensters an mir vorbeizog. Es war nur eine Woche her, dass ich diese Strecke in die andere Richtung zurückgelegt hatte und trotzdem kam es mir vor, als wäre eine halbe Ewigkeit seither vergangen.

Je mehr wir uns Lilberg näherten, desto nervöser wurde ich. In meinem Magen hatte sich ein Knoten gebildet, der sich immer mehr zusammenzog. Unruhig rutschte ich auf meinem Sitz hin und her.

Ich hatte Hanna geschrieben, dass ich heute zurückkommen würde und obwohl ich es kaum erwarten konnte, sie zu sehen, fürchtete ich mich auch davor. Sie hatte mit Sicherheit viele Fragen und es wurde Zeit, dass wir über die Dinge sprachen, die wirklich in uns vorgingen.

»In wenigen Minuten erreichen wir Lilberg. Ausstieg in Fahrtrichtung links.«

Die Stimme aus dem Lautsprecher über mir ließ mich aufschrecken. Hastig griff ich nach meinen Sachen und bahnte mir einen Weg durch den schmalen Gang zur Tür.

Als der Zug hielt, stieg ich mit wild klopfendem Herzen aus.

Der Busverbindung nach, die ich rausgesucht hatte, musste ich hier fünfzehn Minuten warten. Das reichte zumindest, um mir einen Kaffee zu holen.

Ich wollte gerade auf das kleine Café zusteuern, das sich im Bahnhofsgebäude befand, als jemand auf mich zugerannt kam und mich in eine enge Umarmung zog.

»Hanna?«

Vollkommen überrascht von ihrem plötzlichen Auftauchen löste ich mich von ihr. Sie strahlte über das ganze Gesicht und der Blick aus ihren hellblauen Augen traf mich mitten ins Herz.

»Ich habe dich so vermisst«, riefen wir gleichzeitig, was mir ein Lachen entlockte, das sich seit Tagen zum ersten Mal echt anfühlte.

Ich griff nach ihrer Hand und drückte sie. Stumm musterten wir uns, als müssten wir uns versichern, dass die andere noch genauso war, wie wir sie in Erinnerung hatten. Dabei waren wir nur eine Woche voneinander getrennt gewesen.

»Es tut mir leid, dass ich einfach abgehauen bin. Ehrlich, ich wollte dir sagen, was ist los ist, aber ...«

»Aber du konntest nicht, weil du Angst hattest, dass ich dann sauer bin«, ergänzte sie.

»Du weißt es?« Ich runzelte die Stirn und wartete auf den Wutausbruch, doch der blieb aus. Na ja fast.

»Ich weiß, was zwischen dir und Maxim passiert ist, ja und glaub mir, ich habe meinem dämlichen Bruder die Hölle heiß gemacht. So kann er doch nicht mit meiner besten Freundin umgehen! Was glaubt der Penner eigentlich, wer er ist?« Hannas Reaktion kam völlig unerwartet und war wie Balsam für meine Seele.

»Danke«, sagte ich leise. »Danke, dass du nicht sauer auf mich bist. Ich bin aber nicht nur wegen Maxim zu meiner Oma gefahren«

»Das habe ich mir fast schon gedacht. Wir fahren jetzt heim und dann machen wir es uns gemütlich und quatschen. Okay?«

»Ja.« Ich hakte mich bei ihr ein und zusammen schlenderten wir zu der Bushaltestelle.

»Woher wusstest du eigentlich, dass ich mit diesem Zug komme?«

»Ähm, von dem Kaff, wo du herkommst, gibt es jetzt nicht gerade viele Verbindungen, die passen, da war es nicht schwer zu erraten, mit welchem Zug du kommst.«

»Stimmt.«

Mit Hanna an meiner Seite schaffte ich es mit erhobenem Kopf und einem Lächeln auf den Lippen bis zu unserer Wohnung.

Ihre Nähe stärkte mich und es tat gut, bei ihr zu sein. Die Sache mit Maxim hatte eine Distanz zwischen uns entstehen lassen, die ich nie hätte zulassen dürfen.

In der Wohnung angekommen, wollte mich Hanna sofort zum Sofa dirigieren, aber ich marschierte direkt in die Küche. »Ich mache den Kaffee«, verkündigte ich und suchte uns zwei schöne Tassen aus dem Schrank. Wie sehr ich das vermisst hatte!

»Ich bin froh zu sehen, dass du noch die Alte bist.«

»Natürlich, so schnell bin ich nicht zu brechen.«

»Gut.« Hanna klang ungewohnt ernst.

»Hey, hör auf dir Sorgen zu machen, es geht mir gut.«

»Geht es dir nicht.«

»Okay, geht es mir nicht. Aber es geht mir bereits besser und das wird es mit jedem Tag weiterhin werden.«

»Was ist denn passiert?«

Ich atmete tief ein und umklammerte meine Tasse fester. Mit leiser Stimme erzählte ich von meiner Zeit mit Jack und meiner Mutter in einer Wohnung. Hannas Augen wurden immer größer. Ihr Gesichtsausdruck wechselte von bestürzt zu wütend und mir kam der Gedanke, dass

Jack vermutlich noch mehr Gründe hätte sich vor ihr zu fürchten als vor Maxim.

»Wie schrecklich! Ich hatte ja keine Ahnung, was du alles durchmachen musstest. Das erklärt einiges ...« Sie zog mich in ihre Arme und wieder fiel etwas von dem Druck ab, der sich auf mein Herz gelegt hatte.

»Na ja, jetzt verstehst du auch, warum Maxim und ich uns gestritten haben. Ich war in dem Moment völlig überfordert. Er weiß nicht mal, dass ich Jack kurz davor begegnet bin, das konnte ich in der Situation nicht sagen.«

Hanna stieß einen Seufzer aus und ich konnte ihr ansehen, dass sie gerade Wörter auf der Zunge trug, die unbedingt rauswollten.

»Was?«

»Ich will mich eigentlich nicht einmischen. Maxim und ich waren bei unseren Eltern, weil wir jedes Jahr an Leahs Todestag nach Hause fahren. Dann hat er mir von euch erzählt.«

»Ahh.« Der Knoten in meinem Bauch zog sich wieder enger zusammen.

»Er will mir dir reden.«

»Wirklich? Bisher habe ich nichts von ihm gehört.«

»Hör zu, ich verstehe, dass es zwischen euch kompliziert ist und ihr euch deshalb gegenseitig verletzt habt. Aber kannst du ihm nicht eine Chance geben?«

»Ich weiß es nicht. Ich weiß nicht, ob er das überhaupt will. Ich habe ihn von mir gestoßen und er hat selbst gesagt, dass er glaubt, dass er mir nur schadet.« Ich hob hilflos meine Schultern und suchte in Hannas Gesicht nach einer Antwort, die ich darin nicht finden konnte.

»Ich habe ihm einen Brief geschrieben, in dem ich meine Gefühle offengelegt habe. Dass ich das überhaupt bei ihm konnte, ist schon ein kleines Wunder. Ich bin nicht gut darin, Menschen nah an mich heranzulassen und was ich für Maxim empfinde ... Es macht mir Angst.«

»Das kann ich gut verstehen.« Hannas Stimme war belegt. »Mir ist einmal das Herz gebrochen worden und seither ist es nie wieder ganz zusammengewachsen. Ich verstehe deine Angst. Aber es geht hier nicht um irgendeinen Typen. Es geht um meinen Bruder, darum bitte, rede mit ihm. Ich ertrage es nicht, euch beide unglücklich zu sehen! Ihr vermisst euch, das ist mehr als offensichtlich. Und dieses ganze Gerede, dass ihr nicht gut füreinander seid, ist doch Quatsch! Das sind dämliche Ausreden! Nenn mir eine Person, die kein Päckchen zu tragen hat.«

Hannas Blick ließ keinen Zweifel daran, dass sie es ernst meinte. Im Grunde hatte sie ja recht. Ich stand mir selbst im Weg und suchte nach Ausflüchten, weshalb ich Maxim nicht sehen wollte.

»Na schön. Wenn ich so weit bin, werde ich mich bei ihm melden.«

»Gut, dann lass uns endlich das Thema wechseln. Es ist nämlich ziemlich seltsam zu wissen, dass du mit meinem Bruder geschlafen hast.« Sie schüttelte sich und verzog ihr Gesicht.

»Wie du willst, ich kann natürlich auch noch mal auf diese Silvesternacht zurückkommen, die du in sämtlichen Details von mir geschildert haben wolltest.«

»Iiiih, hör auf!« Hanna hielt sich demonstrativ die Ohren zu und begann laut ein Lied zu singen.

»Es ist schön, wieder zu Hause zu sein«, sagte ich grinsend, nachdem Hanna sich wieder beruhigt hatte.

»Es ist schön, dich wieder hier zu haben«, erwiderte sie gerührt.

An diesem Nachmittag redeten und lachten wir, wie wir es an vielen Nachmittagen getan hatten, aber es fühlte sich anders an. Besser. Es tat unserer Freundschaft gut, dass keine Geheimnisse mehr zwischen uns standen. Hanna war eben viel mehr als nur eine Mitbewohnerin oder Freundin. Sie war Familie. Zuhause. Wenn ich mit ihr zusammen war, fühlte ich mich nicht wie ein Außenseiter oder ein seltsames Mädchen, sondern wie eine zwanzigjährige Studentin, die keine Ahnung hatte, was genau sie vom Leben eigentlich wollte. Und seltsamerweise war das ein wunderbares Gefühl.

Zum Abendessen bestellten wir uns Pizza. Hanna legte eine CD mit Disney-Liedern ein und öffnete eine Weinflasche für uns.

Ich hatte mir eine bequeme Leggins und ein enges Top angezogen und tanzte mit Hanna durch unser Wohnzimmer, als wären wir fünfzehn. Aber wer sagte denn, dass wir uns mit zwanzig nicht genauso albern benehmen durften wie Teenager?

»Du, ich muss nachher noch mal weg«, verkündigte Hanna plötzlich.

»Was? Warum?«

»Babysitten, ich muss um einundzwanzig Uhr dort sein.«

»Schade, aber klar, da kannst du natürlich nicht spontan absagen.«

Wir machten noch eine Weile mit unserer kleinen Privatparty weiter, wobei Hanna nach dem ersten Glas Wein auf Wasser umstieg. Was mich nicht daran hinderte, mir ungeniert nachzuschenken.

»Okay Süße, ich komme vermutlich erst spät wieder. Stell keinen Unsinn an und pass auf dich auf, ja?«

»Ja, Mum.« Ich grinste und zog Hanna in eine enge Umarmung, bevor sie mit schnellen Schritten die Wohnung verließ, weil sie wieder einmal zu spät dran war.

Als die Wohnungstür ins Schloss fiel, schaute ich mich unschlüssig um. Was sollte ich mit dem freien Abend anstellen? Kurz überlegte ich, Ella anzurufen, aber dann beschloss ich doch, es mir mit einer Serie auf dem Sofa gemütlich zu machen. Ich wollte gerade den Laptop aus meinem Koffer holen, als es an der Tür klingelte.

Das war so typisch für Hanna! Vermutlich hatte sie ihren Fahrradschlüssel vergessen.

Grinsend ging ich zur Tür und riss sie auf.

»Hast du etwa was Wichtiges vergessen?«

»Hi, Tara.«

Das Lachen auf meinem Gesicht erlosch schlagartig.

Mein Körper stand innerhalb Sekunden unter Strom und mein dummes, verräterisches Herz schlug schmerzhaft schnell.

»Maxim.«

Mehr brachte ich nicht über die Lippen.

Mein Blick scannte ihn blitzschnell, glitt über seine dunkelblonden

Haare, durch die ich schon mit meinen Fingern gefahren war, und blieb an seinen vollen Lippen hängen, deren Druck ich auf meinen vermisste.

Er sah gut aus. Verflucht, er sah heiß aus! Und er hatte mir gefehlt. Mein Körper wollte auf ihn zugehen, wollte ihm in die Arme fallen und seine Nähe spüren, aber diesmal war mein Verstand stärker.

»Können wir reden?«

Ich erwiderte nichts. Stumm umklammerte ich die Tür und hielt mich an ihr fest, als würde ich sonst umfallen. Was durchaus im Bereich des Möglichen lag.

»Bitte!« Sein flehender Tonfall war nicht fair. Ach, seine ganze Erscheinung war nicht fair.

Das sehnsuchtsvolle Ziehen in mir wurde stärker und schließlich gab ich nach.

»Komm rein«, murmelte ich tonlos und hasste meinen Körper mit aller Macht dafür, dass er mit einem wohligen Schauer reagierte, als Maxims Hand meinen Arm streifte.

Im Wohnzimmer angekommen, blieb ich mit verschränkten Armen vor ihm stehen.

»Ich habe deinen Brief gelesen.«

Mein Herz machte einen Satz und pochte dann schmerzhaft schnell weiter. In meinem Kopf herrschte das absolute Chaos. Ich wollte Maxim um den Hals fallen, ihn küssen und gleichzeitig wäre ich am liebsten weggerannt.

»Und?« Meine Stimme zitterte.

»Deine Worte haben mich berührt. Ich habe in den letzten Tagen ständig an dich gedacht und mich gefragt, was zwischen uns schiefgegangen ist. Ich vermisse dich, Tara! Und ich bereue es ebenfalls nicht. Nichts von dem, was zwischen uns passiert ist.«

Seufzend machte ich einen Schritt auf ihn zu. Ich hatte nicht die Kraft, mich länger von ihm fernzuhalten.

»Kurz vor unserem Streit habe ich Jack gesehen. Er ist im Park auf mich zugekommen und das hat eine alte Panik in mir geweckt. Deshalb habe ich dich von mir gestoßen und deshalb bin ich zu meiner Mutter gefahren.«

»Er hat dir aufgelauert?« Wut blitzte in Maxims Augen auf und er ballte seine Hände zu Fäusten.

»Ich glaube, er wollte nur sichergehen, dass ich nicht plötzlich aller Welt erzähle, was er getan hat. Er stellt keine Gefahr da, also beruhige dich!«

»Das gefällt mir nicht. Wieso hast du mir das nicht früher gesagt?«

»Ich konnte es nicht! In dem Moment konnte ich nur das machen, was ich immer gemacht habe.«

»Und das wäre?«

»Mich selbst schützen, indem ich alle anderen ausschließe. Und dann kamst du damit an, dass ich zu gut für dich wäre und ich bin explodiert.«

»Oh Mann! Wir sind ganz schön bescheuert gewesen, oder?« Er legte seinen Kopf schief und als ein verschmitztes Grinsen auf seinen Lippen erschien, gab ich ein ersticktes Lachen von mir. Ich hatte diesen Anblick so sehr vermisst!

»Und was machen wir jetzt? Warum bist du hier, Maxim? Was willst du?«

»Dich.« Seine Stimme zitterte nicht und sein Blick lag fest auf mir. Da war kein Zögern, kein Hadern in seinen Augen. Nur aufrichtige Reue und eine Wärme, die tief in mir etwas berührte.

Ich schnappte nach Luft und versuchte die Gefühle zurückzudrängen, die sich an die Oberfläche bahnten. Die letzten Tage hatte ich sie zumindest einigermaßen unter Kontrolle gehabt. Doch jetzt drängten sie sich mir auf und ich konnte nichts gegen die Flut von Empfindungen tun, die in einer großen Welle über mir zusammenbrachen.

Angst, Trauer, Wut und Hoffnung vermischten sich zu einer erdrückenden Masse, gegen die ich mich nicht behaupten konnte.

»Tara?« Besorgt trat Maxim einen Schritt auf mich zu. Er streckte seine Hand nach mir aus und das war der Moment, in dem ich in Tränen ausbrach.

27. Kapitel

Tara

Etwas explodierte in mir und die Gefühle, die ich so erfolgreich zurückgedrängt hatte, brachen ungefiltert aus mir heraus.

Ich weinte um das kleine Mädchen, das ich gewesen war und das viel zu schnell hatte erwachsen werden müssen. Ich weinte um die sechzehnjährige Tara, die ich endlich losgelassen hatte. Ich weinte sogar um meine Mutter, der die Jugend mit einem Schlag genommen wurde und die mich nie gewollt, aber trotzdem immer geliebt hatte.

Ich weinte um Maxim und um seinen Verlust. Um die Trauer, die er durchleben musste und um die Ungerechtigkeit der Welt, die einem Mädchen viel zu jung das Leben genommen hatte.

Vor allem aber weinte ich um uns. Darum, dass wir uns so viel gegeben und es uns dann wieder genommen hatten.

»Ist ja gut«, murmelte Maxim beruhigend.

Ich atmete zitternd ein und langsam beruhigte sich mein Atem. Maxim hatte seine Arme um mich geschlungen und wartete geduldig.

»Es tut mir leid«, sagte ich mir erstickter Stimme.

»Tara, du bist wirklich die Letzte, die sich entschuldigen sollte!«

»Es ist nur ... Hast du wirklich gedacht, dass nur du dich manchmal leer und kaputt fühlst? Das wäre nämlich nicht nur verdammt ignorant, sondern auch echt dumm. Schau mich doch an, Maxim! Ich bin nicht perfekt. Ja, ich lerne viel, ich mache viel Sport und bleibe ständig in

Bewegung und vielleicht siehst du mich auch oft lachen, aber darunter bin ich genauso zerbrochen.«

Die Worte sprudelten plötzlich aus mir heraus und einmal angefangen, war es unmöglich sie zurückzuhalten. »Ich habe mich in den letzten Jahren ständig so gefühlt, als würde etwas mit mir nicht stimmen. Erst jetzt, wo sich das Gefühl langsam auflöst, verstehe ich, wie viel ich unterdrückt habe. Ich wollte nicht, dass jemand merkt, dass sich hinter meiner kontrollierten Fassade so ein Chaos verbirgt.« Ich presste eine Hand auf mein Herz, das schmerzhaft schnell gegen meine Rippen schlug.

Maxim warf mir einen langen Blick zu. Ich konnte sehen, wie er langsam zu verstehen begann, warum ich gehandelt hatte, wie ich es eben getan hatte. Warum ich war, wie ich war.

»Du bist das schönste und stärkste kaputte Mädchen, das ich kenne«, flüsterte Maxim und fuhr mir sanft mit einer Hand durch die Haare. Seine Worte ließen mich lächeln und ein heiseres, ersticktes Lachen verließ meine Lippen.

»Ich habe Angst, Maxim.«

»Ich weiß, ich auch. Ich habe jeden Tag Angst. Ich habe Angst davor, Hanna zu verlieren oder dich. Ich habe Angst davor, verletzt zu werden und ich habe Angst, andere zu verletzen.«

Er sprach nur leise, aber ich verstand trotzdem jedes Wort. Langsam wich ich zurück, um tief durchatmen zu können. Wir saßen uns gegenüber, mit Tränen in den Augen und weit offenen Herzen, in denen es ähnlich dunkel und chaotisch aussah. Doch endlich hatte ich nicht mehr das Gefühl, deshalb fliehen zu müssen.

Bevor sich mein Verstand einklinken und mich davor bewahren konnte, eine riesige Dummheit zu begehen, beugte ich mich vor und umfasste Maxims Gesicht mit meinen Händen.

Ich versank in seinen blauen Augen und kämpfte keine Sekunde gegen das Verlangen an, das sich rasend schnell in meinem Körper ausbreitete, als Maxim seine Hand hob und mir sanft über die Wange strich. Es wäre ohnehin ein Kampf, den ich nie gewinnen konnte.

»Du hast mir gefehlt«, sagte Maxim lächelnd und kam mir ein Stück entgegen.

»Hör auf zu reden«, gab ich leise zurück und schloss die Augen, als wir uns so nah waren, dass sich unsere Lippen fast berührten.

Im nächsten Moment stieß ich ein überraschtes Keuchen aus. Maxim zog mich auf seinen Schoß und vergrub seine Hände in meinen Haaren.

Dann endlich spürte ich seine Lippen auf meinen. Ich seufzte auf, als er den Kuss vertiefte und mit seiner Zunge neckend über meine Lippe fuhr.

Maxim zu küssen war, als würde ich nach Hause kommen. Seine Berührungen waren sanft und fordernd zugleich. Er zog mich enger an sich und unsere Zunge umkreisten sich voller Leidenschaft. Ich konnte die Verzweiflung und die Sehnsucht in jedem Kuss schmecken.

Wir waren zwei gebrochene Menschen, die nichts mehr zu verlieren hatten, nachdem sie sich komplett geöffnet hatten, und genauso berührten wir uns. Ungehemmt, wild und getrieben von dem verzweifelten Versuch, die Leere in unserem Innern zu füllen.

»Gehen wir in mein Zimmer«, flüsterte ich, als Maxim mir mein Top über den Kopf zog. Ohne eine Erwiderung griff er nach meiner Hand und zog mich mit sich.

In meinem Zimmer angekommen, gab es nichts mehr, was mich zurückhielt. Ich zog Maxim das Shirt über den Kopf, noch bevor wir das Bett erreichten und machte mich im nächsten Moment an seiner Jeans zu schaffen. Er half nach und stand, nur mit Boxershorts bekleidet, vor mir.

Ich ließ meinen Blick über seine Brust gleiten und mein Herz schlug so wild, dass ich fürchtete, es würde aus meinem Körper springen. Er war perfekt. Mit all seinen Macken, Ecken und Kanten war er perfekt. Er war unvollständig und ein bisschen kaputt, genau wie ich, aber zusammen ergänzten wir uns. Bei ihm konnte ich mich endlich wieder komplett fühlen, weil er mir zeigte, dass die Schatten meiner Vergangenheit mein Licht heute nur heller strahlen ließen.

Ungeduldig schlüpfte ich aus meiner Jeans und löste den BH. Ich ließ ihn zu Boden fallen und stand praktisch nackt vor Maxim.

Sein hungriger Blick glitt über meinen Körper und kurz darauf packte er mich und ich fand mich auf dem Bett wieder.

Maxim kniete sich zwischen meine Beine und fuhr mit seinen Händen über meine Hüfte bis zu meinen Brüsten. Ich legte den Kopf in den Nacken und streckte mich ihm auffordernd entgegen. Die Erregung in mir wuchs und der Druck, der sich in mir sammelte, war kaum auszuhalten.

Im nächsten Moment beugte Maxim seinen Kopf und als seine Lippen sich um die Spitze meiner Brust schlossen, stieß ich ein Keuchen aus, das mir bei jemand anderem garantiert unangenehm gewesen wäre. Aber nicht bei Maxim.

Er liebkoste mich mit einer Zärtlichkeit, die meine Erregung ins Unermessliche steigerte. Als er sich von mir löste, wimmerte ich leise.

»Dieses Geräusch habe ich vermisst«, flüsterte Maxim und verteilte Küsse auf meinem Bauch.

Er bahnte sich einen Weg nach unten und strich mit einem Finger am Rand meines Slips entlang. Ich erschauderte unter seiner Berührung und hob ungeduldig das Becken. Er schob meine Beine weiter auseinander. Lust flackerte in mir auf und verwandelte sich in eine alles verschlingende Hitze.

Ich wollte ihn. Hier und jetzt. Und ich war nicht bereit, noch länger zu warten.

Als hätte Maxim meine Gedanken erraten, griff er nach meinem Slip und als ich meine Hüfte anhob, zog er ihn mir unendlich langsam aus.

»Maxim«, stöhnte ich und warf ihm einen bösen Blick zu. Er konnte mich auf keinen Fall noch länger warten lassen. Ich sehnte mich so sehr nach ihm, dass es beinahe wehtat.

Maxims Augen wurden dunkler, als sie meinem flehenden Blick begegneten und endlich verstand er. Er befreite sich von seinen Boxershorts und fischte ein Kondom aus seinem Geldbeutel.

Dann schob er sich, ohne mich aus den Augen zu lassen, zwischen meine Beine, die ich bereitwillig für ihn öffnete. Das Gefühl, als seine harte Erektion meine erhitzte Mitte streifte, war unbeschreiblich. Ich brannte vor Verlangen und wollte ihn nur noch ihn mir spüren.

Ich vergrub meine Hände in Maxims Haaren und zog ihn zu mir. Wir küssten uns mit einer Leidenschaft, die mich erschaudern ließ. Ich schlang meine Beine um ihn und genoss sein Keuchen an meinem Hals, als er in mich drang.

Mein Kopf fiel nach hinten und ich schloss die Augen. Die Spannung in mir baute sich so schnell auf, dass ich kaum noch Luft bekam. Ich stöhnte auf, als Maxim erneut in mich stieß. Seine Bewegungen wurden schneller und ich klammerte mich an seinen Schultern fest und passte mich seinem Rhythmus an.

Unser lauter Atem erfüllte das Zimmer und ich vergaß alles um mich herum.

Es gab nur noch diesen Moment, in dem wir uns festhielten und uns gaben, was wir glaubten, verloren zu haben.

Ich öffnete meine Augen und mein Blick fand Maxims, der unverwandt auf mich gerichtet war. Ich konnte wildes Verlangen darin lesen, aber auch eine tiefe Zuneigung, die mehr sagte, als hundert Worte es gekonnt hätten.

»Oh mein Gott, Tara ...«

Maxim begann seine Hüfte noch schneller zu bewegen und ich schnappte nach Luft. Die Spannung in mir wuchs und ich drängte mich ihm entgegen. Im nächsten Moment explodierte ich. Mein Höhepunkt war so intensiv, dass ich laut aufschrie. Ich spürte, wie Maxim gleichzeitig in mir kam. Er brach auf mir zusammen und vergrub sein Gesicht in meiner Halsbeuge. Sein heißer Atem an meinem Ohr ging schnell und unregelmäßig und ich spürte, wie sich ein Grinsen auf meinem Gesicht ausbreitete, das vermutlich unglaublich dämlich aussah.

Meine Güte, wie sehr ich das vermisste hatte! Wie sehr ich ihn vermisst hatte.

Maxim rollte sich von mir und wandte mir sein Gesicht zu. Ein träges Lächeln lag auf seinen Lippen und als ich mit einem Finger sanft über seine Wangen strich, wurde sein Blick weich.

»Tara, du bist ...«, setzte er an, doch ein Geräusch aus dem Wohnzimmer ließ ihn innehalten.

Jemand drehte den Schlüssel im Schloss herum. Nicht jemand.

Hanna.

Alarmiert richtete ich mich auf. Sie hatte mich zwar vor wenigen Stunden gebeten, ihrem Bruder eine Chance zu geben, sich zu erklären, aber ich bezweifelte, dass sie damit gemeint hatte, dass ich gleich wieder mit ihm ins Bett springen sollte.

Mist, Mist, Mist! Ich wollte auf keinen Fall, dass sie uns so sah. Das wäre für uns alle ein absolutes Horrorszenario.

»Das ist Hanna«, herrschte ich Maxim an, als wäre es seine Schuld, dass seine Schwester früher vom Babysitten zurückkam.

»Verdammt«, fluchte er und griff nach seiner Hose. Ich schlüpfte schnell in meine Leggins und zog mir mein Schlafshirt über.

»Was jetzt?«, wisperte Maxim leise.

»Du musst verschwinden.«

»Was?« Entgeistert starrte er mich an. »Wie soll ich ...?«

Ich öffnete das Fenster und ignorierte Maxims entsetzten Blick.

»Ich klettere da nicht raus.«

»Wir sind hier im Erdgeschoss!«

»Ich habe keine Angst, mich zu verletzen, sondern will nicht abhauen wie ein billiger One-Night-Stand!«

»Ernsthaft? Du willst jetzt wirklich eine Diskussion über dieses Thema anfangen?«

»Nein!« Er funkelte mich böse an und ich konnte mir ein Grinsen nicht verkneifen, als ich ihn auf das offene Fenster zuschob.

»Warte, wo ist mein T-Shirt?«

»Bis bald, Maxim.«

Er warf mir noch einen letzten ungläubigen Blick zu, dann stieß er einen leisen Fluch aus und kletterte aus dem Fenster. Ich hörte wie er auf dem Boden aufkam und schloss das Fenster in genau der Sekunde, in der Hanna in mein Zimmer gestürmt kam. Mit meinem Top in der Hand.

»Hast du meinen großen Bruder gerade gezwungen, aus deinem Fenster zu springen, nachdem ihr Sex hattet?«

»Ähm. Nein?«

Die Situation hätte kaum schlimmer sein können. Na ja, sie hätte zehn Minuten früher heimkommen können, das wäre schlimmer gewesen.

»Wir brauchen Regeln«, war alles, was Hanna sagte, bevor sie sich umdrehte und ins Wohnzimmer ging.

»Hanna, warte mal. Das war absolut ungeplant!« Ich folgte ihr in die Küche, wo sie sich ein Glas Wein einschenkte. Ein sehr volles Glas.

»Habt ihr euch vertragen? Das ist eigentlich alles, was ich wissen muss.«

»Ähm ...«

»Oh Tara!« Kopfschüttelnd musterte sie mich.

»Es ist kompliziert«, versuchte ich mich zu rechtfertigen.

»Das ist es immer.« Sie seufzte und schenkte mir ebenfalls ein Glas ein.

»Na wenn das kein guter Grund zum Trinken ist«, murmelte ich und stieß mit ihr an.

»Okay und jetzt zu den Regeln!«

»Die werden nicht nötig sein.«

»Ich glaube schon. Wir brauchen irgendein Zeichen, wenn du Männerbesuch hast.«

»Du meinst so etwas, wie ein Socken an der Türklinke?«

»Genau. Ich hab's! Ich bastele ein Schild und male auf die eine Seite einen Penis und auf die andere ein Buch.«

»Hä?« Entgeistert starrte ich Hanna an.

»Na ja, dann weiß ich, dass du entweder Sex hast oder ein Buch liest. Bei Letzterem kann ich gefahrlos in dein Zimmer, bei Ersterem werde ich umgehend die Wohnung verlassen.«

»Du spinnst doch! Ich werde mir ganz sicher kein Schild mit einem Penis drauf an meine Tür hängen!«

»Hey, ich kann gut zeichnen.«

»Als ob es darum geht.«

»Also ich finde die Idee super.«

Wir witzelten noch eine Weile herum und mit jedem Lachen wurde mir leichter ums Herz.

Später lag ich in meinem Bett und starrte unruhig an die Decke. Ich wusste nicht, was ich denken sollte. Heute Morgen noch hatte ich mit meiner Großmutter gefrühstückt!

In den letzten Stunden war viel zu viel passiert. Doch trotz all dem Chaos in meinem Innern, fühlte ich mich leichter. Befreiter. Ich wusste zwar nicht, wie es mit Maxim weitergehen würde, aber für den Moment war das auch nicht wichtig.

Wichtig war nur, dass ich meinen Weg zurück nach Hause gefunden hatte.

Ich kuschelte mich in die Decke und schloss die Augen. Gerade als ich kurz davor war, einzuschlafen, vibrierte mein Handy.

Ein Blick auf das Display genügte und ich war wieder hellwach.

> Maxim: Wurde auf der Flucht aus deinem Zimmer von deiner Nachbarin beobachtet. Eine ältere Frau, die leicht verstört wirkte, als ein halb nackter Kerl durch den Garten rannte. Bestimmt träumt sie heute Nacht von mir. Gute Nacht, Tara! Schlaf schön :*

28. Kapitel

Maxim

Fröhlich summend stand ich in der Küche und schenkte mir Kaffee ein. Ein Gedanke an gestern Nacht reichte aus, um mir ein albernes Grinsen ins Gesicht zu zaubern. Ich hatte keine Ahnung gehabt, was mich erwartete, als ich vor Taras Tür stand.

Die letzten Tage ohne sie waren die Hölle gewesen. Nachdem ich ihren Brief gelesen hatte, war es verdammt hart gewesen, sie nicht alle paar Minuten anzurufen. Aber ich hatte gewartet, bis sie wieder zurück war und nachdem ich Hannas Nachricht bekam, konnte mich nichts mehr aufhalten. Und es hatte sich gelohnt. Tara wieder in meinen Armen zu halten, war unbeschreiblich gewesen. Es hatte sich richtig angefühlt. Als würde sie genau dort hingehören. Ich schüttelte den Kopf über mich selbst und steckte eine Scheibe Brot in den Toaster. Keine Ahnung, wie das möglich war, aber Tara hatte mir völlig den Kopf verdreht. Ich hatte nicht gewusst, dass ich zu solchen starken Gefühlen noch mal fähig war, aber wenn ich bei ihr war, dann trat alles andere in den Hintergrund. Ich konnte nur hoffen, dass es ihr genauso ging. Nachdem sie mich so abrupt aus ihrem Zimmer geschmissen hatte, wusste ich nicht, was sie über uns dachte. Verdammte Hanna! Ihr Timing hätte beschissener kaum sein können.

Als mein Smartphone vibrierte, wurde mein Grinsen breiter, aber es war nicht Tara, die mich anrief, sondern Finn. Ich verzog das Gesicht und nahm den Anruf an.

»Hey, was gibt's?«

»Wow, das ist ja mal ne nette Begrüßung, alles klar, Mann?«

»Ja, ich habe nur kurz gedacht, jemand anderes würde anrufen.«

»Und jetzt bist du enttäuscht, weil nur ich es bin.« Finn lachte leise auf und ich verdrehte die Augen. Ich hätte meinen Mund halten sollen.

»Tara ist also wieder da, ja?«

»Woher …? Klar, Hanna. Was hat sie denn erzählt?« Ich würde meine Schwester umbringen, wenn sie Finn von dem Rausschmiss erzählt hatte.

»Tara hat dich echt aus dem Fenster geschubst?« Sein Lachen wurde lauter und wenn ich nicht selbst so dämlich grinsen würde, wäre ich vermutlich sauer geworden. Natürlich hatte Hanna geplaudert.

»Irgendwie schon, ja.«

»Aber habt ihr euch ausgesprochen oder keine Ahnung, was war überhaupt los?« Finns Stimme wurde ungewohnt ernst. Ich konnte mich nicht daran erinnern, wann wir das letzte Mal so ein Gespräch geführt hatten.

»Das ist ne längere Geschichte. Zwischen Tara und mir läuft seit ein paar Wochen was. Kurz bevor sie nach Hause gefahren ist, haben wir uns gestritten. Es war ein dämlicher Streit, der jetzt keine Rolle mehr spielt.«

»Aha. Und wie geht's jetzt weiter bei euch?«

Wow, er meinte es wirklich ernst. Bisher hatte sich Finn nie für meine Frauengeschichten interessiert, aber Tara war nun mal nicht nur eine bedeutungslose Begegnung. Natürlich checkte er, was für ein großer Schritt das für mich war, auch wenn wir nur selten über diesen ganzen Kram geredet hatten.

»Keine Ahnung … ich will es nicht wieder versauen.«

»Das hoffe ich! Ich mag Tara und es wäre echt scheiße, wenn du ihr das Herz brichst.«

»Das habe ich nicht vor, aber gut zu wissen, auf welcher Seite du stehen würdest.«

»Hör auf rumzuheulen. Ganz ehrlich, Maxim? Ich finde, du solltest den nächsten Schritt gehen.«

»Hä?«

»Frag Tara nach einer Verabredung oder so.«

»Nach einer Verabredung?« Jetzt fing ich an, mir wirklich Sorgen um meinen besten Freund zu machen.

»Du willst es diesmal richtigmachen, oder? Bitte sie nach einem Date oder so, darauf stehen Frauen.«

»Was weißt du denn schon, worauf Frauen stehen.«

»Hey! Ich ...«

»Jaja, schon gut. Hast du nur deshalb angerufen? Um mich wegen Tara zu nerven?«

»Ich wollte eigentlich nur von dir hören, dass du echt aus einem Fenster springen musstest, weil deine kleine Schwester dich beim Sex hätte erwischen können.«

»Haha.« Was für ein Witzbold.

Nach dem Telefonat sprang ich unter die Dusche und überlegte, was ich zu Tara sagen sollte. Ich hasste es, dass Finns Vorschlag mir nicht aus dem Kopf ging, aber ich wollte es diesmal wirklich richtigmachen.

Kurz entschlossen schlüpfte ich in Jeans und Pulli und machte mich auf den Weg in die Bibliothek. Es war Donnerstag und wenn es einen Ort gab, an dem die Wahrscheinlichkeit hoch war, Tara anzutreffen, dann dort. Garantiert versuchte sie gerade verzweifelt den Stoff nachzuholen, den sie in der letzten Woche verpasst hatte.

Tatsächlich entdeckte ich sie eine Stunde später an einem der Tische im hinteren Teil der Bibliothek. Sie hatte ihren Kopf über ein offenes Buch gesenkt. Bei ihrem Anblick stieg ein warmes Gefühl in mir auf, das mich früher mit Panik erfüllt hätte. Jetzt wollte ich nur auf sie zueilen und sie in meine Arme schließen.

»Ich habe gewusst, dass ich dich hier finden würde.«

Sie zuckte zusammen und sah auf.

»Darf ich mich zu dir setzen?«

Sie nickte langsam, ohne mich aus den Augen zu lassen.

»Was machst du hier?«, fragte sie verwundert.

Ich schluckte und versuchte mir die Nervosität nicht anmerken zu lassen, als ich mich ihr gegenüber auf einen Stuhl sinken ließ.

»Lernen?« Ich packte einen Ordner aus und legte ihn demonstrativ auf den Tisch.

»Es ist mitten im Semester und du lernst?«

»Na schön, nein. Ich sitze hier mit irgendwelchen Unterlagen zu geschichtlichen Daten, die mich kaum weniger interessieren könnten, und schmachte still und heimlich das Mädchen an, das mir gegenübersitzt und das ich offenbar gerade nur sehen kann, indem ich mich in die Bibliothek setze. In die menschenleere Bibliothek, in der außer dir niemand an einem Donnerstagvormittag mitten im Semester lernt, wohlgemerkt.«

Ihr Mund klappte auf und wieder zu.

»Du bist nur hier, weil du mich sehen willst?«, echote sie und warf mir ein Lächeln zu, das mich alles andere vergessen ließ.

»Na ja, ja.«

Ich beugte mich über meine Unterlagen, musste mir aber nach wenigen Sekunden eingestehen, dass es keinen Sinn hatte, so zu tun, als würde ich wirklich lernen. Wir wussten beide, dass ich nicht deshalb hier war.

Ich konnte meine Reaktion auf Taras Nähe nicht ignorieren. Ich nahm nur noch ihre leisen, stockenden Atemzüge wahr und verfluchte im Stillen ihren süßen Duft, der mir in die Nase stieg und meine Sinne vernebelte. Tara hob den Kopf und als hätte sie meinen Gedanken erraten, verhakten sich unsere Blicke.

»Sollen wir ...« Sie räusperte sich und die Heiserkeit in ihrer Stimme ließ mich erschaudern. »Sollen wir woanders hingehen?«

Alles in mir drängte danach, laut *ja!* zu rufen, aber der Teil von mir, der noch zu klaren Gedanken fähig war, hielt mich davon ab.

»Nein.«

»Nein?«, wiederholte sie ungläubig, während die aufgeladene Spannung zwischen uns sich langsam in Luft auflöste. Mit gerunzelter Stirn verschränkte sie ihre Arme. Oh Scheiße, das musste ich schnell wieder gradebiegen!

»Versteh mich nicht falsch, Tara. Ich würde dich liebend gerne mit zu mir nach Hause nehmen und all die Dinge mit dir machen, die mir seit Tagen nicht mehr aus dem Kopf gehen. Aber ich will es diesmal richtigmachen.«

»Du willst was?« Verwirrt schaute sie mich an. Ich unterdrückte nur mit Mühe ein Lachen, als sie ihre Stirn verwundert runzelte, als hätte sie keine Ahnung, wie sie je aus mir schlau werden sollte.

»Ich will dich ausführen.«

»Wohin denn ausführen?« Oh Mann, das hier war schwerer als gedacht!

»Wow, du bist ja eine richtige Romantikerin, Tara. Ich bitte dich gerade um ein Date.«

»Oh.« Ihre Augen wurden groß und endlich verzogen sich ihre Lippen zu einem Lächeln. »Du meinst das ernst.«

»Natürlich meine ich das ernst! Mein Gott, hätte ich gewusst, wie schwierig es ist, ein Mädchen um ein Date zu bitten, hätte ich dich nicht gefragt. Ich weiß schon, warum ich diesen Quatsch die letzten Jahre nicht gemacht habe.« Vielleicht war es eine dämliche Idee, sie nach allem, was passiert war, um eine offizielle Verabredung zu bitten. Es war altmodisch und dass der Vorschlag von Finn gekommen war, machte es nicht besser.

»Okay.«

»Okay?«

»Ja, ich gehe gerne auf ein Date mit dir.« Sie musste ein Kichern unterdrücken, als wäre die Vorstellung komplett absurd.

»Wehe du ziehst am Samstag unser Picknick auch so ins Lächerliche.«

»Samstag? Picknick?« Sie wurde augenblicklich ernst.

»Verdammt, eigentlich wollte ich dich überraschen. Diese Date-Sache ist gar nicht so leicht. Ja, Samstag. Ich hole dich um elf Uhr ab.«

»Okay.«

»Bis übermorgen.« Ich beugte mich vor und hauchte ihr einen Kuss auf die Wange. Bevor ich die Beherrschung verlieren und sie an mich ziehen würde, drehte ich mich um und verschwand mit schnellen Schritten.

Zufrieden verließ ich die Bibliothek. Ich hatte eine Verabredung mit Tara. Es hätte schlimmer laufen können.

29. Kapitel

Tara

»Scheiße! Verfluchter Mist!«

Ich war kurz vor einem Nervenzusammenbruch. Verzweifelt und völlig hilflos stand ich vor meinem Kleiderschrank.

»Hör auf zu lachen! Das ist nicht witzig«, fuhr ich meine Mitbewohnerin und beste Freundin an, die es sich auf meinem Bett gemütlich gemacht hatte und meine wachsende Panik amüsiert beobachtete. In ihrer Hand hielt sie eine Kaffeetasse, an der sie genüsslich nippte, was in mir den Wunsch weckte, sie ihr aus der Hand zu schlagen. Wie konnte sie nur so ruhig bleiben, während nicht viel fehlte, dass ich völlig durchdrehte? Ella saß neben ihr und schien sich mindestens genauso gut zu amüsieren.

»Ich habe nichts anzuziehen! Nichts!« Meine Stimme klang viel zu schrill, aber ich hatte die Kontrolle darüber verloren. Genauso wie über meinen Körper, der sich in ein zitterndes Nervenbündel verwandelt hatte.

»Das ist eine Katastrophe«, jammerte ich. So konnte ich Maxim auf keinen Fall gegenübertreten. Es war albern, jetzt wegen ein paar Klamotten durchzudrehen, aber ich hatte noch nie ein richtiges Date gehabt.

»Tara! Dein Schrank ist voll mit Klamotten und Maxim hat dich in den meisten deiner Kleidungsstücke sowieso schon gesehen. Ich verstehe es nicht, es ist doch nur Maxim.«

»Du hast gut reden, du hast ja auch nicht gleich ein Date mit ihm.«

»Stimmt, ich habe kein Date mit meinem *Bruder.*«

»Du verstehst das nicht«, knurrte ich und zog ein bordeauxrotes Top aus dem Schrank, das ich schon ewig nicht mehr getragen hatte.

»Nö, tu ich auch nicht, aber es ist echt witzig dir dabei zuzuschauen.«

»Boah, Hanna! Du bist überhaupt keine Hilfe«, beschwerte ich mich.

»Stimmt. Aber du brauchst meine Hilfe ja auch nicht. Es ist völlig egal, was du gleich anziehst. Mein Bruder hat noch nie ein Mädchen um ein Date gebeten. Noch nie! Leah kannten wir seit Jahren, da hätte er nie so formell um eine Verabredung gebeten und wie er hier mit den Frauen umgegangen ist, weißt du ja.«

»Ja, danke für die Erinnerung.« Ich verzog das Gesicht, als ich an all die Frauen aus der Uni dachte, die Maxim schon in seinem Bett gehabt hatte.

»Deine Kleiderkrise ist totaler Quatsch. Ihr habt endlich die Chance, das zwischen euch hinzukriegen. Es ist völlig egal, was du heute anziehst«, warf Ella ein.

»Du hast ja recht.« Ich seufzte und schlüpfte in eine enge, blaue Jeans, mit der ich nichts falschmachen konnte, weil ich mich darin eigentlich immer wohlfühlte.

Warum sollte ich auch jetzt damit anfangen, mich übertrieben schick zu machen?

Maxim kannte mich. Und er schien genau das Mädchen zu mögen, das ich war, also brauchte ich mich heute nicht verstellen, in dem ich mich wie das Modepüppchen anzog, das ich nicht war.

»Na also, geht doch«, kommentierte Hanna zufrieden.

Bevor ich mein Outfit noch einmal überdenken konnte, ging ich in die Küche, um mir eine zweite Tasse Kaffee einzuschenken. Es war zwanzig nach zehn und ich hatte keine Ahnung, wie ich die nächste halbe Stunde überstehen sollte.

»Jetzt hör auf so rumzuzappeln«, sagte Ella.

Hanna und Ella waren mir in die Küche gefolgt und schauten mich kopfschüttelnd an.

»Und den solltest du vielleicht lieber nicht trinken.« Hanna nahm mir die Tasse aus der Hand und in diesem Moment realisierte ich, wie sehr ich wirklich neben mir stand, denn ich ließ sie einfach gewähren.

»Mein Bruder braucht keine hyperaktive, super nervöse Tara auf seinem Date.«

»Kannst du mal damit aufhören, ständig zu betonen, dass er dein Bruder ist? Glaub mir, ich bin mir dieser Tatsache bewusst.«

Ella lachte leise, was sie schnell mit einem Husten tarnte, als ich sie böse anfunkelte.

»Na schön«, brummte Hanna, aber sie konnte mir nichts vormachen. Dass sie an ihrem heiligen Samstag vor zehn Uhr aufgestanden war, verriet, wie sehr sie mit mir mitfieberte.

»Erzähl mir noch mal von eurer letzten Begegnung. Hast du Maxim wirklich aus deinem Fenster geschubst?« Ella ignorierte Hannas theatralisches Seufzen und schaute mich erwartungsvoll an.

»Nicht wirklich. Ich habe ihm nur einen leichten Stoß gegeben, damit er rausklettert, bevor Hanna in mein Zimmer kommt.«

»Du hast ihn echt aus deinem Fenster geschubst!« Ella grinste zufrieden vor sich hin, als hätte sie meine Worte gar nicht gehört.

»Ähm, ich bin auch noch hier und ich will nichts mehr über diesen Abend hören.« Hanna verzog das Gesicht, woraufhin Ella und ich gleichzeitig in lautes Gelächter ausbrachen. Es tat gut, die beiden bei mir zu haben. Nachdem ich die Vergangenheit endlich hinter mir gelassen hatte, war es leichter mit ihnen über die Jahre zu Hause zu reden.

Als es um zehn vor elf an der Tür klingelte, sprang ich sofort hektisch auf, nur um dann innezuhalten und still bis fünf zu zählen, bevor ich bemüht gelassen zur Haustür ging und öffnete. Ich hörte noch, wie Hanna und Ella leise in Hannas Zimmer verschwanden, dann nahm ich nichts mehr wahr, außer den jungen Mann, der vor mir stand und mich fröhlich angrinste.

Maxim sah atemberaubend gut aus.

Mein Blick glitt über seine Haare, die trotz seines Versuchs sie zu bändigen so durcheinander fielen wie immer. In seinen Augen lag ein helles Funkeln und ich war machtlos gegen das Lächeln, das sich bei seinem Anblick auf meinen Lippen ausbreitete.

Maxim hatte sich genauso wenig schick gemacht wie ich. Er trug eine Jeans und einen grauen Pulli, den ich schon oft an ihm gesehen hatte.

Sein ganzes Auftreten war mir schmerzlich vertraut und nahm mir meine Nervosität.

»Du siehst toll aus«, sagte Maxim schließlich und ließ seinen Blick anerkennend über mein Top und die Jeans wandern.

»Ich hol meine Jacke, dann können wir los«, gab ich zurück, ohne auf sein Kompliment einzugehen. Ich schnappte meine Jacke und zog die Tür hinter mir zu.

»Und? Wo geht es hin?«

»Hey, bekomm ich nicht mal eine richtige Begrüßung?« Ich wollte gerade zu einer Antwort ansetzen, da zog mich Maxim schon in eine enge Umarmung, die mein Herz stolpern ließ. Ich atmete seinen vertrauten Geruch ein und schloss kurz die Augen. Am liebsten hätte ich ihn zurück in die Wohnung gezerrt, um mir seinen Anblick ohne Kleidung noch einmal zu vergegenwärtigen. Aber so verlockend der Gedanke auch war, ich wollte Maxims Pläne nicht durchkreuzen. Dafür war ich viel zu neugierig, wo er mich hinbringen würde.

»Bevor das hier noch in eine falsche Richtung läuft, sollten wir jetzt wirklich los«, bemerkte Maxim leise und löste sich von mir. Ich nickte entschlossen.

»Manchmal würde ich echt gerne in deinen Kopf schauen können.«

»Ob du das verkraften könntest?« Ich zwinkerte ihm zu und triumphierte innerlich, als er darauf nichts erwiderte.

»Gehen wir.« Maxim legte eine Hand auf meinen Rücken und schob mich sanft vorwärts.

Mein Körper reagierte mit einem verräterischen Schauder, als hätte er sich tatsächlich immer noch nicht daran gewöhnt, wie sich Maxims Berührungen anfühlten.

»Wir fahren mit dem Auto?« Meine Augen wurden groß, als ich Maxims Wagen auf dem Parkplatz vor unserem Haus entdeckte.

Ich war von einem Spaziergang durch den Stadtgarten mit anschließendem Picknick ausgegangen, aber ganz offensichtlich hatte Maxim andere Pläne.

Mit klopfendem Herzen stieg ich ein und obwohl ich schon oft mit Maxim in einem Auto gesessen hatte, verfolgte ich mit meinem Blick jede seiner Bewegungen.

»Nervös?« Maxim hob herausfordernd seine Augenbrauen, aber mir entging der aufmerksame Ausdruck in seinem Blick nicht.

»Ein bisschen vielleicht«, gab ich zu.

»Brauchst du nicht. Ich entführe dich weder in einen dunklen Wald, wo ich dann meine zwiegespaltene Persönlichkeit offenbare und dich umbringe, noch habe ich vor nach Hause zu fahren und dich meinen Eltern vorzustellen.«

»Ja, das wäre beides für ein erstes Date eher unpassend.«

»Allerdings.«

Ich lächelte in mich hinein und endlich fiel etwas von der Anspannung ab. Trotz allem war es Maxim, der neben mir saß. Der Maxim, den ich seit meiner Zeit in Lilberg kannte, der mich bemitleidet hatte, wenn Hanna ihre Taylor Swift Musik hörte und der sich mit Finn über unseren Kaffeekonsum lustig machte.

Ich kannte ihn. Und auch wenn diese Situation neu und aufregend war, so strahlte Maxim doch eine Vertrautheit aus, die mir guttat. Sie half mir, durchzuatmen und darauf zu vertrauen, dass mein schneller Herzschlag kein Grund war, alarmiert das Weite zu suchen. Dass ich diesmal bleiben durfte.

Schweigend verließen wir die Stadt. Mit wachsender Neugier schaute ich aus dem Fenster und versuchte ein mögliches Ziel zu erraten, doch schon nach wenigen Minuten war mir die Umgebung fremd. Wo brachte Maxim mich nur hin?

Wir fuhren über eine Landstraße, die sich zwischen Blumenwiesen und Erdbeerfeldern durch die Landschaft schlängelte.

Ich hatte die Stadt bisher kaum verlassen, da ich kein Auto besaß und mit dem Fahrrad nur selten abseits der üblichen Wege zwischen Bibliothek, Uni und Wohnung unterwegs war.

»Ich wusste gar nicht, wie schön die Gegend hier ist!«

»Genau deshalb wollte ich mit dir mal aus der Stadt raus.« Maxim warf mir ein Lächeln zu, das ich nicht gleich deuten konnte. Er wirkte zufrieden und in sich ruhend.

»Gleich sind wir da«, verkündigte Maxim plötzlich. Er verließ die Straße und bog in einen schmalen Feldweg ein, der zu einem Wald führte, der sich dunkel am Horizont erhob.

»Wie war das noch mit der düsteren Waldgeschichte?« Ich zog skeptisch meine Augenbrauen hoch, als Maxim am Waldrand parkte.

»Warte ab«, erwiderte Maxim lächelnd.

»Wäre das hier ein richtiges erstes Date, also eins mit einem Fremden, würde ich spätestens jetzt Hanna oder dich anrufen«, bemerkte ich, während Maxim zum Kofferraum ging.

»Das will ich doch hoffen.«

Im nächsten Moment stand Maxim mit einem Picknickkorb in der einen und einer Decke in der anderen Hand. Verblüfft starrte ich ihn an.

»Wir gehen wirklich picknicken!«

Ich wusste nicht, warum meine Stimme so heiser klang, aber zu sehen, wie viel Mühe Maxim sich gemacht hatte, rührte mich.

»Natürlich, was dachtest du denn?« Er trat einen Schritt auf mich zu und nach einem kurzen Zögern griff er nach meiner Hand. »Ich habe es ehrlich gemeint, als ich gesagt habe, dass ich es diesmal richtigmachen will.«

Er warf mir einen langen Blick zu. Das Grinsen war aus seinem Gesicht verschwunden und einem ernsten Ausdruck gewichen.

»Okay.« Ich wagte ein Lächeln, das er schließlich erwiderte. Hand in Hand folgten wir einem schmalen Pfad, der uns mitten in den Wald führte.

Ich rechnete schon mit einem Picknick zwischen Baumstämmen und Büschen, als ich sah, dass die Bäume sich zu lichten begannen.

Ein paar Schritte später standen wir vor einem wunderschönen See. Die Sonne spiegelte sich auf der glatten Oberfläche und das reflektierte Licht warf ein goldenes Glitzern auf das Wasser.

»Wow.« Ich ließ Maxims Hand los und trat näher an das Wasser.

Der See war nicht besonders groß, vermutlich würden wir ihn in fünfzehn Minuten umrunden können, aber er war schöner als jeder angelegte Stadtsee, den ich je gesehen hatte.

»Das ist wirklich ein besonderer Ort! Woher kennst du ihn?«

»Habe ich zufällig mal entdeckt.«

Ich sah ihn misstrauisch an.

»Na schön, ein Mädchen hat mich mal hier her navigiert. Aber wir waren nur wenige Minuten hier! Ich meine, schau dich um. Das ist viel zu romantisch.«

»Du bist unverbesserlich.« Lachend schüttelte ich den Kopf.

»Na ja, scheinbar bin ich es ja doch.«

Er warf mir ein Lächeln zu, bei dem mir die Knie weich wurden. Ich hatte gedacht, dass seine starke Wirkung auf mich irgendwann nachlassen würde, aber bisher merkte ich davon nichts. Im Gegenteil, mein Herz klopfte so schnell, als wäre ich gerade einen halben Marathon gerannt.

»Ja, scheinbar.«

»Komm, ich zeig dir den schönsten Platz am See.«

Auf einem Streifen Wiese, nahe dem Wasser, breitete Maxim die rot karierte Picknickdecke aus. Ich ließ mich auf den weichen Untergrund sinken und wartete gespannt, was Maxim aus dem Korb zaubern würde.

Kurz darauf starrte ich sprachlos auf eine Schale Erdbeeren, Baguette, zwei verschiedene Streichcremes, Käse und Schoko Muffins. Als Maxim zum Schluss noch eine Kanne hervorholte, deren Inhalt ich gar nicht erst erraten musste, hätte ich am liebsten laut gejubelt.

»Das ist mit Abstand das beste Date, das ich je hatte!« Er brauchte ja nicht zu wissen, dass es mein erstes war.

»Und das nur, weil ich Kaffee mitgebracht habe? Du bist ja leicht zu beeindrucken!« Er zwinkerte mir zu, aber es war ihm anzusehen, wie sehr ihn meine Reaktion freute.

»Ehrlich Maxim. Das ist unglaublich!«

Ich beugte mich vor, um ihm einen Kuss auf die Wange zu drücken, aber in diesem Moment drehte er den Kopf, sodass meine Lippen stattdessen auf seinem Mund landeten. Bevor ich mich wieder zurückziehen konnte, erwiderte Maxim den Kuss und ich versank in seiner Berührung.

Sanft fuhr er mit seiner Hand durch meine Haare und als unsere Zungen sich berührten, seufzte ich leise auf.

Der Kuss war liebevoll, kurz und süß.

Doch als Maxim sich von mir löste und mich aus seinen blau funkelnden Augen anstrahlte, klopfte mein Herz so schnell, dass ich fürchtete, es würde jeden Moment aus meiner Brust springen.

Ich legte den Kopf in den Nacken und schaute in den wolkenlosen Frühlingshimmel über uns. Wie leicht es doch manchmal war, einfach nur glücklich zu sein!

»Was denkst du?«, fragte Maxim plötzlich, der mich amüsiert beobachtete.

»Dass ich nicht weiß, wann ich mich das letzte Mal so leicht und glücklich gefühlt habe.«

Statt einer Antwort beugte sich Maxim zu mir und küsste mich erneut.

In diesem Moment gab ich mir selbst das Versprechen, dass ich an diesem Gefühl festhalten würde. Dass ich diesen Tag in meinen Gedanken speichern würde, um in schwereren Zeiten die Erinnerung daran hervorholen zu können.

Denn wenn ich eines durch die ganze Sache mit Maxim gelernt hatte, dann dass es sich lohnte, an das Glück zu glauben. Dass es sich lohnte, es trotzdem zu wagen. Ich wusste, welches Risiko ich einging, indem ich mich auf ihn einließ. Aber ich wollte nicht mehr weglaufen und Angst haben. Es gab keine Garantie, dass das zwischen uns gut ausgehen würde. Die gab es nie.

Aber allein dieser Moment jetzt, dieser Augenblick mit ihm, in dem ich verdammt glücklich war, war es wert. Und warum sollte ich mich fürs Weglaufen entscheiden, wenn es sich so gut anfühlte zu bleiben?

30. Kapitel

Maxim

Es war ein perfekter Frühlingstag. Einer, an dem der Himmel in einem hellen Blau strahlte und die Sonne eine angenehme Wärme spendete.

Immer wieder wanderte mein Blick zu der Frau neben mir, die sich gerade ein Stück Baguette abbrach und mir ein Lächeln zuwarf, als hätte ich ihr die Welt zu Füßen gelegt.

Dabei war es nur ein Picknick am See. Und irgendwie auch nicht. Irgendwie war es auch viel mehr.

Je länger ich Tara betrachtete, desto stärker wurde das sehnsuchtsvolle Ziehen in meiner Brust. Ich hätte sie am liebsten hier und jetzt auf meinen Schoß gezogen und an mich gedrückt, aber ich hielt mich zurück.

Die Nacht, in der wir uns ausgesprochen hatten, hatte alles verändert. Seither sah ich nicht mehr nur die fröhliche, schlagfertige Tara, die ständig etwas tun und lernen musste, um zufrieden zu sein. Viel mehr sah ich jetzt eine Stärke in ihr, die ich erst begriffen hatte, als sie weinend in meinen Armen versunken war.

Tara war etwas Besonderes. Ich hatte diesen Gedanken schon zuvor gehabt, aber mit jeder Minute, die ich mit ihr verbrachte, wurde mir klar, wie glücklich ich mich schätzen konnte, dass sie immer noch hier war. Dass sie mir noch eine Chance gab. Am liebsten würde ich die Uhr zurückdrehen und es anders machen. Aber im Grunde war das gar nicht nötig, denn wir waren schließlich trotz allem heute hier. Vielleicht sogar gerade wegen allem. Ich wusste es nicht, doch letztendlich spielte es auch keine Rolle. Wichtig war nur, dass sich die Vergangenheit nicht noch einmal wiederholte und durch Tara hatte ich zum ersten Mal das Gefühl, mich auf die Zukunft zu freuen.

»Und weißt du, was dann passiert ist?«

Tara schaute mich aus ihren großen, braunen Augen an, die mich seit ich sie kannte, faszinierten.

»Nein, weiß ich nicht.«

Ich musste ein Lachen unterdrücken, als sie mir einen bösen Blick zuwarf. Tara erzählte seit gefühlten zehn Minuten von einem Seminar, in dem ihre Kommilitonin irgendetwas gemacht hatte, was absolut dämlich gewesen war. Glaubte ich zumindest. Ehrlich gesagt, hatte ich keine Ahnung, worüber sie eigentlich sprach. Ich saß nur stumm neben ihr und starrte sie mit einem albernen Grinsen im Gesicht an.

Taras Gesten wurden lebhafter, je länger sie redete und der Anblick wie sie mit leuchtenden Augen und geröteten Wangen vor mir saß, war herzzerreißend süß.

Auch wenn sie auf den ersten Blick nicht außergewöhnlich hübsch war, hatte sie etwas an sich, das mich anzog. Vielleicht war es ihr ehrliches Lächeln, vielleicht ihre unbekümmerte, direkte Art. Was auch immer es war, es führte dazu, dass ich Tara stundenlang ansehen und ihr hätte zuhören können.

Die Zeit verflog viel zu schnell und als die Sonne tief am Himmel hing und ein kühler Wind aufkam, stand ich widerwillig auf.

»Wir sollten zurück.«

»Sollten wir wohl.«

Tara warf einen wehmütigen Blick auf den See, der ruhig dalag. Bis auf zwei Spaziergänger war uns den ganzen Tag niemand begegnet. Es war, als wären wir für ein paar Stunden der Welt entflohen und ich verspürte herzlich wenig Lust, jetzt in sie zurückzukehren.

»Wir werden wiederkommen«, versprach ich, als ich die Decke und Essensreste zusammenpackte.

»Werden wir?« In Taras Blick lag eine Unsicherheit, die mir überhaupt nicht gefiel.

»Ja, werden wir! Das war schließlich nur das erste Date. Es werden noch mehr kommen.«

»Versprochen?«

Sie lächelte und trat einen Schritt auf mich zu, was mein Herz höherschlagen ließ. Doch im nächsten Moment zog sich etwas in mir schmerzhaft zusammen.

Es gab immer noch eine Stimme in mir, die mich anschrie, so schnell wie möglich abzuhauen und das Weite zu suchen. Diese Stimme hatte Angst, dass ich noch nicht so weit war, Angst davor, wieder jemanden zu verlieren.

Ich atmete tief durch und wartete, bis der Druck nachließ. Zu erwarten, dass ich den alten Maxim mühelos hinter mir lassen konnte, war wohl etwas zu optimistisch gewesen.

»Alles okay?« Tara musste in meinem Blick erkannt haben, was in mir vor sich ging.

»Ja.«

Sie runzelte die Stirn und setzte zu einer Antwort an, doch bevor sie den Mund aufmachen konnte, griff ich nach ihrer Hand und zog sie zu mir. Tara stieß einen überraschten Laut aus und landete im nächsten Moment in meinen Armen.

Ich strich ihr eine Haarsträhne aus dem Gesicht und bemerkte mit einer gewissen Zufriedenheit, dass sich eine Gänsehaut auf ihren Armen ausbreitete.

Ich wusste, dass es immer wieder Momente geben würde, in denen die Erinnerungen an Leah mich überrollten. Doch ich wusste auch, dass Tara das verstand.

»Weißt du was, es ist nicht nur alles okay. Es ist sogar mehr als das«, sagte ich leise und griff damit ihre Worte aus dem Brief auf, die ich wohl nie vergessen würde.

»Das ist gut«, murmelte sie, ihren Blick unverwandt auf mich gerichtet. Langsam und ohne sie aus den Augen zu lassen, umfasste ich ihr Gesicht. Sie lächelte und schlang ihre Arme um mich.

Eine Weile standen wir so da. Eng umschlungen und mit wild klopfenden Herzen. Als sie ihren Kopf etwas reckte, kam ich ihr sofort entgegen. Unsere Lippen berührten sich mit einer Zärtlichkeit, die sich intimer anfühlte, als alles was ich in den letzten fünf Jahren erlebt hatte. Kurz erwartete ich, dass dieses Gefühl Panik auslösen würde. Ich kannte den Druck auf meinem Magen und die lähmende Angst, die meinen Körper erstarren ließ, viel zu gut, aber diesmal blieb sie aus.

Schweigend gingen wir zum Auto zurück. Unsere Schritte wurden langsamer, je näher wir dem Parkplatz kamen. Es war verdammt schön gewesen, einfach mal weg von allem zu sein. Ohne Handy, ohne Straßenlärm, ohne andere Menschen. Nur Tara und ich mitten in der Natur.

Die Fahrt zurück in die Stadt ging viel zu schnell vorbei und als wir vor Taras und Hannas WG standen, wäre ich am liebsten sofort wieder umgedreht.

»Bist du sicher, dass du nicht noch mit reinkommen willst?«

Tara schaute mich mit einem Blick an, der es mir fast unmöglich machte, standhaft zu bleiben. Aber ich wollte es diesmal nicht überstürzen. Es musste ja möglich sein, dass wir einen Tag zu zweit verbrachten, ohne Sex zu haben. Warum genau ich das für richtig hielt, vergaß ich allerdings in dem Moment, in dem Tara sich zu mir beugte und mir einen Kuss auf den Mund hauchte.

»Dann sehen wir uns wohl später in der Bar. Mit unseren Freunden.« Sie verzog kurz das Gesicht und zauberte mir damit ein breites Grinsen auf die Lippen.

»Wir werden noch viel Zeit zu zweit verbringen können. Das verspreche ich dir! Und jetzt schwing deinen süßen Hintern hier aus, sonst kann ich nämlich für nichts mehr garantieren.«

Lachend stieg sie aus dem Wagen und ich folgte ihr mit meinem Blick, bis sie die Tür aufschloss und in der Wohnung verschwand.

Meine Freunde saßen alle an einem Tisch in der Ecke versammelt, als ich später die Bar betrat.

»Da bist du ja!«

Ich beachtete Finn, der mich angesprochen hatte, gar nicht, sondern suchte den Blick von Tara. Sie saß zwischen Hanna und Ella und strahlte mich mit einem Lächeln an, das so ehrlich war, dass ich gar nicht anders konnte, als zurückzulächeln.

»Sagt mir bitte nicht, dass das jetzt immer so sein wird! Von diesem stillen Geschmachte wird mir schlecht«, verkündete Finn und riss mich damit aus meiner Erstarrung. Ich räusperte mich und ließ mich neben ihm auf den freien Stuhl sinken.

»Ach, du bist doch nur neidisch«, warf Ella ein. »Ich finde es schön, dass ihr einen tollen Tag hattet.«

»Ähm ja ...«

Ich runzelte die Stirn und schaute kurz zu Tara. Sie zuckte nur ihre Schultern, als wüsste sie auch nicht, was sie dazu sagen sollte. Es war vielleicht doch noch etwas zu früh, mit unseren Freunden darüber zu reden, was genau das zwischen uns war. Denn auch wenn ich wusste, dass ich es diesmal anders machen wollte und ich bereit war, mich auf Tara einzulassen, hielt mich etwas zurück, diese Gedanken laut auszusprechen.

»Hey Leute, was habt ihr nächstes Wochenende vor? Eine Praktikantin hat an der Grundschule, in der ich auch mein Praktikum gemacht habe, gekündigt und jetzt haben die mich gefragt, ob ich Frühlingsdekorationen für die Klasse basteln kann, weil ich das letztes Jahr auch schon ...«

»Ich werde ganz sicher nicht am Wochenende mit dir basteln«, unterbrach Finn den Redeschwall von Hanna.

»Wieso denn nicht? Das könnte Spaß machen.« Hanna verschränkte ihre Arme vor der Brust und warf Finn einen bösen Blick zu. Oje. Spätestens jetzt würde ich an seiner Stelle zurückrudern.

»Du hast eine echt seltsame Vorstellung von Spaß«, murmelte Finn.

»Was? Ich weiß sehr wohl, wie man Spaß hat, ich ...«

»Meine Güte, ihr benehmt euch als wärt ihr fünf! Ich helfe dir gerne, Hanna.« Ella warf einen warnenden Blick in die Runde und damit war die Diskussion beendet. »Vielleicht können wir dann auch die Bilder von unserem Hüttenwochenende sehen?«, schob sie hinterher und besänftigte damit auch Finn.

»Die würde ich tatsächlich gerne sehen«, gab er zu, wobei er einen Blick in Hannas Richtung vermied, die immer noch schmollte.

Während Hanna, Ella und Finn diskutierten, welche Filme und Fotos wir alle noch sehen mussten, saß Tara mit einem stillen Lächeln dazwischen.

Als sie aufschaute und meinem Blick begegnete, warf ich ihr ein wissendes Lächeln zu. Ein Teil von uns befand sich immer noch an dem See auf der Picknickdecke, weit weg von unseren Freunden.

»Das ist gruselig, die starren sich einfach nur mit einem so komischen Lächeln im Gesicht an«, hörte ich Finn auf einmal leise neben mir sagen.

Ich hatte gar nicht bemerkt, dass sich das Gespräch schon wieder um uns drehte.

»Ja, ekelhaft, oder? Aber ich schätze, wir sollten uns besser daran gewöhnen«, erwiderte Hanna ebenso leise.

»Ähm, ich kann euch hören! Und Tara auch.«

Finn schaute für ungefähr eine Sekunde lang schuldbewusst, dann zuckte er grinsend mit den Schultern. Zu seinem Glück betrat in diesem Moment eine Band die Bühne.

Ich lehnte mich zurück und lauschte der Musik, die ein Mix aus Country und Pop war. Nichts, was ich zu Hause freiwillig hören würde, aber für den Abend in der Bar war es erträglich.

Während die Band ein Lied nach dem anderen spielte, bestellte ich mir ein zweites Bier und diskutierte mit Finn darüber, zu welchem Festival wir mit Noah im Sommer fahren würden.

Es war ein üblicher Abend mit meinen Freunden, wie ich ihn schon hundertmal erlebt hatte. Und gleichzeitig war es ganz anders. Im Augenwinkel registrierte ich jede Bewegung von Tara. In ihrem dunkelblauen Kleid sah sie verdammt sexy aus. Wie sollte ich sie da nicht zwischendurch anstarren?

»Wie spät ist es eigentlich?«, wollte Tara auf einmal wissen.

»Halb eins, wieso? Willst du etwa schon heim? Morgen ist Sonntag! Da lernt niemand, Tara. Niemand!« Hanna hatte ihre Stimme erhoben und warf Tara einen bitterbösen Blick zu. Doch die zuckte nicht einmal zusammen, wofür sie meinen größten Respekt hatte. Selbst ich wurde unter diesem Blick ein Stück kleiner.

»Sorry Leute, aber ich werde langsam müde.«

»Na schön.« Resigniert trank Hanna ihr Glas Wein aus.

»Du kannst doch noch länger bleiben!«

Hanna schüttelte entschlossen den Kopf. »Nee, nee, dann komme ich auch mit.«

Als die Bedienung an unseren Tisch kam, zahlten wir und machten uns auf den Weg nach draußen, wo uns ein kalter Wind entgegenschlug.

»Scheiße, ist das kalt!« Hanna schlang ihren Mantel enger um sich und hakte sich bei Tara ein, der anzusehen war, dass sie fror.

Am liebsten hätte ich sie auf Stelle in meine Arme gezogen, aber vor meinen Freunden hielt ich mich zurück. Auf einen weiteren Kommentar von Finn konnte ich verzichten.

»Kommt ihr noch mit zu uns? Auch wenn Tara müde ist, sollte ein Film noch drin sein. Es muss auch nicht Disney sein, versprochen!«

Hanna warf einen erwartungsvollen Blick in die Runde und obwohl ich bereits extrem müde war, nickte ich. Vielleicht würde ich es ja vor lauter Müdigkeit dann nicht mehr heim schaffen und auf der Couch der Mädels einschlafen. Oder in Taras Bett.

Wir überquerten die Straße, Tara, Hanna und Ella gingen eingehakt in einer Reihe vor uns, während Finn und ich unsere Hände in den Hosentaschen vergraben hatten. In dem Aufzug, den wir bildeten, könnten wir es glatt auf ein Filmplakat schaffen. Ich wollte den Gedanken gerade laut äußern, als Tara plötzlich innehielt. Fast wäre ich in sie hineingerannt, aber ich stoppte noch rechtzeitig.

»Mist! Ich habe meinen Schal in der Bar vergessen. Ich hol ihn schnell, wartet ihr solange hier?«

»Klar! Soll ich mitkommen?«, fragte ich leise.

»Nein Quatsch, ich bin sofort wieder da.«

Sie drehte sich um und rannte über die Straße zurück zu der Bar.

»Es ist soo kalt«, jammerte Finn neben mir und begann auf- und abzuspringen.

»Du bist so eine Memme«, bemerkte Hanna kopfschüttelnd, wobei ein kleines Lächeln ihre Lippen umspielte.

Nach einer gefühlten Ewigkeit tauchte Tara endlich auf der anderen Straßenseite auf. Sie winkte uns entschuldigend zu und ich konnte nur daran denken, dass ich heute definitiv nicht mehr heimgehen würde. Auch wenn ich damit bis zu einem weiteren Date hatte warten wollen, war die Sehnsucht nach ihrer Nähe stärker.

»Sorry«, rief Tara, als sie die Straße halb überquert hatte.

Ich wollte gerade zu einer Antwort ansetzen, als es knallte und meine Welt zum Stillstand kam.

Es passierte schnell. Keiner von uns sah das Auto kommen, das in einer verboten schnellen Geschwindigkeit um die Ecke geschossen kam.

Tara hatte keine Chance.

Ich sah noch, wie sie erschrocken ihre Augen aufriss, bevor das Auto sie mit sich riss. Als wäre sie nur eine Puppe, ohne jeden Widerstand. Als wäre sie kein Mensch aus Fleisch und Blut mit einem Herz, das meins zum Schlagen brachte.

Ich sah, wie Tara durch die Luft flog, auf die Autohaube krachte und schließlich mit einem dumpfen Geräusch auf dem Boden aufkam.

Das Auto kam mit quietschenden Reifen zum Stehen. Dann hörte ich jemanden schreien.

31. Kapitel

Hanna

Die Welt stand still und ich nahm alles nur noch in Zeitlupe wahr. Ich war gefangen in einem Albtraum, aber ich wusste, dass das hier die Realität war. Dass das Blut, das aus der Platzwunde an Taras Stirn hinunterlief, echt war. Ich wusste auch, dass Tara, die in einer verdrehten Haltung dalag, in Lebensgefahr schwebte. Ihr Atem ging zu flach, sie war nicht bei Bewusstsein und da war viel zu viel Blut auf

ihrem Kleid. Ich wusste das, aber ich verstand es nicht. Die Informationen geisterten durch meinen Kopf, aber mein Verstand konnte sie nicht greifen.

Erst nach einer Weile begriff ich, dass das laute Schreien aus meinem Mund und nicht aus Taras kam.

Eine Hand schob sich in meine und ich hielt mich daran fest, als würde mein Leben davon abhängen.

Maxim saß zusammengekauert neben Tara.

»Es gab einen Unfall, unsere Freundin wurde angefahren! Wir brauchen sofort einen Krankenwagen.«

Ich hörte Ellas ruhige, klare Stimme wie durch einen Nebel.

»In der Lindenerstraße, gegenüber von der *TamTam Bar*. Nein, sie ist nicht bei Bewusstsein.«

Ich umklammerte die Hand fester, die mein einziger Halt war. Sie ermahnte mich, dass ich der Dunkelheit nicht nachgeben durfte, die nach mir griff. Ich konnte nicht das Bewusstsein verlieren. Nicht jetzt.

»Atmen, Hanna.« Finns Stimme drang leise zu meinem Ohr durch. Ich nickte und atmete zitternd ein.

Wie erstarrt blickte ich auf Tara und Maxim. Ella setzte sich neben Maxim und begann leise auf Tara einzureden.

Zwei Meter weiter stand der Autofahrer und starrte fassungslos auf die Szene, die sich vor ihm abspielte.

Ich wollte zu Tara gehen, wollte sie trösten, ihr sagen, dass alles gut werden würde, dass sie nur durchhalten musste, aber ich konnte nicht. Ich konnte mich nicht bewegen.

»Es wird alles gut werden«, murmelte Finn leise.

»Sag das nicht«, flüsterte ich tonlos. »Das weißt du nicht.«

Ich schloss die Augen und war wieder fünfzehn Jahre alt.

Es tut mir so leid, Hanna. Wir konnten nichts tun, sie war tot, als wir am Unfallsort ankamen.

Mein Hals wurde eng und ich versuchte mühsam trotzdem weiter zu atmen.

Das hier war nicht dasselbe. Es war nicht wie damals. Leah war alleine, wenige Minuten nach dem Unfall gestorben, weil die Verletzungen zu schwer gewesen waren und der Fahrer in seinem Schock zu lange gezögert hatte, den Krankenwagen zu rufen.

Aber Tara war nicht Leah.

Ich riss mich von Finn los und kniete mich neben Maxim auf den Boden.

»Sie atmet nur flach, aber sie atmet«, sagte Ella leise. Sie saß auf der anderen Seite von Tara und strich ihr sanft über den Kopf. Ich nickte, konnte aber nur auf die Platzwunde an ihrer Schläfe starren.

Taras Gesicht war blass und ihre Augen geschlossen.

Ein anderes Bild schob sich über das von Tara. Von einem anderen Mädchen, an einem anderen Ort. Aber mit dem gleichen farblosen Gesicht und der gleichen reglosen Haltung.

Nein.

Ich schüttelte mich und das Bild verschwand.

»Sie ist nicht Leah«, murmelte ich leise und bemerkte, wie Maxim neben mir den Kopf hob.

Die Panik in seinen Augen ließ mein Herz gefrieren.

»Sie wird das überleben, Maxim.« Ich kroch zu ihm und griff nach seiner Hand.

»Sie wird das überleben!«

Wenige Augenblicke später durchbrach das Heulen einer lauten Sirene die Stille. Es war ein verhasstes Geräusch, das mir jedes Mal eine Gänsehaut verursachte, aber jetzt klang es nach Hoffnung.

Der Notarzt hielt neben uns und zwei Männer sprangen aus dem Auto. Dann traf der Krankenwagen mit zwei Sanitätern ein.

Sie drängten Maxim und mich beiseite und beugten sich über Tara.

»Lass sie, Maxim.«

Finn war zu uns getreten und hatte einen Arm um Maxims Schulter geschlungen. Im ersten Moment dachte ich, er wollte ihn trösten, doch dann sah ich, dass Maxim sich gegen ihn wehrte. Finn hielt ihn davon ab, zu Tara zu stürmen, die von den Rettungssanitätern vorsichtig in die stabile Seitenlage und dann auf eine Liege geschoben wurde.

»Wir können nicht mitfahren.«

Ella kam zu uns und als ich nach ihrer Hand griff, merkte ich, dass sie am ganzen Körper zitterte. Sie war die Einzige von uns, die handlungsfähig geblieben war. Sie hatte den Krankenwagen gerufen und den Sanitätern erklärt, was passiert war. Sie hatte auch kurz mit der Polizei gesprochen, die ebenfalls zu der Unfallstelle gekommen war.

Doch in dem Moment, als Tara im Innern des Wagens verschwand und die Türen geschlossen wurden, sank Ella auf ihre Knie.

Ich setzte mich neben sie, schlang einen Arm um sie und hielt sie fest, als sie schluchzend zusammenbrach. Woher ich die Kraft nahm, nicht selbst die Beherrschung zu verlieren, wusste ich nicht. Vielleicht, weil ein Teil von mir immer noch unter Schock stand.

»Wir müssen Taras Mutter anrufen. Und ins Krankenhaus fahren.«

Finns Stimme klang beherrscht und ernst. Er hielt Maxim immer noch fest, der sichtlich um Fassung rang. Ich wartete, bis Ella sich beruhigte und wieder Luft bekam.

»Wie kommen wir denn jetzt ins Krankenhaus?«, fragte sie erstickt.

»Ich habe einen Taxiservice angerufen«, antwortete Finn. Erleichtert drückte ich Ella enger an mich. Vielleicht waren Finns Worte gar keine Lüge gewesen. Vielleicht würde alles gut werden. Ich wollte daran glauben, dass es diesmal anders war. Ich musste es. Aber die Angst, Tara zu verlieren, konnte ich nicht abschütteln.

Irgendwie schafften wir es in das Taxi zu steigen und den Fahrer zu bitten, uns zum Krankenhaus zu fahren. Zum Glück hatte ich die Festnetznummer von Taras Oma, doch sie ging nicht ans Telefon. Weder beim ersten, noch beim zweiten oder dritten Mal. Die Nummer von Taras Mutter hatte keiner von uns.

Am Krankenhaus angekommen, sprang Maxim sofort aus dem Auto und stürmte auf das Gebäude zu. Ella folgte ihm, während Finn den Fahrer schnell bezahlte und mich mit nach draußen zog.

Seit Leahs Unfall hatte ich Krankenhäuser gemieden. Aber jetzt blieb mir nicht einmal die Zeit, darüber nachzudenken. Wir sprinteten hinter unseren Freunden her, das heißt hinter Maxim, der dicht gefolgt von Ella wie ein Irrer in das Krankenhaus stürmte. Was auch immer mein Bruder meinte, jetzt tun zu müssen, wir sollten ihn davon abhalten.

Kurz darauf sah ich meinen Verdacht bestätigt. Maxim war direkt in die Notaufnahme marschiert, wo er auf die arme Frau am Schalter einredete, die ihn vergeblich zu beschwichtigen versuchte.

Ich erreichte ihn, als er seine Stimme erhob und sie in verzweifeltem Tonfall fragte, wo er mit der Frau diskutierte, wo Tara war und warum er sie nicht sehen durfte. Er lief unruhig hin und her, wie ein Tiger im Käfig. Es war ein schrecklicher Anblick und ich wusste, dass ich ihn unbedingt dort wegholen musste, bevor wir noch alle aus der Notaufnahme geworfen wurden.

»Maxim«, zischte ich und zog ihn zurück. Mit Finns Hilfe gelang es mir, ihn auf einen Stuhl zu drücken.

»Wir können doch nicht einfach nur warten!«, schrie Maxim uns an.

»Uns bleibt nichts anders übrig«, erwiderte Ella leise. Sie sah blass aus und sank kraftlos auf einen Sitz neben Maxim.

»Die dürfen uns nichts sagen«, erklärte Finn neben mir.

»Wurde Taras Mutter mittlerweile informiert?«, wollte ich wissen, einfach, um irgendwas zu sagen.

»Die Schwester hat sie kontaktiert«, murmelte Maxim. »Das war die einzige Info, die ich aus der Frau herausbekommen habe.«

»Dann wissen wir in ein paar Stunden hoffentlich mehr.« Nach einem kurzen Zögern setzte ich mich neben Maxim. Finn ließ sich auf der anderen Seite von mir auf den Stuhl fallen.

»Was, wenn sie stirbt?«, fragte Maxim plötzlich. Er hatte die Hände zu Fäusten geballt und schaute mich mit einem gehetzten, beinahe irren Blick an. Sein Atem wurde hektisch und er schnappte mehrmals nach Luft. Ich hatte ihn schon öfter so erlebt. Mein Bruder war kurz vor einer Panikattacke.

»Maxim. Atme. Atme weiter, bitte. Sie wird nicht sterben. Hörst du? Sie wird nicht sterben.« Ich wiederholte den Satz, bis sein Atem ruhiger wurde und er in sich zusammensank.

Ihn so gebrochen, so schwach zu erleben, nachdem er in den letzten Wochen einen riesigen Fortschritt gemacht hatte, war hart.

Ich lehnte mich in meinem Sitz zurück und ließ es zu, dass Finn einen Arm um mich legte.

Warum nur musste uns das passieren? Warum hatte es Tara treffen müssen?

Bitte halte durch. Ich brauche dich, Tara.

32. Kapitel

Ella

Mein Blick wanderte von Maxim, der mit leerem Blick vor sich hin starrte, zu Hanna, die sich an Finn gelehnt hatte. Sie alle wirkten völlig fix und fertig. Als wäre keine Kraft, keine Energie mehr in ihnen übrig.

Und ich konnte sie verstehen. Mir ging es genauso. Und dann doch wieder auch nicht.

Ich war nicht traurig. Ich war vor allem wütend. Und fassungslos.

Ich wusste, wie es sich anfühlte, einen geliebten Menschen zu verlieren. Ich kannte das Gefühl der inneren Leere und das der absoluten Verzweiflung und Trauer, die alles verschlingen konnte. Ich kannte es viel zu gut.

Vielleicht brodelte darum jetzt diese Wut in mir.

Ich hatte es satt, Angst um die Menschen zu haben, die ich liebte. Tara war in dem letzten Jahr zu einer engen Freundin geworden, die ich ganz selbstverständlich in mein Herz geschlossen hatte.

Und jetzt passierte das. Es war nicht fair! Mein Gott, es war verdammt unfair, dass das Schicksal so grausam zuschlagen konnte!

Hätte Tara ihren Schal nicht vergessen oder wären wir auch nur fünf Minuten früher oder später gegangen, wäre alles anders gekommen. Aber ein *was wäre wenn* brachte mir nichts.

Tara lag trotzdem in irgendeinem OP Saal und die Ärzte kämpften um ihr Leben.

Die Stunden zogen an uns vorbei, aber ich nahm kaum wahr, wie die Zeit verging. In dem sterilen, weißen Raum verlor ich jedes Zeitgefühl.

Hanna schlief irgendwann an Finn gelehnt ein. Sie hatte versucht, ihre Augen offen zu halten, aber die Erschöpfung war stärker gewesen. Ich beneidete sie darum. Zu schlafen, bedeutete, dem Albtraum für ein paar Minuten oder Stunden zu entkommen. Aber ich wusste auch, wie grausam das Aufwachen war, wenn der Horror von vorne begann. Wenn man die Augen öffnete und feststellen musste, dass die Welt nicht mehr dieselbe war.

»Ella?« Maxim hatte sich in seinem Sitz aufgerichtet. Unter seinen Augen lagen dunkle Schatten und in seinem Blick spiegelte sich eine tiefe Verzweiflung. Er sah verdammt fertig aus.

»Ja?« Ich richtete mich ebenfalls etwas auf und versuchte meinen Augen offen zu halten, die sich bleischwer anfühlten.

»Wenn sie das überlebt, wenn ich sie wieder in meinen Armen halten kann, werde ich es ihr sagen.« Seine Stimme brach und ich griff nach seiner Hand.

»Was wirst du ihr sagen?«, fragte ich leise, obwohl ich die Antwort schon kannte.

»Dass ich ein Idiot war. Dass ich sie liebe und mich viel zu lange davor gefürchtet habe. Scheiße, ich hatte so eine Angst, noch mal einen geliebten Menschen verlieren zu können, dass ich dachte, ich könnte mich schützen, indem ich niemanden nah an mich heranlasse.«

»Die Rechnung ist wohl nicht ganz aufgegangen, was?«, bemerkte ich nur traurig.

»Nein, ist sie nicht.«

»Tja, das geht sie eigentlich nie! Wir können nicht kontrollieren, wen wir in unser Herz lassen und wen nicht. Manchmal passiert es eben einfach.«

»Ich weiß. Ich wünschte nur, ich hätte das früher begriffen. Dann hätte ich sie nicht verletzen müssen und wir hätten mehr Zeit zusammen gehabt und oh Gott ...« Er vergrub seinen Kopf in den Händen und ich strich ihm behutsam über den Rücken. Immer wieder, bis seine Atmung ruhiger wurde.

»Was ist mit meiner Tochter? Wo ist sie?«

Eine Frau stürmte in den Wartebereich der Notaufnahme. Ihre Augen waren gerötet und ihr Atem ging schwer. Aufgebracht strich sie sich eine braune Haarsträhne aus dem Gesicht und spätestens bei der Geste gab es keinen Zweifel mehr, um wen es sich bei der Frau handelte.

»Frau Winter?« Ich ging auf Taras Mutter zu, die an mir vorbei auf eine Krankenschwester zustürmte.

»Wie geht es meiner Tochter?«

»Einen Moment bitte! Es wird gleich jemand zu Ihnen kommen.«

Taras Mutter nickte, wobei sie sichtlich um Fassung rang.

»Entschuldigung? Ich bin Ella, eine Freundin von Tara.« Sofort hatte ich ihre volle Aufmerksamkeit. Sie warf einen Blick zu Maxim, Hanna und Finn, die sich langsam aufsetzten und zu uns rüber schauten.

»Ihr wart bei dem Unfall dabei?«

Ich nickte vorsichtig.

»Was ist passiert?«

Ich schilderte ihr leise, wie das Auto um die Ecke gerast gekommen war und dass Tara keine Chance gehabt hatte.

»Oh mein Gott!« Sie schlug die Hände vor ihr Gesicht. »Mein kleines Mädchen! Wie konnte das nur passieren?«

»Frau Winter?« Eine Krankenschwester trat zu uns und Taras Mutter wirbelte sofort zu der Frau herum.

»Ja?« In ihrer Stimme schwang Panik mit und ich spürte, wie mir Tränen in die Augen stiegen.

Tara hatte öfter Bemerkungen darüber fallen lassen, dass sie es nicht leicht mit ihrer Mutter hatte, aber als ich die Sorge und bedingungslose Liebe in den Augen von Frau Winter sah, hätte ich mir nichts mehr gewünscht, als selbst eine Mutter zu haben, die alles für ihre Tochter tun würde.

»Tara wird noch operiert. Sobald die OP vorbei ist, wird der zuständige Arzt Sie informieren.«

»Was heißt das?«, stammelte Taras Mutter aufgelöst.

»Sie müssen warten, so wie wir auch«, erklärte ich möglichst sanft.

»Okay.«

»Kommen Sie.« Ich griff nach ihrem Arm und führte sie zu unseren Sitzen.

»Ihr könnt mich Maya nennen«, erklärte sie plötzlich und nickte Hanna schwach zu, die sie wiederzuerkennen schien.

Das Warten ging weiter.

Der Zeiger auf der großen Uhr zeigte fünf Uhr an und meine Augen fielen mir vor Müdigkeit zu. Mein Körper tat von dem langen Sitzen weh und Übelkeit stieg in mir auf. Ich wollte nur noch schlafen, aber die Sorge um Tara hielt mich wach.

Um sechs Uhr öffnete sich endlich die verhasste Tür, hinter die sie uns nicht gelassen hatten.

»Frau Winter? Ich bin Dr. Rosenthal. Ich habe Ihre Tochter operiert, kommen Sie mit. Sie dürfen jetzt zu ihr!«

Maya sprang sofort auf.

»Sie lebt?« Maxim war aufgesprungen und warf dem Arzt einen flehenden Blick zu. Dieser zögerte kurz, dann nickte er knapp, bevor er mit Maya hinter der Tür verschwand.

In dem Moment sank ich in mich zusammen. Die Wut in meinem Innern verschwand.

Ich merkte erst, dass ich weinte, als die Tränen auf meinen Pulli tropften. Erleichterung durchflutete mich und als Hanna mich in eine enge Umarmung zog, hielt ich mich an ihr fest.

Ich ließ den Schmerz und die Angst los, die mich in den letzten Stunden im Griff gehabt hatten, und weinte bis die Tränen irgendwann versiegten.

Tara lebte. Das war alles, was zählte.

33. Kapitel

Maxim

Tara hatte überlebt. Ich würde noch einmal ihr Lachen sehen können, in ihren funkelnden Augen versinken dürfen und sie in meinen Armen halten. Reglos saß ich auf dem unbequemen Sitz und wartete auf die Erleichterung. Doch sie blieb aus. Die Angst war immer noch größer.

In den letzten Stunden war ich durch die Hölle gegangen. Mehrmals hatte ich gedacht, ich würde eine Panikattacke bekommen, aber irgendwie war es mir gelungen, der Dunkelheit in mir nicht nachzugeben.

Zitternd atmete ich ein. Wie ich Krankenhäuser hasste! Seit Leahs Tod hatte ich nur ein einziges Mal ein Krankenhaus betreten und war dort sofort zusammengeklappt. Die weißen Wände, der Geruch nach Desinfektionsmitteln und der Anblick der Ärzte, die in ihren Kitteln mit wichtiger Miene durch die Gegen liefen, hatten mir den Rest gegeben.

Ich würde nie das Gesicht des Arztes vergessen, der Leahs Eltern mitteilte, dass ihre Tochter noch am Unfallsort gestorben war.

»Maxim, hey, sie hat es überstanden. Tara wird wieder!« Finn war vor mir in die Knie gegangen und sah mich besorgt an.

»Ich weiß. Aber ich kann es erst glauben, wenn ich sie sehe.«

»Wir wissen nicht, wann wir zu ihr können. Je nachdem wie ihr Zustand ist, kann das eine Weile dauern. Lass uns alle heimgehen und uns ausruhen. Sobald Tara wach ist, wird ihre Mutter uns Bescheid geben!«

»Ich bleibe hier.«

Die Vorstellung, das Krankenhaus zu verlassen, ohne Tara gesehen zu haben, ohne zu wissen, dass sie wirklich noch atmete, war völlig absurd. Ich würde mich hier nicht wegbewegen, bevor ich mich selbst vergewissert hatte, dass Taras Herz weiterschlug.

»Ich bleibe auch«, verkündete Hanna.

»Ihr und eure verdammte Sturheit«, murmelte Finn leise, aber laut genug, dass wir es alle hören konnten. »Hanna, du bist total fertig! Es bringt Tara doch nichts, wenn du vor Erschöpfung noch zusammenbrichst.« Finn sprach eindringlich auf meine Schwester ein und ich hätte ihm zugestimmt, wenn ich die Kraft hätte, zu sprechen.

»Ich will da sein, wenn sie aufwacht«, wehrte sich Hanna.

»Er hat recht. Tara würde wollen, dass wir uns ausruhen. Wir wissen, dass sie lebt und alles Weitere wird sich zeigen. Aber jetzt können wir hier nichts ausrichten.« Ella war anzusehen, dass sie kaum noch Kraft hatte, sich aufrechtzuhalten.

»Geht nach Hause! Ich bleibe und rufe euch an, sobald ich mehr weiß.«

Drei besorgte Augenpaare richteten sich auf mich. Finn war der Erste, der einknickte.

»Na schön, ich bring die Mädels heim. Melde dich, ja?«

»Mach ich.«

Bevor Hanna protestieren konnte, legte Finn einen Arm um sie und zog sie aus ihrem Sitz. Ella stand ebenfalls auf und hängte sich an die andere Seite von Hanna. Mit langsamen Schritten verließen sie den Wartebereich der Notaufnahme.

Ich unterdrückte ein Gähnen und richtete mich etwas auf.

Mein Kopf dröhnte und von dem Geruch hier drin war mir seit Stunden schlecht. Aber ich würde nicht gehen.

Ein Blick auf die Uhr zeigte, dass es bereits halb sieben Uhr morgens war.

Was Tara in den letzten Stunden wohl durchgemacht hatte?

Um sieben Uhr klingelte plötzlich mein Handy. Ein Blick auf das Display zeigte die Nummer meiner Mutter. Verdammt Hanna! Wahrscheinlich drehte meine Mutter gerade durch vor Sorge. Warum hatte meine Schwester sie da nur mit reingezogen?

Ich nahm ihren Anruf nicht an. Auf keinen Fall konnte ich jetzt mit ihr sprechen. Stattdessen starrte ich unruhig auf die Tür zur Notaufnahme.

Als sie endlich aufging und ein Arzt herauskam, machte mein Herz einen kurzen Sprung, aber dann ging er zu einem Ehepaar, das ein paar Sitze weiter wartete.

Ich beobachtete, wie er leise mit ihnen sprach. Sein Blick war betroffen und ich musste die Reaktion des Ehepaars gar nicht erst abwarten, um zu wissen, dass sie gerade keine guten Nachrichten zu hören bekamen.

Ich zwang mich, den Blick abzuwenden.

Mit einem Schlag wurde ich in der Zeit zurück katapultiert. Ich saß auf einem ähnlich unbequemen Stuhl in einem ähnlich trostlosen Krankenhaus.

Die Erinnerungen strömten auf mich ein und ich war machtlos gegen den Schmerz in meinem Inneren.

Es war eine Weile her, dass ich diesen Sturm von Gefühlen in mir spürte, der alles verschlingen konnte. Jede Hoffnung, jeden Glauben daran, dass ich noch nicht verloren war.

Leahs Tod hatte ein Loch in mein Leben gerissen, das ich nicht wieder füllen konnte.

Doch während ich schwer atmend dasaß, alleine und in der Erwartung, jeden Moment das Bewusstsein zu verlieren, wurde mir etwas klar.

Ich hatte gedacht, dass ich mich ihr weiterhin nahe fühlen würde, wenn ich an der Trauer festhielt. Dass sie dadurch nicht aus meinem Leben verschwand, sondern immer noch eine Rolle darin spielte. Und das hatte sie getan. Nur nicht auf die Art, wie es gut für mich gewesen wäre.

»Es tut mir leid«, murmelte ich leise und warf einen Blick an die kahle Decke, als könnten meine Worte sie durchbrechen und dorthin gelangen, wo Leah sie hören konnte. Wo auch immer das war.

»Es tut mir leid, aber ich kann so nicht weitermachen. Ich kann dich nicht mehr ständig vermissen und ich kann nicht mehr ständig in Panik ausbrechen. Ich muss dich loslassen, Leah. Ich muss weiterleben und das werde ich. Du wirst immer einen Platz in meinem Herzen und in meinen Erinnerungen haben, aber meine Zukunft gehört dir nicht. Sie gehört einem anderen Mädchen.«

Die Worte strömten aus mir heraus und es war mir gleichgültig, ob sich jemand über den jungen Mann wunderte, der leise vor sich hin murmelte.

Ich hatte schon oft an Leahs Grab gesessen und versucht, Abschied von ihr zu nehmen. Sie endgültig loszulassen. Aber erst jetzt, an einem Ort, den ich nicht mehr hassen konnte, gelang es mir, die Worte auszusprechen, die längst überfällig waren. Und nachdem ich sie einmal gesagt hatte, verschwand der Druck auf meiner Brust.

Plötzlich konnte ich wieder frei atmen und endlich erreichte mich auch das Gefühl der Erleichterung.

Tara lebte.

Ich hatte eine zweite Chance bekommen und diesmal würde ich sie nutzen. Fast hätte ich laut aufgelacht, aber ich hielt mich zurück, bevor sie mich noch in die Psychiatrische überweisen würden.

»Maxim?« Eine Berührung an meiner Schulter ließ mich aufschrecken.

»Was ist los?« Hektisch schaute ich mich um und realisierte im gleichen Moment, wo ich mich befand. Von draußen sickerte ein schwaches Licht durch die Fenster. Ein neuer Morgen brach an.

Ich musste kurz eingenickt sein, während ich darauf gewartet hatte, Tara endlich sehen zu dürfen.

»Tara ist wach.« Maya hatte Tränen in den Augen, doch sie lächelte.

Sofort sprang ich auf. »Kann ich zu ihr?«

»Ich habe mit dem Arzt gesprochen und er meinte, du dürftest sie kurz sehen. Sie liegt in einem Einzelzimmer.«

»Seit wann ist sie wach?«

Mein Herz schlug schmerzhaft schnell gegen meine Brust und ich musste mich zusammenreißen, um nicht sofort loszustürmen.

»Sie ist vor einer Stunde aufgewacht.«

»Okay! Ist sie ...«, ich schluckte, »... ist es schlimm?«

Mayas Augen verdunkelten sich. »Wir können froh sein, dass die Verletzungen nicht noch schlimmer sind. Sie hat einiges abbekommen. Soll ich dich zu ihr bringen?«

Ich nickte wortlos. Das Blut rauschte in meinen Ohren, während ich Taras Mutter durch die Gänge des Krankenhauses folgte. Vor einem Zimmer hielt sie schließlich an.

»Bist du bereit, sie zu sehen?«

»Ja«, erwiderte ich leise.

»Okay, dann geh ich mal auf die Suche nach einem Kaffeeautomaten und lass dich mit ihr alleine.« Sie warf mir ein aufmunterndes Lächeln zu.

»Okay.«

Ich schloss kurz die Augen, um mich zu sammeln. Dann drückte ich vorsichtig die Klinke herunter. Während ich gerade eben noch am liebsten zu ihr gesprintet wäre, fürchtete ich mich nun doch vor den Anblick, der mich erwartete.

»Tara?«

Ich betrat das Zimmer und mein Blick fiel sofort auf die Frau, die mir aus sanften, braunen Augen entgegenblickte. Die Frau, die mein Leben komplett auf den Kopf gestellt hatte.

Ich trat an ihr Bett und unterdrückte ein entsetztes Keuchen. Tara war furchtbar blass.

»Du lebst.« Meine Stimme brach, als ich mich ihr näherte. Ich setzte mich auf den Stuhl, der neben dem Bett stand, und tastete nach ihrer Hand. Sie wirkte viel zu schmal unter der Bettdecke, die sich um ihren Körper schmiegte und mir den Blick auf ihre Verletzungen verwehrte.

»Maxim«, das Wort kam nur leise über ihre Lippen, doch ihre Stimme zu hören, war das Schönste, was ich mir vorstellen konnte.

»Hast du hier die ganze Nacht gewartet?« Sie hatte Mühe zu sprechen.

»Ich konnte nicht gehen, ohne zu wissen, dass alles gut gegangen ist.«

»Ich habe euch ziemlich erschreckt, was?« Sie schaute beinahe entschuldigend, dabei trug sie nicht die geringste Schuld an dem, was passiert war.

»Allerdings.«

Ich brauchte ihr nicht zu sagen, was ich in den letzten Stunden durchgemacht hatte. Sie wusste es auch so. Außerdem spielte das jetzt keine Rolle mehr.

Ich beobachtete, wie sich ihr Brustkorb hob und senkte. Ich könnte ihr ewig beim Atmen zuschauen.

»Bei dem Unfall ist meine Milz gerissen.«

»Deshalb wurdest du sofort operiert. Hast du Schmerzen?« Besorgt betrachtete ich ihr Gesicht, das angespannt wirkte.

»Es geht. Sie haben mir starke Schmerzmittel ...« Sie hustete und ich drückte panisch ihre Hand.

»Du musst nichts sagen. Du solltest dich schonen.«

»Schon okay«, brachte sie mühsam hervor.

»Ich habe mehrere Prellungen. Zwei Rippen sind gebrochen.«

»Scheiße!« Entsetzt starrte ich sie an, während mein Herz sich schmerzhaft zusammenzog.

Tara so schwach und blass daliegen zu sehen, machte deutlich, wie knapp es gewesen war. Wie leicht ich sie hätte verlieren können.

»Aber ich lebe.« Sie versuchte ein Lächeln, brachte aber nicht viel mehr als eine Grimasse zustande.

»Ich weiß nicht, was ich getan hätte, wenn ...« Ich konnte den Satz nicht zu Ende aussprechen. Sie schüttelte den Kopf und rang nach Worten. »Nein, sag jetzt nichts, Tara. Du hast recht. Du lebst. Das ist alles, was zählt. Du wirst wieder gesund werden.«

Sie nickte schwach und ich atmete tief durch und versuchte meinen hektischen Atem zu beruhigen.

Eine Weile sahen wir uns schweigend an.

Schließlich unterbrach ich die leise die Stille.

»Tara, in den letzten Stunden ist mir etwas klar geworden. In dem Moment, als ich geglaubt habe, ich würde dich verlieren, wurde mir bewusst, wie dämlich ich war. Ich habe so viel Zeit verschwendet! Ich war ständig wütend und traurig und habe dabei vergessen, dass ich auch glücklich sein kann. Dass ich glücklich sein darf.« Ich schluckte und umklammerte ihre Hand fester. Sie erwiderte den Druck und ich ließ die Worte frei, die mir auf der Zunge brannten.

»Du machst mein Leben leichter, Tara. Ich war fertig mir der Welt, als ich dich kennengelernt habe. Ich wusste nicht, wie ich jemals wieder glücklich sein sollte. Und dann kamst du. Auf einmal fiel es mir wieder leichter zu atmen. Ich habe es nicht gleich begriffen, weil ich ein Idiot bin, aber ich habe mich schon in dem Moment in dich verliebt, als du dich am ersten Januar aus meinem Zimmer geschlichen hast.«

Ihre Augen weiteten sich, aber sie unterbrach mich nicht.

»Tara, ich liebe dich. Und ich werde keine Sekunde meines Lebens mehr damit verschwenden, fortzulaufen. Ich will nicht länger in der Vergangenheit leben und ich will auch keine Angst vor der Zukunft haben müssen. Ich weiß, dass ich dich verlieren könnte. Morgen, in einem Jahr oder in sechzig Jahren. Aber wichtig ist nur der Moment jetzt. Dieser eine Augenblick.«

Ich beugte mich über Tara und fing mit meinem Finger die Träne auf, die aus ihrem Augenwinkel lief.

»Ich liebe dich auch«, flüsterte sie.

Ich lächelte und hauchte ihr einen Kuss auf die Lippen.

Es würden noch viele Küssen folgen. Viele gemeinsame Nächte, viele Diskussionen und viele Versöhnungen. Ganz gleich, was die Zukunft brachte, ich würde es durchstehen.

Mit Tara an meiner Seite war das Leben nicht länger nur schwer. Es war schön, bereichernd, manchmal anstrengend, aber immer lebenswert. Und so viel mehr als nur ganz okay.

Epilog

Tara

Einen Monat später

»Langsam! Du sollst dich doch noch schonen.«

Maxim joggte neben mir durch die Straße, wobei joggen eine maßlose Übertreibung war. Was wir hier veranstalteten, war höchstens Gehen in erhöhter Geschwindigkeit.

»Der Arzt hat gesagt, ich darf mich langsam wieder an den Sport rantasten.«

»Genau, langsam!«

»Das hier ist nicht langsam, das ist lahm! Schneckentempolahm! Und ich hasse es, langsam zu laufen.«

»Tara! Keine Diskussion, du wirst es nicht überstürzen.«

»Du bist so ...«

»Ja?« Er warf mir ein Lächeln zu, das keinen Zweifel daran ließ, dass ihm selbst einiges einfallen würde, was er war.

»Stur«, schimpfte ich.

»Ich glaube, du wolltest sagen so fürsorglich. So stark. So sexy. Ein so toller Freund.«

»Nein«, unterbrach ich seine Aufzählung, die vermutlich noch eine Weile so weitergegangen wäre.

»Ich meinte stur.«

»Es ist nur zu deinem Besten.«

Wie ich diesen Satz hasste! Okay, ein bisschen liebte ich ihn auch, weil er zeigte, wie besorgt Maxim um mich war.

Manchmal gab es Momente, in denen ich es kaum glauben konnte, dass Maxim und ich doch noch zusammengefunden hatten. Dann dachte ich mit einem ungläubigen Kopfschütteln an die Zeit, in der wir Meister darin gewesen waren, Mauern um uns zu errichten und andere Menschen von uns fernzuhalten.

Zurück in der Wohnung ließ ich mich erschöpft auf das Sofa sinken. Meine Verletzungen heilten gut, aber es würde noch eine Weile dauern, bis mein Körper wieder richtig fit war. Ich versuchte, geduldig zu sein, aber es gab trotzdem Tage, an denen es mich in die Verzweiflung trieb, dass ich nicht joggen durfte. Dann konnte ich nichts tun, außer durchzuatmen und mir vor Augen zu führen, dass ich großes Glück gehabt hatte.

»Irgendwann wirst du mich in einem Wettrennen wieder schlagen können.«

Maxim setzte sich neben mich und legte besitzergreifend einen Arm um mich. Seit ich aus dem Krankenhaus entlassen wurde, ließ er mich kaum aus den Augen. Oder die Finger von mir. Ich hatte mich an seine ständige Gegenwart gewöhnt, war nahezu süchtig nach ihm.

»Auf diesen Tag freue ich mich!«

Ich lehnte mich an ihn und genoss das vertraute Kribbeln, das meinen Körper durchfuhr, als er seine Hand sanft über meinen Arm bis zu meinen Haaren wandern ließ.

»Ich liebe es, dass du so auf mich reagierst«, flüsterte er und ich erschauderte, als sein Mund mein Ohr streifte.

Gerne hätte ich mit einer schlagfertigen Antwort gekontert, aber ich war zu abgelenkt von seinen Berührungen, die meinen Körper unter Strom setzten. Wie so oft gelang es ihm innerhalb weniger Sekunden, dass sich mein Verstand abschaltete und ich ihm nicht nahe genug sein konnte.

Ich kletterte auf seinen Schoß und beobachtete, wie sein Blick dunkler wurde.

»Du bist …«, setzte Maxim an, doch ich unterbrach ihn, indem ich meine Lippen auf seine presste. Ich wollte jetzt nicht reden.

Er erwiderte meinen Kuss sofort und als unsere Zungen sich berührten, stöhnte er leise auf. Das Geräusch jagte eine Gänsehaut über meinen Körper und ich vertiefte den Kuss. Maxims Hände wanderten unter mein Shirt und ich streckte meinen Rücken durch, um ihm noch näher zu sein.

»Oh Tara.« Der Griff um meine Hüfte wurde fester und ich schloss die Augen. Seine Nähe war berauschend. Sie ließ mich alles um mich herum vergessen und in meinem Kopf gab es nur noch Platz für einen Gedanken. Ich wollte ihn.

Bis ein lautes Räuspern mich aus meinem Hormonrausch riss.

»Wie oft habe ich schon gesagt, dass ihr dafür in Taras Zimmer gehen sollt? Diese Couch benutzen wir alle.«

Sofort kletterte ich von Maxims Schoß und drehte mich mit geröteten Wangen schuldbewusst zu Hanna um.

»Das ist echt eklig.« Finn zeigte mit seinem Finger auf uns, als hätten wir hier sonst was getrieben. Was wir auch tun würden, wenn unsere lieben Freunde nicht so ein beschissenes Timing hätten.

»Vor allem scheint das ja nicht gerade weniger zu werden. Ihr fallt immer noch bei jeder Gelegenheit über euch her, wie zwei frisch verliebte Teenies. Oder Affen in der Paarungsphase.«

Meine Augenbrauen wanderten nach oben und ich warf Ella einen scharfen Blick zu. Affen in der Paarungsphase? Sie zuckte nur mit den Schultern und stellte die Chipstüten und Weinflaschen ab, die sie auf ihren Armen balancierte.

Hanna hatte morgen Geburtstag und wir wollten zusammen reinfeiern.

Ein paar Stunden später saßen wir um ein prasselndes Feuer, dessen Flammen hoch aufloderten. Finn hatte seine Gitarre dabei und stimmte gerade das erste Lied an. Er saß neben Hanna auf einem Baumstamm und mir entgingen die Blicke nicht, die sie ihm zuwarf. Irgendwann würde ich sie mal darauf ansprechen.

»Es ist so schön hier!«

Ich drehte mich zu Ella um, die sich neben mich gesetzt hatte. Ihre Augen leuchteten, als sie in die Flammen starrte und einem spontanen Impuls folgend, drückte ich sie kurz an mich.

»Ich bin froh, dich zu haben, Ella!« Erstaunt schaute sie mich an, dann zeichnete sich ein breites Lächeln auf ihren Lippen ab.

»Und ich erst, dass ich dich habe.« Sie griff nach meiner Hand und drückte sie.

»Gibt es einen Grund, eifersüchtig zu werden?«, fragte Maxim amüsiert, der auf der anderen Seite neben mir saß.

»Natürlich nicht.« Ich schüttelte den Kopf über diese Frage.

»Na dann macht weiter so.« Er zog vielsagend eine Augenbraue hoch.

»Du bist unmöglich.«

Ella ließ meine Hand los und versetzte Maxim einen Stoß gegen die Schulter, woraufhin er nur lachte.

Grinsend wandte ich mich von den beiden ab und richtete meinen Blick auf das Feuer.

Es war eine warme Frühlingsnacht, die Sonne hatte den ganzen Tag geschienen.

Während meine Freunde miteinander scherzten und Finns leise Gitarrenklänge die anbrechende Nacht erfüllten, dachte ich an jenen Moment zurück, als ich das Auto auf mich zurasen sah. Für den Bruchteil einer Sekunde hatte ich einen letzten Gedanken fassen können, bevor das Fahrzeug mich außer Gefecht gesetzt hatte.

Ich hatte niemanden davon erzählt. Weder Ella noch Maxim. Nicht einmal Hanna.

Denn das Letzte, was mir durch den Kopf gegangen war, bevor ich fast gestorben wäre, waren Worte, die ich niemals aussprechen könnte.

Was für ein Glück, dass ich umgeben von meinen Freunden sterben darf.

So makaber sie auch klingen mochten, in diesem kurzen Moment war ich im Frieden mit der Welt gewesen.

Nach allem, was ich erlebt hatte, war es für mich das größte Glück, Freunde gefunden zu haben, die mit mir lachen und weinen konnten. Durch sie hatte ich ein Zuhause gefunden. Eine Familie.

Und vor allem mich selbst.

»Tara, steig mit ein!«

Finn hatte ein Lied angestimmt, das ich nicht kannte, dafür sang Hanna wie üblich aus vollem Hals mit.

Lachend lehnte ich mich zurück und schlang jeweils einen Arm um Ella und Maxim. Hanna strahlte mich von der anderen Seite des Feuers an und ich glaubte ohne jeden Zweifel, dass ich gerade das glücklichste Mädchen auf der Welt war. Ausgerechnet ich, die nie an dieses allumfassende, furchtbar kitschige Glücksgefühl geglaubt hatte!

Dabei war es gar nicht so schwer, glücklich zu sein. In diesem Augenblick war es sogar verdammt einfach.

Danksagung

Das erste veröffentlichte Buch wird immer etwas ganz Besonderes sein und bleiben. Taras und Maxims Geschichte hat sich innerhalb weniger Monate aufs Papier gedrängt und ich bin unfassbar glücklich, sie jetzt mit euch teilen zu dürfen!

Zuerst möchte ich meiner Lektorin Tabea Horst und dem Team vom Forever Verlag danken, die an Tara und Maxim geglaubt und mir die Chance gegeben haben, ihre Geschichte in die Welt zu entlassen.

Dank geht auch an Vivien Summer, die mir zu jeder Uhrzeit mit Ratschlägen zur Seite stand und mich bei kreativen Blockaden mit Musikvorschlägen und Tipps versorgt hat.

Sina, du liebst Bücher mindestens so sehr wie ich und deine Begeisterung für meine Geschichten motiviert mich jedes Mal noch schneller weiterzuschreiben. Danke, dass du mir Mut machst, wenn ich mal wieder an jedem geschriebenen Wort zweifle. Irina, du warst seit der ersten Stunde ein Fan von Maxim und hast immer an mich geglaubt. Ohne dich wäre die Geschichte von Tara und Maxim nicht, wie sie heute ist.

Ich danke Selina und Miriam, die Tara und Maxim eine Chance gegeben haben, obwohl sie dieses Genre normalerweise nicht lesen. Euer Zuspruch war goldwert!

Geno, du liest meine Texte seit wir Kinder sind und hast immer gewusst, dass ich irgendwann ein Buch veröffentlichen würde. Danke fürs jahrelange Mutmachen!

Eine feste Umarmung geht an meine Familie und alle Freunde. Danke, dass ihr mich auch an meinen schlechten Tagen aushaltet, wenn die Protagonisten mal wieder ihre Eigenleben führen und ich frustriert bin, weil ich alles umschmeißen muss.

Und zum Schluss danke ich Marie. Du bist nicht nur die Konstante in meinem Leben und die beste Mitbewohnerin, die ich mir wünschen könnte, sondern auch mein sicherer Hafen, wenn mal gar nichts mehr geht. Du findest die richtigen Worte, wenn ich keine habe und hast an Tara und Maxim geglaubt, als ich es nicht konnte. Danke für alles.